Elfriede Hammerl
Der verpasste Mann

Elfriede Hammerl

Der verpasste Mann

Roman

Deuticke

1.

An diesem Morgen hatte es Marie nicht eiliger als sonst, was bedeutete, dass sie es eilig genug hatte, denn Marie hatte es jeden Morgen eilig. Viele kleine, in Summe jedoch aufwendige Pflichten zwischen aufstehen und aus dem Haus rennen: Jalousien hochziehen (an acht Fenstern), Blumen gießen, Wäsche in die Waschmaschine stopfen, den Geschirrspüler leer räumen ... Eine banale Liste von Sisyphustätigkeiten, Tag für Tag, die sie immer stärker als verlorene Lebenszeit empfand. Wahrscheinlich eine Alterserscheinung, sagte sie sich, mäßig erfreut angesichts dieser Selbstdiagnose. Sie hatte davon gehört: Irgendwann fängt man an, mit seiner Zeit zu geizen. Man hört auf, sie bedenkenlos zu investieren. Das Bewusstsein, nicht mehr unendlich viele Jahre vor sich zu haben (wovon man in der Jugend gedankenlos ausgeht), macht sparsam.

Blöd nur, dass sie diesem Bedürfnis, kostbare Stunden, ja, Minuten so wenig wie möglich zu vergeuden, in der Praxis nicht Rechnung tragen konnte. Die lästigen Pflichten blieben ihr und hingen ihr schwer um den Hals, um den, so fand Marie, eigentlich berückend schöne Colliers hätten hängen sollen.

Dass es ihrem Lebenszeitkonto gut getan hätte, wenn Hans bereit gewesen wäre, sich ebenfalls zuständig zu fühlen für wenigstens einen Teil der immer wieder notwendigen Handgriffe, daran dachte sie nicht mehr. Sie war zu lange vergeblich angerannt gegen seine beharrliche Weigerung, sich halbwegs zuverlässig um Aufgaben zu kümmern, die außerhalb seiner Interessen lagen. Seine Hartnäckigkeit hatte den Sieg davon getragen. Marie räumte eilig den Geschirrspüler leer, damit Hans nachher nicht achtlos die Reste seines Frühstückskaffees über die sauberen Teller goss, wenn er seine Tasse hineinstellte, und sie zog vorsorglich die Jalousien hoch, weil er ein Talent dafür besaß, beim Hochziehen die Schnüre abzureißen.

Hans schlief noch. Er arbeitete zu Hause und konnte sich seine Arbeitszeit nach Belieben einteilen. Als Nachtmensch zog er es vor, bis spät in den Abend hinein zu schreiben oder zu lesen und dafür erst am Vormittag aufzustehen. Dass Marie morgens aus dem Haus stürmen musste, um rechtzeitig an ihrem Arbeitsplatz zu sein, betrachtete er als Beweis für die Mittelmäßigkeit ihrer Berufslaufbahn. Er unterstellte ihrer Tätigkeit geistige Anspruchslosigkeit. Intellektuelle mussten seiner Meinung nach nicht frühmorgens an ihren Arbeitsplatz hetzen.

Deshalb (weil er überqualifiziert war für Haushaltspflichten) und auch weil es taktlos gewesen wäre, auf die mangelnde Einträglichkeit seiner geistigen Höhenflüge anzuspielen, musste Marie all die banalen Handgriffe übernehmen, erstens aus Kompetenz und zweitens, um den Eindruck zu vermeiden, sie wolle ihn zum Hausmann degradieren, bloß weil er zu Hause saß und kaum was verdiente.

Nicht, dass Marie nicht versucht hätte, die Zuständigkeiten anders zu verteilen. Sie hätte nichts gegen einen Hausmann gehabt und wäre auch bereit gewesen, ihm mit Respekt und Wertschätzung zu begegnen. Aber Hans hatte auf jede noch so behutsame Andeutung, er könne sich doch daheim ein bisschen nützlicher machen, wenn er schon die meiste Zeit zu Hause verbrachte und unter Auftragsmangel litt, mit einer derart giftigen Mischung aus Hass (gegen diese Zumutung) und Selbsthass (wegen seiner Erfolglosigkeit) reagiert, dass es sich Marie mittlerweile ersparte, solche Missstimmungen zu provozieren.

Besser keinen Gedanken daran verschwenden. Auch das wäre nur neuerliche Zeitvergeudung gewesen.

Marie galoppierte also durch die Wohnung wie jeden Morgen, goss sich ein Glas Orangensaft ein, das sie im Stehen trank, rannte ins Wohnzimmer, wo sie sich ihre Handtasche vom Sofa schnappte, sauste nochmals im Bad vorbei, wo sie in Windeseile Puder, Wangenrot und Wimperntusche auf die richtigen Stellen in ihrem Gesicht verteilte, und hastete dann in den Vorraum. Sie angelte ihr Schlüsselbund vom

Haken an der Garderobe. Weil sie gleichzeitig ihre Jacke unter anderen Jacken hervorzerrte, geriet die Ablage über der Garderobe ins Schwanken, Bücher prasselten herunter (zwei davon auf Maries Kopf), und mit den Büchern fiel ihr eine Schachtel vor die Füße. Die Schachtel öffnete sich, Fotos flatterten heraus.

Mit einem unterdrückten Fluch hockte Marie sich hin, um die Fotos in die Schachtel zurück zu stopfen.

Lauter Aufnahmen aus dem Jahre Schnee und davor, teilweise schon richtig vergilbt. Weder Marie noch Hans hatten jemals die Geduld aufgebracht, Fotoalben anzulegen. Sebastian beschwerte sich von Zeit zu Zeit darüber, er schlug dann einen scherzhaften Ton an, aber dahinter schwang Vorwurf mit. Andere Eltern, pflegte Sebastian zu sagen, hätten liebevoll Erinnerungsbücher gestaltet, die Zeugnis vom Stolz auf ihre Sprösslinge ablegten, Chronologien als Beweis, dass ihnen jede Lebensphase der kleinen beziehungsweise größer werdenden Lieblinge wichtig gewesen sei.

Seine Eltern hingegen hätten es verabsäumt, sein Heranwachsen sorgfältig zu dokumentieren. Wenn er sich seine Kindheit ins Gedächtnis rufen wolle, habe er nur die Möglichkeit, sich durch Schuhschachteln voll ungeordneter Fotos von bekannten und unbekannten Menschen zu wühlen, von fehlenden Videokassetten ganz zu schweigen.

Das stimmte einerseits. Marie hatte sich nie damit anfreunden können, wichtige Momente des Lebens mit einer Foto- oder Videokamera vor Augen quasi auf Distanz zu halten, ihr schien das eine Beeinträchtigung des Erlebens, so als sollte die Gegenwart nur im Hinblick auf ihre Konservierbarkeit konsumiert werden dürfen. Hans fotografierte zwar eine Zeit lang, aber als die Videokameras aufkamen, verweigerte er das Aufspringen auf den Zug der Zeit. Hans zeigte früh Anwandlungen von greisenhaftem Starrsinn, er tat, als sei die Videofilmerei eigens erfunden worden, um ihm eine Flexibilität abzuverlangen, die nicht vereinbart gewesen war. Da spiele er jetzt aber nicht mehr mit, verkündete er trotzig. Das Sortieren und Einordnen der Fotos wäre, so fand Hans, Maries Aufgabe gewesen, aber Marie kam ihr nicht nach.

Andererseits war Sebastians wehleidiger Ton in Anbetracht dieser Tatsache insofern unangebracht, als es auch eine Menge anderer Leute gab, deren Fotoalben über das Vorstadium der Schuhschachteln nie hinausgekommen waren. Aber Sebastian hatte, wie sein Vater, einen Hang zum Selbstmitleid. Immer schon war er von Schulfreunden umgeben gewesen, die angeblich mit Aufmerksamkeit wie mit materiellen Gütern überhäuft wurden, während von ihm erwartet wurde, dass er seine Schmutzwäsche eigenhändig ins Bad trug, um sie dort in den dafür vorgesehenen Korb fallen zu lassen.

Marie warf hastig die Fotos in die Schachtel zurück, bis sie sich plötzlich Auge in Auge mit Paul, dem Paul von damals, sah. Paul blinzelte offenbar in die Sonne, kräftig und braun gebrannt, das blonde Haar länger, als Marie es in Erinnerung hatte (er hatte es gegen die seinerzeitige Mode eher kurz getragen, damit es sich nicht lockte, weil er, wie er sagte, befürchtete, mit lockigem Haar immer noch von entzückten Tanten überfallsartig und schmatzend geküsst zu werden). Quer über dem Foto in großer, energischer Schrift die Frage: „Will you still need me…?"

Will you still need me, will you still feed me, when I'm sixty-four?

Als die Beatles das sangen, konnte sich Marie nicht vorstellen, jemals 64 zu sein. Na gut, sie wars noch immer nicht, aber ihre Vorstellung von sich selbst als Frau von über sechzig wurde immer deutlicher, und sie war keineswegs schreckenerregend. Wenn ihr Schicksalsschläge erspart blieben, dann würde Marie auch mit 64 noch eine ansehnliche, tatkräftige Person sein. Im Gegensatz zu dem vagen Verdacht, den sie vor einem Vierteljahrhundert gehegt hatte, war das Leben jenseits der 45 nicht gekennzeichnet von seniler Hinfälligkeit. Allerdings schien es manchmal schwierig, das den Jüngeren klar zu machen, die gern die Schublade *50 plus* aufzogen, um die Älteren darin abzulegen. Die Schublade *50 plus* enthielt nach Meinung der Jüngeren nur zwei Sorten von Älteren: Sorte eins hatte das Leben hinter sich und alle Hoffnungen fahren lassen, Sorte zwei trug den Gattungsnamen *ausgeflippte Alte* und war eigentlich mehr ein Kunstprodukt, eine Wunschvorstellung der Jüngeren, die sich gerne ausmalten, dass sie künftigem Verfall spätpubertäre Unarten siegreich entgegenhalten würden.

Ausgeflippte Alte galten als einigermaßen okay, weil sie durch ihre krampfhafte Jugendlichkeit zwar niemanden täuschen konnten, aber doch wenigstens den Vorrang hedonistischer Egozentrik anerkannten, der für ein wesentliches Merkmal eines erfolgreichen Lebensstils gehalten wurde.

Marie blickte auf Pauls Foto nieder, erinnerte sich an seine Begründung für seine kurz geschnittenen (bloß relativ kurz geschnittenen, wie sich jetzt zeigte) Haare und fand, dass sie eigentlich sexistisch gewesen war. Was hatte Paul berechtigt, *Tanten* – ein Synonym für Frauen, die um einiges älter waren als man selbst – als Horde überfallsartiger Küsserinnen zu charakterisieren, und warum war es eigentlich eine Horrorvision, von älteren Frauen geküsst zu werden?

Ob Paul jetzt anders dachte, da er selber zu den Älteren gehörte? Vermutlich nicht. Nach Maries Erfahrungen gab es nur eine Kategorie Männer, die älteren Frauen noch weniger Attraktivität zubilligte als junge Männer, und das waren ältere Männer.

Wahrscheinlich ging Paul nach wie vor ganz selbstverständlich davon aus, dass ihm die Küsse *junger* Frauen zustanden, und wahrscheinlich wurde ihm diese Erwartung erfüllt, denn Paul, das international anerkannte Alpha-Tier, litt vermutlich keinen Mangel an paarungsbereiten Verehrerinnen aus der Töchtergeneration.

Schon fühlte Marie einen leisen Groll auf Paul. Das war ihr nur recht. Der Groll lenkte ab von dem, was sie eigentlich empfand, wenn sie an ihn dachte.

Obwohl sie sich immer wieder Charakterfehler Pauls vor Augen hielt (ihr bekannte und von ihr gemutmaßte, wobei die vermuteten in der Überzahl waren, denn was wusste Marie schon von Paul nach all den Jahren?), änderte das nichts daran, dass ihr die stürmische Zuneigung nur allzu gut in Erinnerung war, mit der sie seinerzeit auf ihn reagiert hatte. Paul, ihre große, verpasste Chance. Gerade weil Marie fand, dass sie Paul nicht hätte aufgeben sollen, versuchte sie sich einzureden, sie hätte gute Gründe gehabt, ihn aufzugeben. Außerdem hatte sie sich im Verdacht, Paul nachträglich zu verklären. Um diesem Verdacht entgegenzuwirken, machte sie sich Paul regelmäßig mies.

Dass er nach so vielen Jahren so fest verankert war in ihrem Gedächtnis und in ihrer Fantasie, sprach, überlegte sie, entweder für eine große Liebe (*die* große, alle anderen in den Schatten verbannende) oder dafür, dass ihr das Leben seither was schuldig geblieben war.

Hastig steckte Marie Pauls Bild in die Schachtel zurück, stellte die Schachtel auf die Ablage und schob sie so weit wie möglich nach hinten. Die Vorstellung, Hans könnte Pauls Foto finden, war ihr unbehaglich, wenngleich nicht zu befürchten war, dass Hans im Porträt eines ihm unbekannten Mannes von anno irgendwann einen Anlass zu nachträglicher Eifersucht sehen würde.

So. Jetzt aber schnell. Fast schon in der Tür, bremste sie abermals ihren Schritt, um nicht auf ein weiteres Foto zu treten, das sie offenbar übersehen und daher nicht wieder weggeräumt hatte.

Onkel Gregor. Der *liederliche* Onkel Gregor. Marie hatte den Bruder ihrer Großmutter nie kennen gelernt, er war vor ihrer Geburt nach Argentinien (Brasilien? Mexiko?) ausgewandert, nicht aus politischen Gründen, wie der Zeitpunkt seines Auswanderns, die 1930er Jahre, hätte vermuten lassen, sondern auf der Flucht vor den Folgen eines unseriösen Lebenswandels, über den Marie nie Genaueres erfahren hatte. Sie hatte ihrer Großmutter ein paar Fotos von ihm abgebettelt, als Schulmädchen noch. Ein Geheimnis umwitterter Onkel im fernen Lateinamerika war eine vorzeigbare Glanzgestalt gewesen in ihrer ansonsten zum Angeben gänzlich ungeeigneten biederen Familie.

Onkel Gregor auf dem Foto blickte keck, ein geschniegelter junger Mann, nicht ganz der Dandy, den Marie gern in ihm gesehen hätte, sondern mehr ein Aufschneider, der über seine Verhältnisse posierte.

Zumindest fand Marie das jetzt, als sie auf ihn niedersah. Der geschärfte Blick der reifen Jahre. Sie hätte ihn nicht unbedingt gebraucht. Es lebte sich leichter mit mehr Illusionen.

Marie bückte sich, um auch Onkel Gregor vor unverdienten Fußtritten zu bewahren. Die Schachtel noch einmal herunter zu holen, dazu fehlte ihr die Zeit. Sie hob Onkel Gregors Bild auf und warf es auf den Sessel neben der Eingangstür. Dann verließ sie endlich die Wohnung.

2.

Paul legte das Telefon auf, nachdem er den üblichen Anruf daheim hinter sich gebracht hatte. Er rief Sonja auf Dienstreisen jeden Morgen an, eine höfliche Geste, die sie davor bewahrte sich auszumalen, er habe eine Nacht hinter sich, deren Nachklang ihm die Lust auf familiäre Gedanken nehme. Sie revanchierte sich, indem sie kurz und sachlich blieb. Kein langatmiges Geschwätz über Auseinandersetzungen mit den Kindern, keine sentimentalen Anmerkungen. Sie gingen diskret miteinander um. Sonja liebte ihn, keine Frage, aber sie war so taktvoll, dieses Thema nicht zur Sprache zu bringen, wenn er sie aus einer Hotelsuite anrief, in der sich vielleicht ja doch eine andere Frau aufhielt. Paul war ihr dankbar, dass er nie befürchten musste, vor der Alternative zu stehen, entweder im Beisein einer Frau, mit der er gerade die Nacht verbracht hatte, zärtliche Worte mit Sonja zu tauschen oder Sonja unangemessen kühl abzufertigen. Beides wäre ihm moralisch gegen den

Strich gegangen. Er fand wenig dabei, die Nacht mit einer anderen Frau zu verbringen. Aber es wäre ihm wie ein Verrat an Sonja erschienen, sie vor einer anderen zu belügen (durch Liebesworte, die der anderen in dieser Situation geheuchelt vorkommen mussten) oder indem er die andere miterleben ließ – und so was ließ sich schwer verbergen –, wie er Sonja entsprechende Antworten auf zärtliche Worte verweigerte.

Sonjas und sein Ton bei ihren morgendlichen Telefonaten war *angemessen* kühl, liebenswürdig, aber distanziert, was ihm signalisierte, dass sie seinen Freiraum respektierte.

Es hatte eine Zeit gegeben, in der hatte ihn Sonja, wie alle anderen vor ihr, ganz für sich haben wollen, aber im Gegensatz zu ihren Vorgängerinnen war sie nach einer Phase leidenschaftlicher Ausbrüche zu dem Schluss gekommen, dass sie ihn lieber so nahm, wie er war, statt ihn zu verlieren, indem sie darauf bestand, ihn ändern zu wollen.

Inzwischen hatten sie ihre eigenen Rituale entwickelt, die eine gewisse Sicherheit garantierten und für einen effizienten Beziehungsablauf sorgten. Paul hätte weder Zeit noch Energie in emotionale Berg- und Talfahrten investieren wollen. Ehe hatte Stabilität, Rückhalt und Entlastung zu bedeuten. Für alles andere brauchte man nicht zu heiraten.

„Gestern ist es spät geworden“, sagte Paul, als er erklärte, weshalb er sich am Abend nicht mehr gemeldet hatte. „Ich wollte euch nicht stören.“

Abendliche Telefonate gehörten nicht unbedingt zum festen Programm. Aber er tat stets so, als habe er sie selbstverständlich vorgehabt, ehe unvorhergesehen langwierige Verpflichtungen ihn gehindert hätten, tatsächlich anzurufen.

Sonja, die mittlerweile wusste, was sich gehörte, fragte nie, warum es spät geworden war. Manchmal erzählte Paul von sich aus etwas über den vergangenen Abend, manchmal beließ er es bei der Feststellung, dass er lang gedauert habe.

„Alles in Ordnung bei euch? Ja? Fein, bei mir auch … Ach, das Übliche. Wie Hotels halt so sind. Langweilig und unpersönlich. Machs gut, Schatz, schönen Tag."

Er nahm sein Aktenköfferchen und sah sich suchend um. Was vergessen? Nein, nichts.

Die Tür zum Schlafzimmer stand einen Spalt offen. Von drinnen kein Laut. Frau Doktor Iris Gärtner hatte offenbar einen gesegneten Schlaf. Das missfiel ihm. Erstens würde sie seinen Vortrag verpassen, der sie doch angeblich bewogen hatte, zu dieser Tagung zu reisen, und zweitens gehörte es sich nicht, in einem fremden Hotelzimmer einfach durchzuschlafen bis in den hellen Morgen. Frau Doktor Gärtner hätte den Anstand haben können, sich bei Anbruch der Dämmerung in ihr Zimmer zurückzuziehen. Paul jedenfalls hätte das getan an ihrer Stelle. Warum war eigentlich sie mit zu ihm gegangen statt er mit zu ihr, was ihm mehr Handlungsspielraum gelassen hätte? Ein Fehler, aber nun nicht mehr korrigierbar.

Wenn er zurückkehrte, würde sie weg sein, davon ging er aus. Waren sonstige Komplikationen zu befürchten? Eher nicht. Iris Gärtner war ebenfalls verheiratet, sie hatte gleich klar gestellt, dass die letzte Nacht nicht als Auftakt zu einer Fortsetzungsgeschichte misszuverstehen sei und dass darüber Stillschweigen bewahrt werden müsse. Gut so.

Leise zog Paul die Tür hinter sich zu, verließ das Hotel und trat hinaus in den dunstigen Morgen. Der Portier winkte ihm ein Taxi herbei.

Im Taxi plötzlich die Beatles aus dem Autoradio. *Will you still need me, will you still feed me, when I'm sixty-four …*

Paul beugte sich vor, damit der Fahrer ihn besser hörte. „Können Sie das bitte lauter drehen?"

Der Fahrer sah über seine Schulter nach hinten und musterte Paul wie ein Fossil.

Marie war gern Physiotherapeutin. Konkrete Einzelfälle, konkrete Maßnahmen, konkrete Erfolge. Nicht immer, aber oft genug. Marie, die sich nicht anmaßte, gleich die ganze Welt verbessern zu wollen, gab sich mit kleinen Siegen über die Unzulänglichkeiten der physischen Konstitution zufrieden. Jede spürbare Erleichterung, von der ein Patient oder eine Patientin berichtete, war ein Grund, ihre Arbeit zu mögen.

Eine Zeit lang hatte sie, weil sie selbstverständlich keine bloß mechanistische Auffassung vom Funktionieren des Bewegungsapparates hatte, sondern den Menschen als das komplexe System sah, das er nach moderner Auffassung war, mit einer zusätzlichen Psychotherapie-Ausbildung geliebäugelt oder vielmehr bedauert, dass sie weder die Zeit noch das Geld dafür aufbrachte. Mittlerweile war sie nicht nur zu dem Schluss gekommen, dass die Psychotherapie ein weites Betätigungsfeld auch – keineswegs ausschließlich, aber *auch* – für Scharlatane war, sondern sie war zudem ganz froh, nicht Tag für Tag mit Seelenschrott zugeschüttet zu werden, von belastendem Leid bis zu wehleidigem Gejammer.

Hans, der angebliche Weltverbesserer, legte ihre Beschränkung auf begrenzte Vorhaben – zum Beispiel das, einem Menschen zu zeigen, wie er seine Rückenmuskeln durch gezielte Übungen so weit stärken konnte, dass sie imstande waren, seine instabile Lendenwirbelsäule zu stützen – als Beschränktheit aus und warf ihr Mitarbeit an einem ausbeuterischen System vor. Indem sie die Beschädigten repariere, damit sie fit seien für den Konkurrenzkampf, der sie krank gemacht habe, helfe sie mit, die Notwendigkeit von geänderten Arbeitsbedingungen zu vertuschen.

Das war nicht ganz falsch. Der Konzern leistete sich das Gesundheitszentrum nicht aus purer Menschenfreundlichkeit. Trotzdem fand Marie es für sich besser, den krumm und schief Gewordenen mit ihren Möglichkeiten zu helfen, als wie Hans Utopien zu propagieren, während die Krummen krumm blieben. Das heißt, sie fand es durchaus notwendig, dass es Menschen gab, die Utopien entwarfen und propagierten, aber das bedeutete nicht, dass ihre Arbeit überflüssig, ja unmoralisch war.

Maries erste Patientin an diesem Morgen war Gerlinde Ulrich, eine resolute Person in mittleren Jahren, Sachbearbeiterin in der Buchhaltung, die mit einem massiven Cervikalsyndrom zur ersten Behandlung gekommen war.

„Schlafen Sie gut?", fragte Marie, während sie Frau Ulrichs Rücken- und Nackenmuskulatur prüfend abtastete.

Gerlinde Ulrich verzog den Mund. „Wenn ich ehrlich sein soll – nein."

„Sorgen? Ärger?"

Gerlinde Ulrich lachte kurz und freudlos. „Na klar. Ich gehöre zum alten Eisen. Wenn das kein Ärger ist."

Marie schüttelte den Kopf. „Unsinn. Heutzutage gehört man doch nicht zum alten Eisen in … unserem Alter."

„In *Ihrem* Alter", hatte sie sagen wollen, doch dann war ihr rechtzeitig eingefallen, dass Gerlinde Ulrich etwa so alt sein musste wie sie selber. Sie wirkte allerdings um einiges älter, fand Marie, hatte aber gleichzeitig den Verdacht, dass Frau Ulrich vielleicht der umgekehrten Meinung war. Nach Maries Beobachtung sah man sich selber fast immer jünger als die Gleichaltrigen, und je älter man wurde, desto mehr nahm die Neigung dazu zu.

Frau Ulrich lachte abermals spöttisch auf. „Das wissen Sie, das weiß ich, das weiß Jane Fonda. Aber sagen Sie das mal meinem Abteilungsleiter!"

Marie lächelte.

Kein Grund zu wirklicher Heiterkeit. Doch was sollte sie Tröstendes von sich geben, das keine Lüge war?

Nach Gerlinde Ulrich war Günther Stadlmayr dran. Protrusion der Lendenwirbelsäule. Bewegungsmangel, Übergewicht, Raucher.

Schwer atmend legte er sich auf die Matte und hob, Maries Anweisungen folgend, langsam das Gesäß an.

Das Telefon läutete. Marie ließ Stadlmayr die Lendenwirbelsäule wieder abrollen und hob seufzend ab.

Hans war später aufgewacht, als er vorgehabt hatte. Er lehnte es ab, einen Wecker zu stellen. Auf seine innere Uhr sei ohnedies Verlass, verkündete er gern. Dass seine innere Uhr sich häufig nicht an seine Vorgaben hielt, störte ihn nicht. Hing vielleicht damit zusammen, dass seine Arbeitstage seit geraumer Zeit die Neigung hatten, sich als immer schwerer überwindbare Gebirge aus selbst auferlegten Pflichten vor ihm aufzubauen. Nicht, dass die Pflichten so zahlreich gewesen wären. Und vielleicht hätten Außenstehende den zu ihrer Erledigung erforderlichen Arbeitsaufwand als nicht besonders groß eingestuft. Hans jedoch fühlte sich immer öfter schon erschöpft, bevor er auch nur angefangen hatte, sich dem Pflichtenberg zu nähern. Fehlende Motivation durch fehlende Erfolgserlebnisse. Eine triviale Diagnose. Was bitte hätte er denn überhaupt als Erfolg verbuchen sollen in einer Welt, die ihn zunehmend anekelte, inmitten von Dummköpfen, die das Sagen hatten, ja, die, genauer ausgedrückt, umso mehr zu sagen hatten, je inkompetenter sie waren?

Er ging in die Küche und überlegte eventuelle letzte Verbesserungen an seinem Vortrag in der Schumpeter-Stiftung. Das Auditorium, mit dem er rechnete, war nicht ganz das Auditorium, das er sich gewünscht hätte, aber immerhin. Zumindest vorwiegend Fachleute. Mit Fachleuten über kontroversielle Standpunkte zu debattieren war eine erfreulichere Aussicht, als vor einer Horde Ahnungsloser zu sprechen. Oder sich mit dämlichen Zeitungsredakteuren herumzuschlagen, für die wissenschaftliches Denken eine unbekannte Disziplin war.

Er wollte gerade Kaffeewasser aufsetzen, als das Telefon läutete. Die Sekretärin sprach mit geschäftsmäßigem Bedauern in der geschäftsmäßig freundlichen Stimme. „Zu wenig Interesse … auch in Ihrem Sinn … ."

„Was heißt das?", fragte Hans aufgebracht. „Haben Sie den Vortrag nicht ordentlich angekündigt? Kein Wunder, dass niemand kommt, wenn niemand weiß, dass er stattfindet!"

„Ich verstehe Ihren Ärger, Herr Opitz", heuchelte die Schumpeter-Ziege mit hörbar bemühter Geduld, „wir finden es ebenfalls schade, dass die Nachfrage so schwach ist. Glauben Sie mir, an der Ankündigung lag es nicht. Sehen Sie, aus Kostengründen müssen wir auf eine gewisse Auslastung achten, und für Sie kann es doch auch nicht angenehm sein, vor einem

Publikum von nur zehn, zwölf Menschen zu sprechen –"

„Ach, wissen Sie, mir sind ein paar handverlesene Zuhörer, wenn sie mitdenken, lieber als ein Haufen Idioten. Aber wie Sie glauben." Wütend knallte Hans das Telefon auf die Aufladestation.

So. Und, natürlich, kein Kaffee da! Das auch noch. Wo hatte Marie eigentlich ihr Hirn, wenn sie einkaufen ging?

„Deswegen rufst du an?", fragte Marie. „Entschuldige mal, anrufen kannst du – aber Kaffee kaufen kannst du nicht?"

„Natürlich kaufe ich keinen Kaffee, wenn ich nicht weiß, dass keiner mehr da ist!", quäkte Hans' aufgebrachte Stimme aus dem Telefon. „Hör zu, ich verlange ja nicht, dass du Kaffee kaufst, obwohl das nicht zu viel verlangt wäre nach herkömmlichen Maßstäben, aber bitte, ich sehe ein, dass die herkömmlichen Maßstäbe für dich nicht gelten. Ich sage nur, dass du es mir sagen könntest, wenn *ich* Kaffee kaufen soll, weil es mir nämlich unmöglich ist, ohne Kaffee zu arbeiten –"

Marie legte auf.

„Gibts Schwierigkeiten?", fragte Stadlmayr mitleidig.

Sie machte eine abwehrende Handbewegung. „Schon erledigt. Also, weiter gehts …"

Ächzend hob Stadlmayr abermals das Hinterteil an. Er sollte die Übungen, die sie ihm gezeigt hatte, auch daheim machen, aber Marie glaubte nicht, dass er sich wirklich daran hielt.

Erneut stimmte sie ihre alte Leier an: Zwanzig Minuten Heilgymnastik einmal in der Woche würden leider nicht ausreichen, seine Beschwerden zu lindern. Sie bemühte sich um einen behutsamen Ton. Leute wie Stadlmayr reagierten auf eindringliche Vorhaltungen häufig mit trotziger Verweigerung.

Prompt sagte er: „Ich versteh ja ehrlich nicht, warums nicht einfach ein Wundermittel zum Schlucken oder so gibt. Ich meine, allen möglichen Schwachsinn erfinden sie, da könnten sie doch gerade so gut eine Salbe erfinden, die schmiert man sich einfach ins Kreuz und basta. Nein, sehen Sie nicht so? Klar, Sie wären ja auch brotlos, wenns das geben würde."

Er lachte herzlich.

Als Marie sich an den Computer setzte, um ihm seinen nächsten Behandlungstermin zu sagen, stutzte sie.

„Nanu", sagte sie verblüfft, „hier steht auf einmal eine Berliner Adresse unter Ihrem Namen."

Stadlmayr lachte abermals laut. „Da hätt ich aber weit in die Firma, was?"

Marie schüttelte den Kopf. „Ist mir unerklärlich, was da passiert ist. Manchmal denke ich, diese Dinger machen, was sie wollen."

3.

Christiane stand ein Stück entfernt von der Meute, die Paul belagerte, und musterte ihn nachdenklich. Ein gut aussehender Mann, immer noch. Jawohl, *immer noch.* Sie hielt nichts von der Spruchweisheit, wonach Frauen älter, Männer jedoch interessanter werden, der Blick, mit dem sie Menschen auf ihre physische Attraktivität hin musterte, war streng und streng geschlechtsneutral. Wabbeliges Fleisch, lange Zähne, welke Haut waren keine antörnende Ausstattung, weder bei Frauen noch bei Männern.

Lange Vertrautheit konnte die erotisierende Wirkung junger, straffer Körper unter Umständen ersetzen, nicht zuletzt, weil eine lange Bekanntschaft bewirkte, dass für das Auge der Betrachterin hinter den gealterten Zügen irgendwann wieder die jugendlichen von ehedem auftauchten. Aber schlaffe Gestalten, die sich nicht auf wohlwollende Erinnerungen berufen konnten, blieben abgeschlafft und basta.

Walter war ihr immer lieb gewesen, er hatte sich, wie man so sagte, gut gehalten, doch selbst wenn das nicht der Fall gewesen wäre, hätte das ihr Bedürfnis nach körperlicher Nähe zu ihm nicht demoliert. Klar, die Leidenschaft der Anfangszeit war bald dahin, aber danach stellte sich ein Gefühl der Zusammengehörigkeit ein, das stark genug war, ihnen beiden immer wieder Lust auf einander zu machen. Walter hätte die Erbarmungslosigkeit ihres Blicks nie zu fürchten gehabt.

Was für ihn gegolten hatte, galt jedoch für niemand anderen.

Jetzt Paul. Er hatte sich äußerlich nicht drastisch verändert, trotzdem sah er fremd aus. Schlecht vorstellbar, wie eng befreundet sie einmal gewesen waren – sie, Walter, Paul und Marie.

Walter hatte nie verstanden, warum Marie dann doch bei Hans geblieben war. Aber das lag daran, dass er betriebsblind gewesen war, wenn es um seinen alten Kumpel Paul ging.

Christiane hingegen war sich nicht mehr so sicher, dass sie immer noch für Paul votieren würde, die Art und Weise, wie er sie alle verlassen und vergessen hatte, auch Walter, um in der weiten Welt zielstrebig seine Karriere zu verfolgen, sprach für eine gewisse Kälte, mit der zurechtkommen zu müssen sie Marie nicht wünschte.

Allerdings würde sie auf jeden Fall nach wie vor gegen Hans votieren, diesen mieselsüchtigen, egozentrischen Klotz an Maries Bein.

Seltsamerweise hatte Walter Hans oft verteidigt. Dass er fand, Paul wäre der bessere Partner für Marie gewesen, hinderte ihn nicht, Hans in Schutz zu nehmen. Dabei konnte man sich keinen größeren Gegensatz zum warmherzigen, lebensbejahenden, Anteil nehmenden Walter denken als den ewig unzufriedenen, vorwurfsvollen, ständig auf den eigenen Nabel starrenden Hans. Na ja. Typisch für Walters Gutherzigkeit, dass er sich um Verständnis sogar für solche Typen wie Hans bemüht hatte.

Sollte sie sich zu Paul durchdrängen und ihn ansprechen? Sollte sie Marie dann von diesem Zusammentreffen berichten? Wusste Marie eigentlich, dass Paul in der Stadt war?

„Der große Zampano", sagte spöttisch der Kollege, der während Pauls Vortrag neben Christiane gesessen war und den sie flüchtig kannte (ein praktischer Arzt mit Ordination in einem überalterten Wohnviertel, selber langsam ergrauend im aufreibenden Fließbanddienst an seiner vom Leben abgenützten Klientel). Er wies auf Paul. „Tja. Die einen kümmern sich um den medizinischen Fortschritt, und die anderen kümmern sich um ihre Patienten. Ist doch so, oder?"

„Ach, wissen Sie", erwiderte Christiane, „ich bin nicht neidisch. Schon um mein Infarktrisiko zu senken."

Paul hatte sich von der Gruppe, die ihn umdrängt hatte, gelöst und kam mit raschen, ausholenden Schritten auf Christiane zu, allerdings in der offenkundigen Absicht, an ihr vorüberzugehen, denn sein Blick war auf die Tür in ihrem Rücken gerichtet.

„Hallo, Paul“, sagte Christiane, als er auf ihrer Höhe war.

Er blieb stehen und starrte sie an, sichtlich verwirrt, wo er sie hintun sollte.

„Christiane. Mautner“, sagte Christiane sachlich. „Wir haben zusammen studiert. Weißt du noch …?“

Paul schaute genauer. Er begann zu lächeln.

„Mein Gott. Christiane“, sagte er. In seiner Stimme schwang die alte Zuneigung.

„Zwei Sätze solltest du jetzt nicht sagen“, riet ihm Christiane mit mildem Spott. „Nämlich: *Das ist ja eine Ewigkeit her! Oder: Du hast dich überhaupt nicht verändert!*“

„Du hast dich aber überhaupt nicht verändert“, behauptete Paul geschmeidig.

„Deswegen hast du mich auch sofort erkannt“, sagte Christiane trocken.

Paul lachte. „Das liegt daran, dass ich nicht für möglich gehalten habe, wie wenig du dich verändert hast.“

Christiane schnalzte anerkennend mit der Zunge. „Sehr geistesgegenwärtig. Wie gehts dir?“

„Gut, danke“, erwiderte Paul. „Gut. Ich hoffe, dir auch. Hör mal, wenn ich gewusst hätte, dass du hier bist … Jetzt bin ich total verplant. Warum hast du dich nicht früher gemeldet?“

„Ach, ich hab mir gedacht, deine Zeit ist sicher knapp“, sagte Christiane.

„Das stimmt –“ Paul sah drein, als überlege er, wie er sie doch noch in seinem übervollen Terminkalender unterbringen könne.

„Soll ich Marie von dir grüßen?", fragte Christiane.

„Marie … Ich weiß nicht", antwortete Paul in Gedanken.

Christiane schaute verblüfft. „Bist du immer noch sauer?"

„Sauer?", wiederholte Paul. Er realisierte offensichtlich erst jetzt, was sie ihn gefragt hatte, und schüttelte energisch den Kopf. „Ich bitte dich! Sag schnell: Wie geht es Walter?"

„Walter ist tot", sagte Christiane ruhig.

Paul starrte fassungslos.

„Ich hab dir eine Todesanzeige geschickt", fügte Christiane hinzu. „Vor fünf Jahren."

„Woran ist er …?"

„Infarkt. Ganz plötzlich. Kein langes Leiden. Man sagt sich das immer zum Trost, wie du vielleicht weißt: kein langes Leiden. Aber er war verdammt jung dafür. Er hätte gut und gerne noch lange leben können. Ohne zu leiden. Ich meine, im Grunde war das nicht die einzig denkbare Alternative: leiden oder tot umfallen."

Sie brach ab, bevor sie die zittrige Stimme bekam, die sich immer einstellte, wenn sie sich verbot, mit dem Schicksal zu hadern.

„Ich schwöre dir …" Paul hob als Unschuldsgeste beide Hände. „… ich hab die Todesanzeige nicht bekommen. Bestimmt nicht. Mein Gott, tut mir das Leid."

„Schon gut", sagte Christiane müde.

Eine geschäftige Frau in einem tadellos sitzenden Kostüm, vermutlich eine der Kongressorganisatorinnen, kam heran und wandte sich an Paul. „Tut mir Leid, Herr Professor, aber wir müssen –"

Paul sah Christiane bedauernd an. Sie schnitt ihm die Rede ab, zu der er ansetzen wollte.

„Lass nur, Paul. War schön, dich zu treffen."

„Vielleicht ein anderes Mal", sagte Paul etwas hilflos, ehe er sich von der geschäftigen Frau mitziehen ließ.

Christiane sah ihm nach, unschlüssig, was sie fühlen sollte. Sie hatte Paul gegrollt vor fünf Jahren, als er auf die Nachricht von Walters Tod nicht reagiert hatte, wenngleich sie andererseits keinen großen Trost von ihm erwartet hatte. Schließlich waren sie an die zwei Jahrzehnte kaum mehr miteinander in Kontakt gewesen. Nun empfand sie aber doch so etwas wie Wehmut, als sie ihm nachblickte. Paul verkörperte einfach ein Stück ihrer – ihrer und Maries – Jugend. Und er hatte ehrlich betroffen gewirkt. Und er hatte noch immer dieses entwaffnende jungenhafte Lächeln, obwohl er doch mittlerweile als einschüchternde Autorität hofiert wurde.

„Auf zur Sechstausend-Kalorien-Diät!", sagte Sandra, als sie Marie abholte. Wenn es sich irgendwie einrichten ließ, verbrachten sie die Mittagspause gemeinsam.

Sandra arbeitete in der Controlling-Abteilung, sie war studierte Betriebswirtin, Mitte dreißig, einerseits bekennender Single und andererseits auf der Suche nach Mister Right, demjenigen, mit dem sie sich zusammentun würde, um ihre hochwertigen Gene an künftige Generationen weiterzugeben und der Welt das Beispiel einer erstklassig funktionierenden Partnerschaft zu bieten. Das Übliche. Mister Right zögerte aufzutauchen, was Sandra veranlasste, in regelmäßigen Abständen zu zweifeln, ob dem irdischen Vorkommen männlicher Geschöpfe ein sinnhaftes Konzept zugrunde liege. Die meiste Zeit jedoch war sie gut drauf und zuversichtlich, was Marie und Christiane schätzten, denn mieselsüchtig zu sein brachten sie ohne fremde Hilfe zu Stande, wie sie Sandra gerne erklärten. Sie, Sandra, pflegten sie zu behaupten, habe aufgrund ihrer Jugend die Aufgabe, das angeblich notwendige positive Denken in ihre Freundschaft einzubringen.

Sandra hatte Marie vor zwei Jahren aufgesucht, um ihre Verspannungen im Schulter- und Nackenbereich loszuwerden, und im Laufe der Behandlung hatte sie sich mit Marie – trotz des erheblichen Altersunterschiedes – angefreundet. Inzwischen gehörte Sandra wie Christiane, mit der Marie zur Schule gegangen war, zum inneren Kreis von Maries Bezugspersonen.

„Auf zur Sechstausend-Kalorien Diät! Man gönnt sich ja sonst nichts!“, sagte Sandra.

Braun gebrannt und in lässigen Edelklamotten stiefelte sie neben Marie den Gang entlang. Die Firma stellte den Beschäftigten eine Kantine zur Verfügung, die neuerdings mit *Wellness-Menüs* zu punkten versuchte, aber Sandra und Marie gingen meistens zu einem kleinen Italiener um die Ecke. Wenn sie pünktlich zurück sein wollten, mussten sie sich beeilen (allerdings nicht mehr als diejenigen, die sich in der Kantine anstellten, um zu Tode gewärmtes Gemüse und künstlich konservierte Saucen auszufassen).

„Klingst du am Ende frustriert?“, fragte Marie.

„Na klar. Du wärst auch frustriert, wenn du den ganzen Tag mit Millionenbeträgen zu tun hättest, und dein Gehalt würde gerade für eine klitzekleine Wohnung reichen!“, sagte Sandra.

„Für eine klitzekleine *Dachterrassen*-Wohnung und einen klitzekleinen Roadster“, verbesserte Marie.

Sandra lachte. „Trotzdem. Ich komme immer mehr zu dem Schluss, dass ich nicht zum Arbeiten auf der Welt sein kann. Findest du nicht auch, wir sollten in weißen Leinenkleidern auf einer malerischen Piazza sitzen und mintfarbene Drinks durch lange Strohhalme schlürfen?“

Marie antwortete, das höre sich überzeugend an. Onkel Gregors Foto, das ihr am Morgen zu Füßen gelegen war, kam ihr in den Sinn. Sie seufzte und sagte: „Der Letzte in meiner Familie, der sich ein Luxusleben leisten konnte, war mein Onkel Gregor.“

„Wer?“

„Mein sagenhafter Onkel Gregor. Der gewissenlose Verprasser unserer irdischen Güter. Seitdem sind wir zur Werktätigkeit verdammt.“

Sandra zog demonstrativ erschauernd die Schultern hoch. „Du meinst, du hast dich damit abgefunden?“

„Manchmal rede ich mir sogar ein, es würde mich langweilen, nur herumzusitzen und Drinks zu schlürfen“, sagte Marie heiter.

„Na sicher“, stimmte Sandra zu. „Würde es auch. Aber damit müssten wir uns ja nicht begnügen. Weißt du, ich stelle mir das so vor: Wir sitzen auf dieser Piazza, unter einer gestreiften Markise, kleine Perlen in den Ohren, und wer uns ins Blickfeld kommt, wird verbal gemeuchelt.“

Marie kicherte.

Auf der Heimfahrt am Abend verließ sie die U-Bahn eine Station früher, um Kaffee zu besorgen. Obwohl sie jeden Samstag zum Supermarkt fuhr und ihr Auto mit Vorräten voll lud, die ihrer Meinung nach reichen mussten, eine Großfamilie für das nächste halbe Jahr zu versorgen, war ständig etwas nachzukaufen. Hans, ansonsten akribisch und pedantisch, konnte sich nicht angewöhnen, die in der Küche liegende Einkaufsliste zu ergänzen, wenn er die letzte Kaffeebohne, die letzte Packung Knäckebrot oder das letzte Glas Orangenmarmelade aufgebraucht hatte. Stattdessen: bitterer Vorwurf, sobald etwas fehlte. „Ich hab gedacht, du hast gesehen, dass keine Orangemarmelade mehr da ist! Wieso schaust du nicht nach, was fehlt, bevor du einkaufen fährst?“

„Weil ich keine Lust habe, jedes Mal sämtliche Vorräte zu kontrollieren. Und keine Zeit. Darum liegt die Einkaufsliste da.“

„Faszinierend, wie du es schaffst, den Haushalt zur Wissenschaft zu erklären. *Einkaufslisten. Lagerbestände.* Wundert mich, dass du noch nicht auf EDV umgestellt hast.“

Natürlich hätte Marie die Nachschubbeschaffung verweigern können. Nur hätte sie dann ebenfalls auf Orangenmarmelade verzichten müssen. Oder auf Kaffee zum Frühstück.

Das Viertel, in dem sie und Hans wohnten, war keine Lieblingsgegend von ihr. Ein ehemals bürgerlicher Bezirk, seit vielen Jahren etwas schäbig, der noch darauf wartete, von der alternativen Schickeria entdeckt zu werden. Die Infrastruktur dafür war in gewissem Ausmaß schon vorhanden: ein lebhafter Markt mit einem beachtlichen Angebot, auch an orientalischen Lebensmitteln, kleine Läden, voll gestopft mit asiatischem Krimskrams, dazwischen bodenständige alte Wirtshäuser. Aber noch fehlte das Publikum, die Rousseau-Nachfahren, die das Nebeneinander von zugewandertem Proletariat und vergreisender Bourgeoisie zur erwünschten multikulturellen Durchmischung erklären und die Gegend mit naivem Optimismus beleben würden.

Nein, das war ungerecht. In dem einen oder anderen Bezirk, den die urbane Intelligentia davor gerettet hatte, zum Slum zu werden, gab es tatsächlich Ansätze zu kulturellem Austausch anstatt – bestenfalls – gegenseitiges Dulden. Aber wer wusste schon, ob sich diese *Szene* einmal bis hierher ausweiten würde?

Marie und Hans hatten die Wohnung, in der sie nun ein gutes Vierteljahrhundert lang lebten, seinerzeit als Übergangslösung bezogen.

Ursprünglich war Marie, ohne lange darüber nachzudenken, davon ausgegangen, dass sich ihr erwachsenes Leben in einer Villenetage im Cottage abspielen würde, wo sie schon den Großteil ihrer Kindheit zugebracht hatte. Gartenbenützung, alte Bäume, Vogelgezwitscher.

Die Wohnung, in der sie mit Hans hängen geblieben war, blickte immerhin in einen Innenhof, der noch nicht als Parkplatz freigegeben war, und in dem ein unverwüstlicher Götterbaum tapfer ein bisschen Grün in städtisches Grau zwang.

Paul, den sie heute früh so unerwartet zu Gesicht bekommen hatte (in Gesellschaft von Onkel Gregor), besaß, so viel sie wusste, in der Zwischenzeit nicht nur ein von Gropius inspiriertes Domizil in Berlin, sondern auch ein Ferienhaus in Istrien. Aber das war es nicht, woran sie dachte, wenn sie mit schmerzlichem Ärger überlegte, ob sie an der bewussten Gabelung auf ihrem Lebensweg die falsche Richtung eingeschlagen hatte. Reichtum durch Heirat war nie ein Thema für sie gewesen. Marie war immer davon ausgegangen, dass die Verantwortung für ihre wirtschaftliche Situation bei ihr selber lag. Wäre sie darauf aus gewesen, eine *gute Partie* zu machen, hätte sie sich mit einem der schnöseligen Knaben aus betuchtem Haus einlassen können, die ihr schon in der Tanzschule nachgestiegen waren, weil sie in Mamas Alfa eine tadellose Figur gemacht hätte.

Allerdings wäre es erleichternd, wenn Hans seine Talente etwas besser verkaufen wollte. Er verkaufe *sich* eben nicht, sagte Hans oft, stolz auf seine charakterliche Standfestigkeit, aber er hätte, fand Marie, gar nicht sich – mit Haut, Haar und ideologischen Überzeugungen – verkaufen müssen, sondern bloß seine Arbeit. Hans entgegnete dann, das sei genau der springende Punkt: Die *Vermarktung* seiner Arbeit widerspreche seiner ideologischen Überzeugung.

So gesehen wäre, wenn sie ehrlich zu sich war, ein Ferienhaus in Istrien nicht gerade etwas, was sie als Verrat an *ihren* ideologischen Überzeugungen strikt ablehnen würde. Manchmal hatte sie das ewige Nachdenken, was sie sich gerade noch leisten konnten in Anbetracht ihres Kontostandes, ziemlich satt.

Sie hatte in Hans keinen Ernährer gesucht. Aber dass er so wenig beitragen würde zu seiner eigenen Ernährung, war nicht vereinbart worden.

Sie eilte an den Straßencafés und den noch offenen Geschäften vorbei, kaufte Kaffee im Welt-Laden und hastete weiter. Eigentlich hätte sie Lust gehabt, einzukehren in eins der Lokale, es musste schön sein, unter diesem dämmrigen Himmel zu sitzen und was zu trinken in fröhlicher Gesellschaft.

In fröhlicher Gesellschaft. Das wars. Das beantwortete auch die Frage, die sie sich gerade stellen hatte wollen, nämlich die, warum sie und Hans die Cafés und Gasthäuser rund um ihre Wohnung so wenig nützten. Sie waren einander keine fröhliche Gesellschaft mehr. Sie konnte sich nicht vorstellen, mit Hans *entspannt* und heiter an einem dieser Tische zu sitzen.

Lebendig nannte Christiane Maries Wohngegend, wenn sie aus dem Cottage kam, um sie zu besuchen.

Es klang anerkennend, aber die Anerkennung ging nicht so weit, dass Christiane daran dachte, vom Cottage hierher zu ziehen.

Marie hätte gern herausgefunden, wie es ihr selber ergangen wäre, wenn sich ihre Stadtrandsehnsucht erfüllt hätte – eine Sehnsucht nach alten Häusern in gewachsenen Gärten, wohlgemerkt, und keine Sehnsucht nach aus dem Boden gestampften Einfamilienhausidyllen auf der grünen Wiese, eine Sehnsucht nach Ruhe und Schnitzlerscher Anmut, wohlgemerkt, und keine Sehnsucht nach Grillfesten mit Nachbarn, die kleine Kinder und große Hunde als lärmende Statussymbole in die freundschaftliche Beziehung einbrachten. Manchmal überkam sie mittlerweile der Verdacht, dass sie Heimweh haben könnte nach der Asphaltwüste und den geschlossenen Fronten der behäbigen Mietshäuser mit ihren Stuckfassaden, die ihr seit so langer Zeit vertraut waren.

Nachdem sie ihren Einkauf verstaut hatte, ging sie in Hans' Arbeitszimmer (das eigentlich das Wohnzimmer war, aber Hans hatte es weitgehend okkupiert, sein Schreibtisch, sein Computer, seine Bücherstapel und Papiere dominierten es) und ließ sich in einen der Fauteuils fallen. „Das war ein Tag. Ich bin hundemüde", seufzte sie.

Hans sagte, ohne die Augen vom Bildschirm seines Computers zu wenden: „Ich glaube nicht, dass Hunde wirklich müde sind. Man sagt immer *hundemüde*, aber wer weiß, ob das stimmt? Die dösen dauernd, zugegeben. Meiner Meinung nach allerdings aus purer Einfallslosigkeit.“

Marie lachte. Dann fiel ihr Blick auf den Couchtisch. Onkel Gregors Foto lag darauf.

„Was tut das Foto hier?“

„Welches Foto?“, fragte Hans.

„Onkel Gregor.“

„Oh, der. Er erholt sich davon, dass du ihn weggeworfen hast.“

„Hab ich nicht.“

„Nein? Jedenfalls lag er vor der Eingangstür. Auf dem Fußboden.“

Vielleicht hatte der Luftzug der Tür, als sie am Morgen hinter ihr zufiel, das Bild vom Sessel geweht.

„Er war schon immer ein aufsässiger Kerl“, sagte Marie.

„Wer?“

„Onkel Gregor. Hieß es jedenfalls. Übrigens hab ich Kaffee gekauft. Steht in der Küche.“

„Ja? Da ist er in guter Gesellschaft. Ich hab nämlich auch welchen besorgt.“

„Wie schön für die beiden“, sagte Marie.

Hans drehte sich zu ihr um. „Weißt du, wie man das nennt, was du bist? Desorganisiert. Man nennt es desorganisiert.“

„Als was sagst du das?“, fragte Marie zurück. „Als Meister des Managements?“

Hans seufzte und rieb sich die Bartstoppeln, die er neuerdings gern ein paar Tage stehen ließ (aus Bequemlichkeit, wie er beteuerte, und nicht, um sich als viriler Kreativer zu kostümieren). „Treib du nur deinen Spott mit mir. Wenn du wüsstest, was ich heute hinter mir habe."

„Du wirst es mir gleich erzählen. Richtig?"

„Also. Dieser Laptop, für den du dich interessierst –"

„Für den *ich* mich interessiere?"

„Für den *wir* uns interessieren –"

„Für den *du* dich interessierst!"

„Wie auch immer. Ich habe mich erkundigt. Man braucht dafür einen neuen Drucker."

„Warum?"

„Du kannst den alten nicht anschließen. Aber es geht weiter. Um den Drucker anzuschließen, brauchst du einen Verteiler –"

„Nein. Ich nicht. *Ich* brauche keinen."

„Und dann ... Habe ich schon gesagt, dass die integrierte Tastatur ziemlich klein –"

„Worauf willst du hinaus?"

„Flucht aus dem globalen Dorf", erwiderte Hans. „Mir stinkt dieser angebliche Fortschritt, der mein Geld im Galopp mit sich fortreißt. Andererseits stürzt mein Ungetüm hier aus der Steinzeit der Elektronik dauernd ab –"

„Tröste dich, das tun sie alle. Auch die neuen."

„Egal. Zieh mit mir irgendwo hin, wo es keine Computer gibt." Er setzte eine verschwörerische Miene auf.

„Wo du mir deine Texte in den Gänsekiel diktierst?", fragte Marie spöttisch.

„Ja. Das wäre schön", antwortete Hans träumerisch.

„Weise Worte, mit Ochsenblut auf Pergament geschrieben."

„Oder mit Wanzenblut."

Hans sah sie gespielt tadelnd an. „Sei nicht so desillusionierend."

Sie stand auf und fuhr ihm im Vorbeigehen spielerisch durchs Haar.

Er hielt sie fest und zog sie an sich. „Du bist verdammt dünn", sagte er, das Gesicht an ihrem Bauch. „Man kann sich gar nicht richtig vergraben in dir."

„Blödmann!" Sie gab ihm einen Klaps.

Dann fragte sie: „Wollen wir was trinken gehen?"

„Du meinst – Wirtshaus? Ein Ort, wo es am Ende gar richtiges, gekochtes Essen gibt?"

Er sagte es scherzhaft, aber schon verflog ihre gute Laune. Seine Neigung, das halb verhungerte, vernachlässigte Kind zu spielen, und sei es auch im Scherz, war ätzend.

„Ach, lieber nicht", sagte sie, „eigentlich muss ich noch einen Haufen Sachen bügeln."

4.

Am nächsten Tag, um 14.20 Uhr, Marie hat gerade Jürgen Mansberg aus der Warendisposition (Schulterluxation nach Sportunfall) verabschiedet und erwartet Vera Pichler, *Product Supply* (lumbale Spondylose), da schiebt sich dieser schmale, eher kleine Mann zur Tür herein und bleibt mit einem nervösen Lächeln vor ihr stehen.

„Ja, bitte?“, fragt Marie.

Sie kennt den Mann nicht, aber das ist nicht weiter verwunderlich, bei der großen Belegschaft der Firma. Dass er so einfach hereinplatzt, befremdet sie allerdings.

Sonderbar angezogen ist er überdies, sehr altmodisch, würde Marie sagen, aber wer weiß, vielleicht ist das die aktuelle Retro-Herrenmode, mit Männer-Outfits kennt sie sich nicht so gut aus.

„Ich weiß nicht recht, wie ich beginnen soll“, sagt der schmächtige Mann und lächelt ihr ein bisschen verkrampft zu.

„Vielleicht mit Ihrem Namen?“, schlägt Marie vor.

„Ja, äh …“ Er hüstelt. „Das wäre nahe liegend“, sagt er dann, „das Problem ist nur: Ich will Sie nicht erschrecken.“

„Und schon fürchte ich mich“, sagt Marie, sie bemüht sich dabei um einen scherzhaften Ton, aber ganz geheuer ist ihr der Fremde nicht. Er schaut nicht wirklich gefährlich aus, doch andererseits: Wie gefährlich wirken die Gefährlichen fürs bloße Auge? Gibt es einen Styling-Code für nachmalige Gewalttäter? In der Regel spazieren sie selten mit einem Button auf dem Sakko umher, auf dem „Achtung, durchgeknallt!“ steht. Außerdem können diese Schmalbrüstigen erstaunlich zäh und kräftig sein.

„Was mich angeht“, sagt der Fremde, „ ich habe mir oft gewünscht, dass mir eine gute Fee über den Weg läuft. Sie nicht?“

„Was wollen Sie?“, fragt Marie, etwas schärfer, aber nicht zu scharf, um ihn nicht zu provozieren.

„Reden“, sagt der schmächtige Mann.

„Worüber?“

„Über das Leben. Über die Liebe –“

„Hören Sie“, sagt Marie bemüht ruhig, „ich bin Physiotherapeutin, nicht Psychotherapeutin. Das ist nicht dasselbe, wissen Sie.“

„Ich weiß“, erwidert der Mann sanft. „Ich will ja auch nicht über mich reden, sondern über dich … äh, Sie.“

„Kennen wir uns?“ Marie blickt unauffällig um sich. Der Mann versperrt ihr den Weg zur Tür. Soll sie anrufen? Aber wen? Und was soll sie sagen?

„Entschuldigen Sie", sagt der fremde Mann, „ich habe Sie geduzt. Das finden Sie befremdlich. Zu Recht. Aber keine Angst, ich … Ich will Ihnen nichts tun. Nichts Böses jedenfalls."

„Sondern?" Wer weiß, was der Verrückte unter *guten Taten* versteht?

Der Mann räuspert sich abermals. „Um auf die Sache mit der Fee zurückzukommen – ich weiß, es hört sich bestimmt merkwürdig an, aber, na ja, ich bin sozusagen in dieser Eigenschaft hier. Ich möchte so was wie Ihre gute Fee sein."

„Würden Sie mich bitte einen Augenblick entschuldigen?", fragt Marie.

Der Mann hebt eine Hand, als sei sie bereits dabei davonzulaufen, und er müsse ihr Einhalt gebieten.

„Bitte! Nicht weggehen! Schauen Sie mich doch einmal genau an! Erkennen Sie mich nicht?"

Marie steht vorsichtig auf. „Leider weiß ich nicht, wer Sie sind."

Er erhebt sich gleichfalls und stellt sich vor sie hin. „Sie haben mich ja noch gar nicht richtig angesehen. Bitte! Tun Sie's! Wem sehe ich ähnlich? Na?"

Herrgott, wie kommt sie hier raus? „Kevin Costner?", fragt sie auf gut Glück. Anscheinend will er für jemand Berühmten gehalten werden. Aber wie soll sie erraten, wen er meint?

„*Kevin – wer?*", fragte der Mann zurück. „Wer soll das sein?"

„Ein Filmstar", antwortet Marie automatisch. Anscheinend geht er nie ins Kino. Vielleicht hätte sie

Bill Gates sagen sollen. Oder … José Carreras? Oder … Möglicherweise hält er sich ja auch für die Reinkarnation von Napoleon. Wie soll sie das herausfinden? (Und warum hat sie eigentlich *Kevin Costner* gesagt? Ach ja, sein Bild in der heutigen Tageszeitung, neben der Ankündigung irgend eines Films, der abends im Fernsehen läuft.)

„Mariechen", sagt der Mann weich, „ich bin doch kein Filmstar. Ich bin dein Onkel Gregor."

Marie zieht den Kopf ein wie ein Stier, der zum Angriff übergeht, bereit, den Mann beiseite zu rempeln (aber er weicht von selber aus), und stürzt aus dem Zimmer, über den Gang, ins Büro des Betriebsarztes.

„Andreas, bitte! Hilf mir! In meinem Zimmer ist ein Irrer!"

„Kein Mensch da", sagt Andreas und sieht sich in Maries Behandlungszimmer um. „Was war los?"

Ja, was war los?

„Da ist plötzlich ein Fremder reingekommen", beginnt Marie und findet, das hört sich irgendwie blöd an.

„Hat er dich bedroht?"

„N-nein, nicht wirklich …"

„Aber?"

„Er hat wirre Sachen gesagt –"

„Was?"

„Dass er mein Onkel Gregor ist."

„Hast du einen Onkel Gregor?"

„Ich hatte einen. Eigentlich ein Großonkel –"

„Woher weiß er das?“
„Keine Ahnung.“
„Sonderbar. Ich verständige den Sicherheitsdienst.“
Marie erscheint das plötzlich keine gute Lösung. Der Fremde ist weg, am Ende steht sie dann womöglich als die Bescheuerte da, die von einem längst verblichenen Großonkel schwatzt.
„Ich glaube, das hat keinen Sinn mehr“, sagt sie.
„Könnte es sein, dass der Mann tatsächlich ein Verwandter von dir war? Oder vielleicht hast du ihn missverstanden, und er hat bloß gemeint, dass er ein Freund von deinem Onkel –?“
„Ich weiß es nicht“, sagt Marie müde. Auf einmal will sie über den Auftritt des Unbekannten nicht mehr reden, sondern ihn bloß so schnell wie möglich vergessen.
„Bist du okay?“
„Ja. Sicher.“
„Vielleicht ein dummer Scherz –“
„Vielleicht.“
Es klopft an der Tür. Vera Pichler.
„Kommen Sie herein“, sagt Marie.

Nach Arbeitsschluss entschied sie sich dafür, ein Stück zu Fuß zu gehen. Im Passantenstrom treiben. Den Kopf auslüften.

Plötzlich sagte eine Männerstimme neben ihr: „Haben Sie nie diesen wunderbaren Film gesehen, in dem sich Cary Grant nach einem Autounfall in einen Engel verwandelt? So was kommt vor.“

Sonderbarerweise blieb ihr das Herz nicht stehen. Es war ihr, als hätte sie diese neuerliche Begegnung erwartet, und als sei sie – nun, da sie den Mann schon zum zweiten Mal sah, ihn also fast *gewöhnt* war – nicht mehr so beunruhigend wie die erste. Obwohl – seit wann war man an jemanden *gewöhnt*, wenn man ihn knappe zwei Mal traf?

„Mariechen", sagte der Mann, „du musst mir glauben und es hinnehmen: Ich bin dein Onkel Gregor."

Marie sah ihn von der Seite an. Er marschierte neben ihr her, ein bisschen kleiner als sie, sehr schlank, sehr aufrecht, in diesem altmodischen Anzug, und er hatte tatsächlich eine gewisse Ähnlichkeit mit Onkel Gregor, wie sie ihn vom Foto her kannte.

Sie blieb zu ihrem eigenen Erstaunen ganz ruhig und brachte sogar so was wie Spott auf.

„Ich hab geglaubt, Sie wären ein Engel. Wie Cary Grant", sagte sie.

Der Mann, der behauptete, Onkel Gregor zu sein, seufzte. „Eben nicht. Noch nicht."

Marie sagte nichts, sondern schritt aus. Der Mann hielt sich neben ihr.

„Ich habe zuvor einen Auftrag zu erledigen", sagte er.

„Bevor Sie zum Engel werden?" Marie lächelte nachsichtig.

Der Mann seufzte wieder. „Ich weiß, es ist schwer, das alles nicht verrückt zu finden. Du darfst dir unter einem Engel natürlich nicht einen Kerl im Nachthemd mit Flügeln vorstellen. Ich verwende diese

Worte nur, um mich *irgendwie* verständlich zu machen. Tatsache ist, ich habe eine Mission zu erfüllen, bevor ich … Die *gute Tat*, du weißt schon."

„Nein, ich weiß gar nichts", widersprach Marie. „Erst sind Sie eine gute Fee, dann ein Engel –"

„Eben nicht!"

„Okay", sagte Marie gereizt, „kein Engel. Ist *gute Fee* eine Art Vorstadium zu *Cherubim* und *Seraphin*?"

„Schau", sagte der Mann begütigend, „die Sache ist die: Ich war nicht immer das, was man einen anständigen Kerl nennt. Speziell, was die Frauen anlangt … Also, es gab da einigen Grund seitens der Damen, mir zu grollen. Heißt es. Ich habe es nie böse gemeint, weißt du. Ich war wohl nur, äh, ein bisschen *unstet*. Sagt man das heutzutage noch, *unstet*? Egal, jetzt geht es darum, dass ich was gutmachen soll. Ich müsste einer Frau Glück bringen. Das würde mir enorm helfen, wenn entschieden wird, wo mein endgültiger, äh, Aufenthaltsort ist."

Marie starrte ihn entgeistert an. „*Sie* haben Frauen unglücklich gemacht?"

Der Mann blieb stehen. „Ja." Er schaute gekränkt. „Wieso?"

„Nur so", sagte Marie.

Er straffte die Schultern. „Entschuldige mal – ich war ein *Herzensbrecher*!"

Marie musste an sich halten, um nicht aufzulachen. Ihre Heiterkeit kam ihr durchaus merkwürdig vor in Anbetracht der Umstände, trotzdem fand sie die Idee, den Lebensweg des schmächtigen Mannes in seinem geckenhaften Aufzug – Sakko mit wattierten Schultern, ein bisschen eng in der Taille, über schlabbriger Hose – hätten schmachtende Frauen gesäumt, ziemlich komisch.

Der Mann seufzte. „Lassen wir das. Ich habe den Auftrag, mit dir zu reden."

„Ach ja? Und zwar worüber noch mal?", fragte Marie. Sie konnte sich ja anhören, was der Kerl vorzubringen hatte.

„Paul ist in der Stadt."

Marie schnappte nach Luft und starrte den Mann an, der vorgab, Onkel Gregor zu sein.

„Dein Paul, meine Liebe. Paul, deine Liebe."

„Ich weiß", sagte Marie mechanisch, „ich weiß, dass Paul in der Stadt ist, ich habe von diesem Kardiologenkongress gelesen. Aber was wissen *Sie* über … Paul?"

„Genug", erwiderte der Mann mild. „Diese Geschichte zwischen dir und ihm –"

„– ist längst Geschichte", sagte Marie hastig.

Der angebliche Onkel Gregor schüttelte den Kopf. „Und warum denkst du dann immer wieder dran?"

„Tu ich das?"

„Tust du das nicht?"

„Na ja", sagte Marie überlegend, „natürlich fragt man sich im Laufe seines Lebens immer wieder einmal: Was wäre gewesen, wenn … ? Das ist ganz normal."

Abermals ging ihr durch den Kopf, wie merkwürdig es war, dass sie auf die mehr als ausgefallene Situation so gelassen reagierte. Da stand sie und unterhielt sich mit einem Mann, von dem sie noch immer nicht wusste, wer er wirklich war, vertraulich über ein sehr privates Kapitel ihrer Vergangenheit. Trotzdem hatte sie keinerlei Bedürfnis, in panischer Abwehr mit den Flügeln zu schlagen. Im Gegenteil, es reizte sie zu erfahren, was dieser Mann über Paul zu sagen hatte, und es war ihr völlig egal, ob es eine natürliche Erklärung dafür gab, dass er Bescheid zu wissen schien über Paul und sie.

„Was wäre gewesen, wenn … fragt man sich vor allem dann, wenn man nicht glücklich ist“, behauptete der Mann.

Marie zuckte die Achseln. „Glücklich, was heißt das schon. Glück ist die Abwesenheit von Unglück.“

„Ja?“, fragte der Mann. Er sah Marie mitleidig an. „Reicht dir das? Denk drüber nach.“

Er nickte Marie zu, deutete eine altmodische Verbeugung an und verschwand um die nächste Ecke.

Marie blickte ihm verwirrt nach.

Daheim überfiel Hans sie mit der Mitteilung: „Dein Sohn war da. Du hast ihn um fünf Minuten verpasst.“

Hans sagte gerne „dein Sohn“, wenn er von Sebastian sprach. Damit brachte er zum Ausdruck, dass er ihn vor allem als Produkt von Maries fragwürdiger Erziehung (vielleicht auch ihrer fragwürdigen Gene) betrachtete.

Ironie? Marie hatte den Verdacht, dass mehr Ernst dahinter steckte, als ihr lieb war. Hans distanzierte sich von seinem Sohn nicht nur mit Worten, sondern zunehmend auch emotional. Es klang kalt, wenn er von ihm redete. Sebastian war nicht so, wie er ihn gern gehabt hätte. Das empfand er als persönliche Kränkung, die er der Einfachheit halber Marie zum Vorwurf machte.

Andere verabschiedeten sich ihren realen Kindern zuliebe von ihren Wunschvorstellungen. Hans verabschiedete sich lieber von der Zuneigung zu seinem realen Kind, wenn es seinen Wünschen nicht entsprach.

„Was hat er denn schon wieder ausgefressen, weil er nur mein Sohn ist?“, fragte Marie.

Sie hätte eigentlich gern über ihre verwirrende Begegnung mit dem angeblichen Onkel Gregor geredet, war sich aber ohnehin nicht sicher, ob Hans der geeignete Gesprächspartner war.

„Nichts“, erwiderte Hans, „denn ich habe seine finsteren Pläne durchkreuzt. Er wollte unseren Fernseher mitnehmen.“

„Wieso?“

„Ganz einfach. Seiner ist kaputt.“

Marie schüttelte den Kopf. „Spinner. Was glaubt er denn?“

„Das ist alles, was dir dazu einfällt? Ich finde, er ist zu alt für seinen kindlichen Egoismus.“

„Ich hoffe, du hast ihm das gesagt“, sagte Marie.

Hans lehnte sich zurück und musterte sie. „Meinst du nicht, du machst es dir etwas bequem?“

„Inwiefern?“, fragte Marie erstaunt.

„Du schiebst mir den schwarzen Peter zu. Nie bist du da. Immer soll ich mich unbeliebt machen.“

Marie spürte, wie Ärger in ihr hochstieg. Das hatte den Nebeneffekt, dass *Onkel Gregor* – wer immer das war – seine Pole Position auf der Dringlichkeitsliste in ihrem Kopf einbüßte. „Du meinst, ich gehe nur arbeiten, damit ich mich vor Auseinandersetzungen mit unserem Sohn drücke?“, fragte sie.

Hans kniff die Augen zusammen, um den Hohn in seinem Blick zu bündeln. „Mariechen“, sagte er mit falscher Sanftmut, „du bist ja so was von fleißig! Alle Welt weiß, dass du diesen Haushalt mit deinem Fleiß finanzierst! Aber ich sage dir was: Nur weil meine Arbeit schlecht bezahlt wird, ist sie nicht weniger wert!“

Marie biss die Zähne zusammen. Kein Streit. Hans war ausgeruht, er konnte leicht kampflüstern sein. Ihr fehlte die Power. Außerdem war sie mittlerweile geübt im Liegenlassen der Fehdehandschuhe, die Hans ihr vor die Füße schleuderte wie ein trotziges Kind.

Das war auch so eine Frage, über die sie sich manchmal vergeblich den Kopf zerbrach: Wann hatte er angefangen, gegen sie zu rebellieren wie gegen eine dominante Mutter?

Sie hatte in Männern nie eine Vaterfigur gesucht. Dafür wollte sie aber auch um Gottes Willen nicht mütterlich sein müssen. Bloß keine inzestuösen Verhältnisse. Nun sah sie Hans an, wie er sich vor ihr aufbäumte in seinem Sessel, das Kinn vorgereckt, und er erinnerte sie fatal an einen Dreijährigen, der Spielsachen aus seinem Kinderwagen wirft, um zu sehen, wie die Großen reagieren auf diese Provokation. Eine unglückliche Assoziation. Wie sollte das bisschen Libido, das sie noch übrig hatte für die eine oder andere Nacht mit ihm, solche Bilder unbeschadet überstehen?

Schnell sagte sie, um ihn abzulenken, wider besseres Wissen: „Ich möchte dir eigentlich was erzählen."

„Ist es wichtig?" Abweisender Ton. Verstockte Miene.

Trotzdem. Einen Versuch war es wert. (Wie viele Versuche, mit Hans freundschaftlich zu kommunizieren, hatten sich eigentlich schon als wertlos erwiesen, und warum bekam sie nicht genug davon?)

„Glaubst du an … Geister?"

Hans schnaubte verächtlich. „Bin ich verrückt?"

Marie presste die Lippen aufeinander. Blöd gefragt.

„Wieso fragst du so was?", erkundigte er sich prompt.

„Nicht so wichtig. Wann fängt dein Vortrag an?"

„Welcher Vortrag?" Er reagierte, als belästige sie ihn schon wieder mit einem Hirngespinst.

Sie schwieg verunsichert. Heute war doch der Tag, an dem er in der Schumpeter-Stiftung sprechen sollte? Oder brachte sie irgendwelche Termine durcheinander? Nein. Erstens hielt er viel zu selten Vorträge, als dass es was durcheinander zu bringen gab, und zweitens hatte er seit Wochen immer wieder von dieser Einladung gesprochen – mit arrogantem Stolz, andeutend, dass ihre berufliche Tätigkeit ihr niemals

Zutritt zu derart hochkarätigen Kreisen verschaffen würde.

„Ach so“, sagte er jetzt beiläufig, „ das ist abgesagt.“

„Abgesagt?“ Sie versuchte, nicht erschrocken zu klingen.

„Mein Gott, ja! So was kommt vor. Mach doch nicht so ein Theater.“

Er griff nach der Zeitung. *Schau her, ich hab Wichtigeres zu tun als mich mit dir über etwas vollkommen Zweitrangiges zu unterhalten.*

„Warum?“

Er zuckte die Achseln. „Was weiß ich. Keine Reklame. Zu wenig Interesse. Irgend so was. Und verschon mich mit Mitleidsgejammer.“

Wie er wollte. Marie zögerte dennoch, das Zimmer zu verlassen. Armer Teufel. So wenig Erfolgserlebnisse. Vielleicht wäre sie auch unleidlich an seiner Stelle?

Sie drehte sich um und ging zur Tür. Er sagte hinter der Zeitung hervor: „Falls du kochst: bloß keine Nudeln! Die machst du nämlich sehr oft, ist dir das schon aufgefallen? Früher warst du kreativer.“

Marie erwiderte ruhig: „Ich koche heute nicht, ich gehe weg.“

„Was heißt das denn? Wozu bist du heimgekommen, wenn du gleich wieder gehst?“

„Ich bin heimgekommen“, sagte Marie spöttisch, „weil du sonst vor Sehnsucht nach mir gestorben wärst. Und um mich umzuziehen.“

Hans ließ die Zeitung ein Stück sinken. „Ist heut Weiberabend?“

„Ja."

Er lächelte boshaft. „Ein Frauenstammtisch. Und dafür ziehst du dich um. Rührend."

Marie ging aus dem Zimmer. In der Tür drehte sie sich um und sagte: „Richtig. Ich fände es auch entschieden flotter, wenn ich zu einem Männerabend ginge."

Als sie im Vorraum war, rief er ihr nach: „Marie!"

„Ja?"

Brummelnd, undeutlich sagte er: „Entschuldige. Ich … Ich bin gereizt."

„Wirklich? Darauf wäre ich nie gekommen." Sie antwortete scheinbar scherzhaft, aber in Wirklichkeit war sie keineswegs versöhnt.

5.

Es gab weder einen Stammtisch noch einen fixen Abend, an dem sie einander trafen. Sie gingen lediglich alle vier, fünf Wochen, miteinander essen, in wechselnde Lokale. Die Lokale wurden stets von Sandra oder Christiane ausgesucht, jede eine Lifestyleexpertin auf ihre Art. Marie machte keine Lokalvorschläge, außer mit Christiane und Sandra ging sie selten in Restaurants, sie wusste zu wenig Bescheid. Anfangs hatte sie, wenn sie in einer Zeitschrift eine verlockend klingende Restaurantkritik gelesen hatte, den Besuch des beschriebenen Gourmettempels angeregt, war aber jedes Mal abgeschmettert worden. Die beiden anderen wussten längst, was von der Lokalität zu halten war, und meist fiel ihr Urteil negativ aus: überschätzte Küche, bescheiden sortierter Weinkeller, ganz gut, aber auf ewig ausgebucht, schlechtes Preis-Leistungsverhältnis, unfreundliche Bedienung, grässliches Schickimicki-Publikum …

Inzwischen ließ Marie einfach Sandra und Christiane bestimmen. Sie fuhr nicht schlecht damit.

Diesmal warteten die zwei schon in einem revitalisierten Nobelwirtshaus, von dem Sandra gesagt hatte, dass man es unbedingt ausprobieren müsse. Warum Sandra, die immer und überall hauptsächlich gemischte Blattsalate aß, ein Lokal ausprobieren wollte, das für Bärlauchlamm und Kalbsleber mit Rahmkohl berühmt war, entzog sich zwar Maries Verständnis, aber egal. Sie würde sichs schmecken lassen und Christianes Weinempfehlung folgen, dabei konnte nichts schief gehen.

Früher, als sie noch paarweise miteinander ausgegangen waren – Christiane und Walter mit Hans und Marie – hatte Hans immer versucht, mit Christianes Weinkennerschaft zu konkurrieren. Wenn sich dann nicht wenigstens Marie an die Sorte hielt, die er aussuchte, wurde er unleidlich. Also trank Marie um des lieben Friedens willen Neuburger, wenn Hans für Neuburger war, auch wenn Christiane dringend zu Welschriesling riet. Das führte nicht unbedingt zu genussreichen Abenden, und nach einer Weile mutierte sie in Hans' Gegenwart zur Antialkoholikerin und bestellte nur noch Wasser. „Du weißt nicht, was dir entgeht!", sagte Hans dann und nahm genießerische Schlucke aus seinem Weinglas. Marie wusste, was ihr entging, nämlich der sicherlich sensationelle Brunello in Christianes und Walters Gläsern. Nur wenn sich Christianes und Hans' Empfehlungen einmal deckten (was lediglich dann passierte, wenn

Hans zuerst einen Vorschlag machte, den Christiane anschließend guthieß, weil Hans umgekehrt keinen Vorschlag von Christiane jemals gutgeheißen hätte), nur dann trank Marie *ausnahmsweise* ebenfalls Wein. Hans war das Gesetz, dem diese Ausnahmen unterlagen, nie aufgefallen.

„Da bist du ja endlich!“, sagte Christiane und prostete Marie mit ihrem Aperitif zu. „Wir kommen um vor Hunger, wollten aber ohne dich nicht bestellen.“

Marie studierte die Karte. Sie bestellten, Sandra gemischte Blattsalate und hinterher gegrillte Auberginen. „Ich warte auf den Tag, am dem du Blattsalate auf einem Bett aus Blattsalaten bestellst“, sagte Christiane zu ihr. „Gegrillte Auberginen kommen dem schon ziemlich nahe.“

„Na ja“, erwiderte Sandra, „ich habe die Wahl zwischen Spanferkel und Kleidergröße 36. Noch entscheide ich mich für Kleidergröße 36.“

„Was soll das heißen?“, fragte Christiane. „Sobald du den Traumprinzen, der auf skelettartige Frauen abfährt, mit deiner skelettartigen Figur an Land gezogen hast, wirst du glücklich fett?“

„Nein, erst sobald es Jil Sander auch in Übergrößen gibt.“

„Du kannst dir Jil Sander leisten?“, erkundigte sich Marie im Tonfall eines staunenden Aschenputtels.

„Manchmal. Weil ich am Essen spare“, antwortete Sandra schnippisch.

Glasklare Logik. Die Blattsalate in den von Sandra frequentierten Lokalen kosteten kaum mehr als ein

Spanferkel, wenn es im trauten Eigenheim zubereitet wurde.

„Was verlangt ihr von mir?“, fragte Sandra. „Dass ich einsam zu Hause sitze und kostenbewusst Schweinefleisch in mich hineinschaufle? Wen mache ich damit glücklich? Euch? Warum? Hasst ihr mich, weil ich in 36 passe und ihr nicht?“

„Marie passt durchaus in 36“, sagte Christiane. „Aber das ist kein Wunder, ihr schlägt ja auch Hans auf den Magen.“ Sie wandte sich Marie zu. „Wie geht es ihm denn, hat er dir eine Szene gemacht, weil du wieder vergessen hast, ihm einen frischen Lorbeerkranz zu knüpfen?“

„Zu winden“, verbesserte Marie. „Lorbeerkränze knüpft man nicht, die windet man. Wie kommst du darauf?“

„Du hast nicht gerade strahlend ausgesehen, als du hereingekommen bist.“

Marie seufzte. Dann erzählte sie vom abgesagten Vortrag in der Schumpeter-Stiftung.

„Das arme Schätzchen“, sagte Christiane. „Unsereins muss ständig vor einem Medaillenregen in Deckung gehen, und er hat einen Misserfolg zu verkraften. So was.“

„Du bist ungerecht, Christiane“, widersprach Marie. „Er ist mühsam, und er nervt mich, aber trotzdem, das hat er nicht verdient. Er hat sich wochenlang vorbereitet. Und er ist doch kein Trottel, im Gegenteil, man kann viel gegen ihn sagen, aber nicht, dass er ein Trottel ist. Fachlich hat er was los, er weiß viel mehr als alle diese Großtöner und Vollmünder, und trotzdem behandelt man ihn wie den letzten Dreck. Das finde ich nicht okay."

„Und ich finde es nicht okay, dass er seinen Frust immer an dir auslässt. Außerdem hat es ja vielleicht einen Grund, dass er nicht gerade beliebt ist. Ich meine, du kannst ihm nicht nachsagen, dass er das ist, was man eine gewinnende Persönlichkeit nennt."

„So war er nicht immer. Er war witzig und einfallsreich. Früher."

„Wenn du ehrlich bist, musst du zugeben, dass sein Witz seit jeher was Erbarmungsloses hatte. Herrgott, Marie, ich will dir ja nicht weh tun. Aber es macht mich krank, wenn ich sehe, wie du so … mutlos hier zur Tür hereinkommst, nur weil du daheim diesen Stimmungstöter sitzen hast."

„Hast du nie daran gedacht, dich von deinem Mann zu trennen?", fragte Sandra vorsichtig. Sie kannte Christianes Brandreden gegen Hans. Einige Zeit hindurch hatte sie gedacht, dass es ein bisschen anmaßend von Christiane war, Marie ihren Ehemann madig machen zu wollen. Inzwischen hatte sie Hans zwei- oder dreimal getroffen. Er hatte vor ihr den Charmeur herausgekehrt (oder das, was er dafür hielt), aber der Ton, in dem er mit Marie sprach, war in der Tat bar jeder Wärme gewesen und stets unterschwellig gereizt. Und Marie, das war unübersehbar, wirkte am vergnügtesten immer dann, wenn Hans irgendwo anders war und es keinen Anlass gab, an ihn zu denken.

„Hat sie nicht", antwortete Christiane. „Siehst du nicht, wie sie ihren Heiligenschein poliert?"

Marie schüttelte den Kopf. „Hab ich *doch*. Schon oft. Aber ich möchte ihn nicht gerade dann verlassen, wenn es ihm schlecht geht."

„Also verlässt du ihn nie", stellte Christiane fest.

„Du meinst, er ist abonniert auf Misserfolge?", fragte Sandra Christiane.

„Er kann sich nicht verkaufen!", sagte Marie.

Christiane verbesserte: „Er *will* sich nicht verkaufen."

„Das auch", bestätigte Marie.

Christiane lachte freudlos. „Na, wunderbar. Er leistet sich ein Rückgrat und drischt auf deines ein." Beiläufig, ehe sie sich selber im Klaren war, warum sie es sagte, fügte sie hinzu: „Paul war bei diesem Kongress."

„Ich weiß", sagte Marie.

Christiane schaute perplex.

„Schau nicht so", sagte Marie. „Ich weiß es einfach und basta."

„Warum rufst du ihn nicht an?"

„Christiane – bitte! Das ist mehr als zwanzig Jahre her!"

„Mehr als fünfundzwanzig. Eigentlich dreißig!" verbesserte Christiane unerbittlich.

„Eben."

„Wer ist Paul?", fragte Sandra.

„Ein beeindruckender Mann", erklärte Christiane, „den Marie nicht genommen hat, weil sie sich an ihren Hans im Unglück verschwenden musste."

Das Essen kam.

Beim Nachtisch sagte Sandra: „Also, heraus mit der Sprache: Was ist mit diesem Paul, und wieso weiß ich nichts davon?“

Christiane erwiderte leichthin: „Das war lange, bevor wir dich gekannt haben, in unserer Jugend. Vor der Erfindung des Buchdrucks und der wasserfesten Wimperntusche.“

Sandra blickte von einer zur anderen.

Marie sagte: „Paul war verlobt. Nicht mit mir. Das gab es in unserer Jugend noch: Verlobung. Ich war zwar nie verlobt. Christiane auch nicht, aber –“

„Was erzählst du da?“, rief Christiane. „Natürlich war ich mit Walter verlobt, ehe wir geheiratet haben.“

„Ohne euch nahe treten zu wollen“, sagte Sandra, „könnt ihrs kurz und verständlich machen? Für eine Vorlesung über Sitten und Gebräuche im zwanzigsten Jahrhundert fehlt mir die Geduld. Was ist mit diesem Paul, und wer ist er?“

„Er wollte sich entloben“, sagte Christiane. „Für Marie. Aber Marie … Sie hat ihm das Herz gebrochen.“

„Das Herz gebrochen!“, wiederholte Marie spöttisch. „Mach einen Punkt! Inzwischen hält er bei der dritten oder vierten Ehe. So viel ich weiß.“

„Ja“, beharrte Christiane. „Aber du hast ihm das Herz gebrochen.“

„Warst du nicht ausreichend verliebt in ihn?“, fragte Sandra sachlich.

Marie lehnte sich zurück. „Ich war … unglaublich verliebt in Paul“, sagte sie nachdenklich. „Ja. Wirklich. Ich glaube nicht, dass ich vorher oder nachher noch einmal derartig verliebt war in einen Mann."

„Und warum hast du ihn ... Warum bist du nicht bei ihm –?"

„Als ich gesehen habe, wie schnell er bereit war, seiner Verlobten den Laufpass zu geben, hab ich es mit der Angst zu tun bekommen. Ich hab mir gedacht: Das soll mir nie, nie passieren. Nie, nie will ich diejenige sein, die er eines Tages verlässt."

„Warum hätte er dich verlassen sollen?", fragte Christiane. „Dich hat er geliebt."

„Er hat später zwei Ehefrauen verlassen. Oder drei. So genau weiß ichs nicht."

„Na und? Seine Ehefrauen hat er eben nicht geliebt."

Marie und Sandra lachten. „Versteh ich das recht?", fragte Sandra. „Du hast einen Lover, auf den du total abfährst, und lässt ihn sausen, weil er deinetwegen seine Verlobung lösen will? Ganz schön pervers."

„Nein, ganz schön feige!", rief Christiane. „Sie wollte auf Nummer Sicher gehen. Deswegen hat sie auf Hans gesetzt. Der Mittelweg, das Mittelmaß. Nicht zu viel Gefühl, keine hohen Erwartungen, also auch keine großen Enttäuschungen. Das wars doch, gibs zu. Das waren deine Motive."

„Vielleicht", sagte Marie. „Ich war immer schon der Meinung, dass eine gute Kameradschaft eine bessere Ehebasis abgibt als die so genannte große Liebe."

„Und? Ist die Rechnung aufgegangen?", fragte Christiane streng.

„Das kann ich nicht sagen!“, antwortete Marie ärgerlich. „Einerseits nein, weil Hans mir kein guter Kamerad ist. Aber andererseits weiß ich doch nicht, ob es mit Paul besser gelaufen wäre! Vielleicht wäre ich heute glücklich mit ihm, vielleicht wäre ich betrogen und frustriert. Ich hab keine Ahnung, was ich verpasst hab!“

„Da ist was Wahres dran“, stellte Sandra fest.

Christiane lehnte sich zurück und überlegte laut. „Wisst ihr, was ich mich frage? Was eigentlich schlimmer wäre: zu erfahren, dass dich einer, den du geliebt hast, später sitzen gelassen hätte? Oder zu erfahren, dass du mit einem, den du sitzen gelassen hast, glücklich geworden wärst?“

Marie breitete resigniert die Arme aus. „Du bist wirklich aufbauend!“, sagte sie. „Ermutigende Alternative. Weiter so. *Was hätten Sie denn lieber: Mumps oder Masern? Armbruch oder Beinbruch? Bankrott oder von vornherein pleite?*“

Sandra lachte.

Paul hatte Ulla gar nicht leichtfertig verlassen wollen. „He, ich hab geglaubt, das wird bloß ein kleiner Flirt!“, sagte er, als er zum ersten Mal mit Marie geschlafen hatte. Er sagte es zärtlich, erstaunt, wie einer, der selber nicht weiß, was ihm widerfahren ist. Er habe ein schlechtes Gewissen, bekannte er, schließlich habe er es ernst gemeint, als er sich mit Ulla verlobte. Wenn man es ernst meinte mit einer Beziehung, dann ging man nicht so einfach fremd, jedenfalls nicht nach seiner Auffassung. Na gut, er sei, sagen wir mal munter unterwegs gewesen davor, aber als er sich auf diese Verlobung einließ, sei er fest entschlossen gewesen, einigermaßen monogam zu werden, so gehöre sich das seiner Meinung nach. Und jetzt das. „Mit dir habe ich einfach nicht gerechnet!“, sagte Paul und küsste Marie.

Marie sagte zunächst nichts, es fiel ihr nichts ein, was sie sagen hätte können. Sie dachte: „Ich will dich, und ich will, dass du diese Ulla so rasch wie möglich vergisst“, aber dieser Gedanke eignete sich nicht dazu, Paul mitgeteilt zu werden. Statt dessen lachte sie, küsste ihn auf die Nasenspitze und behauptete: „Wer verlobt sich denn heutzutage noch, du Spießer?“ Dabei fand sie die Ernsthaftigkeit, mit der Paul über seine Monogamiebestrebungen referiert hatte, rührend.

Gleichzeitig hegte sie den Verdacht, dass es sich mit Pauls Beziehung zur Monogamie ähnlich verhielt wie mit ihrer Belustigung über den bürgerlichen Moralkodex: Beides entsprang ehrlichem Bemühen, war aber letztlich doch nur vorgetäuscht. Während Paul eine Seriosität ansteuerte, die seinem Naturell fern lag, versuchte sie sich in einer Leichtherzigkeit, die ihr ebenfalls zuwiderlief. Genau das gefiel ihr jedoch: dass Paul sie eine Rolle spielen ließ, die zu spielen sie sonst nie Gelegenheit hatte.

Beim zweiten Mal sagte Paul: Sein Problem sei, dass er es ernst meine mit Marie. Er habe geglaubt, er meine es ernst mit Ulla, aber nun meine er es ernst – vielleicht sogar ernster – mit Marie. So was sei ihm noch nie passiert, er habe lange Zeit gedacht, er wäre überhaupt nicht imstande zu ernsthaften Bindungen, darum sei er so froh gewesen, als er Ulla getroffen und gemerkt habe, dass sie ihm wichtig sei, und jetzt kenne er auf einmal gleich zwei Frauen, die ihm wichtig seien, was für ein Dilemma.

Marie dachte, dass er eine Ausrede vor sich selber brauchte. Er hatte beschlossen, mit Ulla monogam zu leben (wenigstens für eine Weile), und weil er nun mit ihr, Marie, das Monogamie-Gebot brach, das er sich auferlegt hatte, benötigte er eine Begründung, die es ihm ersparte, bloß als einer dazustehen, dem sexuelle Disziplin schwer fiel.

So dachte Marie in schonungsloser Offenheit gegen sich selbst, denn Marie war an einen wenig zimperlichen Umgang mit ihrem Ego gewöhnt. Sie hatte es dermaßen brutal durch die Gegend geohrfeigt im Lauf der Jahre, dass es dauerpubertär zwischen trotziger Selbstüberschätzung und grauem Kleinmut schwankte.

Ihr sich selbst überschätzendes Ego feuerte sie an, die Gunst der Stunde zu nützen und Paul zu bestärken in seiner These, dass nur eine noch größere Zuneigung als die zu Ulla ihn dazu gebracht habe, Ulla zu betrügen (bürgerlicher Terminus technicus). Aber in dem Augenblick, als sie gewonnen hatte und Paul endgültig zu der Überzeugung gelangt war, dass sie ihm wichtiger sei als Ulla, schwang sich ihr kleinmütiges Ich wieder zur Herrschaft über sie auf und nötigte sie, die Flucht nach hinten anzutreten.

Außerdem beunruhigte es sie, in welchem Ausmaß Paul ihre Aufmerksamkeit beanspruchte. Nicht dass er pausenlos von ihr umgurrt und beachtet werden wollte, so einer war Paul gar nicht, aber ihre Gedanken an ihn begannen Marie dennoch über Gebühr zu beschäftigen, sie stellte fest, dass ihre Seelenruhe davon abzuhängen anfing, ob er angerufen hatte, und dass die Sehnsucht nach ihm, wenn er nicht bei ihr war, jegliches Vergnügen überschattete. Paul war daraus kein Vorwurf zu machen, er rief an und war bei ihr, so oft es ging, doch sie begann sich zu fragen, was aus ihr würde, wenn sich sein Verhalten änderte. Sie fühlte sich unfrei. Sie glaubte nicht an ein Glück aus Abhängigkeit. Paul sollte nicht zur Sucht werden. Sie musste sich beweisen, dass sie ohne Paul auskam.

Paul sagte, er würde Ulla die Wahrheit beibringen, schonend, aber doch, und schon stellte Marie sich vor, wie es sein würde, wenn sie später einmal in Ullas Situation wäre, doch gleichzeitig zweifelte sie, ob er seine Absicht in die Tat umsetzen würde, schließlich wartete ihre Cousine Johanna seit Jahren vergeblich, dass ihr verheirateter Freund endlich einmal den Mut aufbrachte, abzuspringen von seiner Ehe.

Und irgendwo im Hintergrund gab es die ganze Zeit Hans. Hans stellte kein Risiko dar. Hans machte nicht süchtig. Hans war vertraut und berechenbar, Hans lenkte nicht ab vom Studium, um Hans musste nicht gezittert werden, wäre es nicht so unschmeichelhaft gewesen, hätte Marie Hans mit einem Paar bequemer Hausschuhe verglichen, in die man schlüpfte, um sich zu erholen vom Tanz auf hohen Absätzen.

War eine Fehleinschätzung gewesen. Die Entscheidung für Hans führte zu ständigen Hühneraugen auf der Seele, wenn dieses Bild gestattet war, und mit der inneren Freiheit war es auch nicht weit her an seiner Seite. Gerade weil sie Hans nie mit der Intensität geliebt hatte, die sie im Interesse ihrer seelischen Unabhängigkeit scheute, hatte sie sich abhängig gemacht von seinen Launen und seiner ewigen Unzufriedenheit, so, als hätte sie was gutzumachen an ihm. Dabei war nicht gesagt, dass seine Zuneigung je größer gewesen war als ihre, und dass er – als Gegengabe für überschwängliche Gefühle seinerseits – eine Leidenschaft von ihr erwartete, um die sie ihn ständig betrog.

Sandra war inzwischen bei ihren eigenen Konflikten angelangt, sie redete über ihre Freundin Sophie und deren Mann Max, nach Sandras Schilderung das perfekte Paar. Nicht nur war Max ein Partner, wie man ihn sich besser nicht wünschen konnte, nein, auch Sophie war geradezu unglaublich liebenswert, weswegen sie Max durchaus verdiente nach Sandras Meinung. Was Sandra beschäftigte, war lediglich die Frage, warum das Schicksal ihr selber einen Max vorenthielt beziehungsweise ob das Schicksal tatsächlich Sandras liebenswürdiges Naturell belohnte mit einem Mann wie Max, oder ob es an Sandra nicht doch auch weniger liebenswürdige Züge zu entdecken gab, die es wenigstens gestatten würden, ihr Max als unverdientes Glück zu neiden, nach dem Motto: *Na ja, so ist das eben, nie fahren die Kerle auf die wirklich tollen Frauen ab.*

Das sagte Sandra selbstverständlich nicht mit diesen Worten, wahrscheinlich dachte sie es nicht einmal in dieser Unverblümtheit.

Was sie sagte, war: „Zum Beispiel irritiert mich dieses bestaunt Werden." Sophie bewundere andere, führte Sandra aus, wegen Fähigkeiten und für Leistungen, die überhaupt nichts Bemerkenswertes an sich hätten. Sie sage: „Wow, das hast du dir gemerkt?", wenn man sich an ein Ereignis erinnere, das keineswegs Eiszeiten zurück lag. Es höre sich anerkennend an, aber gleichzeitig klinge es auch ein bisschen danach, als könne Sophie sichs leisten, gemeinsame Erlebnisse zu vergessen, die anderen wichtig waren.

Oder sie frage, voll Hochachtung: „Das traust du dich? Du warst dort ganz allein? Das hast du wirklich geschafft?", und eigentlich solle man sich daraufhin ja geschmeichelt fühlen, aber seltsamerweise fühle sie, Sandra, sich dann eher wie ein schwerfälliger Ackergaul neben einem tänzelnden Zirkuspferd, sie komme sich langweilig vor in ihrer zuverlässigen Tüchtigkeit neben der lustigen, spielerischen Sophie, die es offenbar nicht nötig hatte, öde Unbequemlichkeiten auf sich zu nehmen.

„Hört sich nach hilflosem Püppchen an", sagte Christiane.

„Eben nicht!", rief Sandra. „Sie ist überhaupt kein Püppchen. Ich wär nicht mit ihr befreundet, wenn sie eins wär. Sie ist selber tüchtig und gescheit, wahrscheinlich lobt sie einen nur so bereitwillig, weil sie ein gutherziger Mensch ist. Trotzdem … Ständig fühle ich mich ihr unterlegen. Obwohl sie mir – nein, *weil* sie mir Überlegenheit bescheinigt. Und dann frage ich mich, ob es nicht doch nach diesem uralten Muster läuft zwischen Max und ihr: Sie bewundert ihn, und er spurt. Sie traut sich nicht, damit er sich traut. Und ich denke mir, vielleicht würde längst ein Max für mich spuren, wenn ich nicht so entsetzlich zuverlässig wäre und mich nicht an alles erinnern und mich nicht trauen würde, ganz allein mit einem Mietwagen durch Portugal zu fahren. Diese Überlegung deprimiert mich, wisst ihr. Obwohl ich gar nicht wild darauf bin, ganz allein durch Portugal zu fahren. Aber ich möchte auch nicht davor zurückschrecken müssen, um zu einem Max zu kommen."

„Alle Männer, die mir jemals etwas bedeutet haben, hätten die Flucht ergriffen, wenn ich auch nur angedeutet hätte, dass ich mich nicht trauen würde, allein mit einem Mietwagen durch welches Land auch immer zu fahren!", behauptete Christiane.

Marie sagte: „Und Hans spurt nicht im Geringsten, wenn ich mich was nicht traue oder wenn ich was vergesse."

Christiane öffnete den Mund und schloss ihn wieder.

Marie glaubte zu wissen, was sie hatte sagen wollen: „Dein Hans steht nicht zur Debatte." Sandra wünscht sich einen Max und keinen Hans.

Am nächsten Vormittag, in einer Pause zwischen zwei Behandlungsterminen, ging Marie über den Gang zum Kaffeeautomaten und fand dort Onkel Gregor vor, lässig an der Seitenwand des Automaten lehnend. Genau genommen fand sie den Mann vor, der behauptete, Onkel Gregor zu sein, aber in Gedanken hatte sie, wie sie bei seinem Anblick feststellte, bereits aufgehört, diese Unterscheidung zu treffen.

„Wissen Sie was?", sagte sie zu ihm. „Ich tue so, als wäre nichts. Nichts Abnormales, meine ich. Sie sind also mein Onkel Gregor. Na, und? Warum nicht? Ist doch nichts dabei. Passiert alle Tage. Nur zu."

„Sehr vernünftig", lobte Onkel Gregor. „Und bitte sag *du* zu mir."

Marie warf eine Münze in den Automaten und drückte die Cappuccino-Taste.

Onkel Gregor begann: „Was deine Vorstellung von Glück angeht –"

Marie unterbrach ihn. „Was ist damit?" Sie äffte ihn nach: *„Paul ist in der Stadt!* Ja, und? Was soll das? Paul. Hans. Warum reden wir zur Abwechslung nicht einmal von mir?"

„Wir reden von dir!", sagte Onkel Gregor sanft. „Du bist diejenige, die neben Hans her lebt. Du bist diejenige, die immer noch an Paul denkt wie an eine ungenützte Chance. Du bist diejenige, die dreinschaut wie acht Tage Regenwetter. Ach, Mariechen! Am liebsten würde ich dir Pfeffer in den Hintern streuen."

Marie ergriff den vollen Kaffeebecher, wandte sich zum Gehen und sagte herablassend: „Hör mir einmal zu, mein lieber Onkel Gregor, wenn du denn mein Onkel Gregor sein solltest: Du warst sicher keiner, der unter übertriebener Anhänglichkeit oder Anständigkeit gelitten hat, das hast du selber gesagt, und das weiß die ganze Familie. Sehr flott. Aber wir können nicht alle sein wie du."

„Das ist ja auch nicht nötig", antwortete Onkel Gregor ernsthaft. „Die Frage ist nur, ob du dir selber gerecht wirst."

Die Lifttür öffnete sich, und heraus trat eine junge Mitarbeiterin des Kunden-Service-Centers, die Marie flüchtig vom Sehen kannte. Sie nickte Marie zu und sah über Onkel Gregor hinweg (oder durch ihn hindurch, wer wusste das schon).

Onkel Gregor stand da wie vorher und hatte doch plötzlich etwas sympathisch Verwegenes an sich, Marie hätte nicht sagen können, woran es lag. Die junge Frau bremste ihren Schritt, fuhr sich kontrollierend durch ihre langen, dichten Haare und warf sie dann schwungvoll in den Nacken, ehe sie, versonnen lächelnd, weiterging.

Onkel Gregor stieg in den Lift, er winkte Marie zu. Die Lifttüre schloss sich.

6.

„Schau, Mum, es ist doch nur ein Vorschuss, ehrlich!“, sagte Sebastian überredend.

Sie standen in dieser ehemaligen Werkhalle, vor der Skulptur, an der Sebastian arbeitete. Der Raum war erfüllt vom Widerhall der Werkzeuge, mit denen rund um sie an verschiedenen Kunstwerken gebohrt, gehämmert, gefräst und gefeilt wurde. Sebastian hatte sich hier mit sechs anderen bildenden Künstlern eingemietet.

Seine Skulptur, eine bewegliche Metallkonstruktion mit bunten Kunststoffteilen, erinnerte Marie ein wenig an Tinguelys kinetische Montagen, aber Marie hütete sich, diesen Vergleich auszusprechen, Sebastian hätte ihn sicherlich als Zweifel an seiner kreativen Autonomie aufgefasst.

Es war nicht leicht, von Sebastian nicht missverstanden zu werden, er fühlte sich schnell angegriffen, und wenngleich Marie nicht glaubte, dass es so was wie ein Empfindlichkeitsgen gab, so war doch unübersehbar, wie sehr er Hans in seiner Mimosenhaftigkeit glich.

Ihr Sohn war ein attraktiver junger Mann, dunkelhaarig, groß und hager, helläugig, die schmale Nase kühn geschwungen – genau der Typ, der Mädchen zu romantischen Träumen verleitete. Das machte es ihm nicht leichter, bürgerliche Ziele konsequent zu verfolgen. Zu viele Ablenkungen, zu viel Applaus für bloßes Auftreten und sich Präsentieren, zu viel Bereitwilligkeit rundum, seine Launen und seinen Wankelmut zu verzeihen.

Marie machte da keine Ausnahme, behauptete zumindest Hans, der ihr vorwarf, Sebastian in Affenliebe verfallen zu sein. Doch so einfach war es nicht. Marie sah Sebastians Fehler durchaus und ertrug sie nur mit Mühe, aber sie hoffte von Mal zu Mal, dass es wirksamer sein würde, verständnisvoll auf ihn einzugehen statt mit schroffer Ablehnung Zerwürfnisse zu provozieren (was Hans' Methode war).

„Er muss begreifen, dass es uns ernst ist!", sagte Hans gern, wenn er Sebastian wieder einmal die Tür gewiesen hatte.

Ernst womit? Ihn nicht mehr sehen zu wollen? Marie wollte nicht ernsthaft Schluss machen mit der Liebe zu ihrem Sohn, sobald er sich nicht an ihre Vorgaben hielt. „Ich habe doch mein Kind nicht großgezogen, um jetzt jeden Kontakt zu ihm abzubrechen", verteidigte sie sich.

Hans behauptete, es würde ihnen besser gehen ohne Kontakt zu Sebastian. Kein Sebastian, kein Ärger.

Das bezweifelte Marie. Nicht nur wollte sie ihren Sohn nicht aus ihrem Leben streichen, sie war auch überzeugt, dass das gar nicht gelingen konnte. Kein Kontakt würde lediglich heißen: Ungewissheit, Ängste um ihn und ständig das Gefühl, versagt zu haben.

„Nur ein Vorschuss, ehrlich", wiederholte Sebastian. „Du kriegst es gleich nachher zurück, sobald ich etwas verkauft habe."

Das war eine kühne Ansage, beruhte sie doch auf der Annahme, dass er etwas verkaufen würde.

„Wie viel?", fragte Marie.

„Zweitausend."

Marie überlegte.

„Komm, Mum", sagte Sebastian ungeduldig, „das ist doch kein Vermögen."

„Wenn zweitausend Euro ein Klacks für dich sind, dann musst du reicher sein als ich", stellte Marie fest.

Sebastian lachte. „Okay. War das falsche Argument."

Die Werkhallengemeinschaft plante eine gemeinsame Ausstellung, der Vorschuss sollte in ihre Finanzierung fließen.

„Schau mal", sagte Sebastian, „wir wollen diesmal richtig professionelle PR machen. Alles andere hat keinen Sinn."

Marie seufzte. „Also gut. Aber du zahlst es mir zurück."

Sebastian küsste sie auf die Wange. „Klar. Was denkst du! Du kennst mich doch."

„Eben“, hätte Marie gern gesagt, aber sie verkniff es sich, um ihn nicht zu verstimmen.

„Echt nett von dir“, fügte Sebastian hinzu. „Danke.“

„Ich möchte nämlich nicht“, sagte Marie, „dass du später einmal das Gefühl hast, du hättest was Wichtiges versäumt.“

Sebastians Gesicht zeigte einen Anflug von Schuldbewusstsein. „Ach, Mum, es könnte natürlich schon sein, dass die Ausstellung trotzdem nicht gerade ein rauschender Erfolg wird …“

Sie klopfte ihm beschwichtigend auf den Rücken. „Schon gut. Versuch es einfach. Wenn du glaubst, dass es eine Chance ist. Vorsicht ist gut, Selbstvertrauen ist besser.“

„Wow“, rief Sebastian, „das sind ja ganz ungewohnte Töne!“

„Du kannst es dir leisten, eine Ausstellung zu sponsern?“, fragte Hans daheim. „Wer bist du? Misses Vanderbilt?“

Er saß vor seinem Computer, umgeben von zerfledderten Zeitungen und den zahlreichen Mappen, in denen er Zeitungsartikel archivierte, denn er vertraute den Suchmaschinen des Internet nur partiell.

„Es ist ein Vorschuss“, erklärte Marie.

„Vorschuss worauf?“, fragte Hans aggressiv. „Auf noch mehr Schulden?“

Marie schwieg. Sie hatte sowieso nichts erzählen wollen, aber Hans hatte von der geplanten Ausstellung schon gewusst und sie gefragt, wie sie finanziert werden sollte.

„Warum hat er eigentlich diesen Zeitungsjob an den Nagel gehängt?“, fuhr Hans anklagend fort. „Kannst du mir das sagen?“

Sebastian war eine Zeit lang als Fotoreporter für ein Boulevardblatt unterwegs gewesen, durchaus erfolgreich, weil ihm sein gewinnendes Aussehen und der anmaßende Charme, den er an den Tag legen konnte, so manche Tür öffneten. Aber dann hatte er, nach einem Krach mit der Chefin vom Dienst, den Job von einer Minute auf die andere hingeschmissen.

„Er wollte nicht länger prügelnden Prinzen und anorektischen Models hinterher knipsen“, erwiderte Marie und wiederholte damit eine Begründung Sebastians.

Hans schnaubte angewidert. „Fragt er dich jemals, ob du den ganzen Tag verbogene Wirbelsäulen geradebiegen willst?“

„Nein“, sagte Marie mit Nachdruck. „Danach fragt er mich genauso wenig wie du.“

Vor ihrem Treffen mit Sebastian hatte sie in Christianes Ordination vorbeigeschaut. Weil sie geahnt hatte, was ihr bevorstand, hatte sie Christiane schon im Voraus ihr Leid geklagt. Bestimmt würde Hans nur erfahren wollen, was sie mit Sebastian besprochen habe, um danach kein gutes Haar an ihm zu lassen. „Ich habs so satt, immer den Puffer abzugeben zwischen den beiden. Ich kann mich nicht erinnern, wann Hans zuletzt was Freundliches über Sebastian gesagt hat."

Christiane hatte versucht sie trösten. Väter redeten oft so taff daher. Sie sei ja nun die Letzte, die sich darum reiße, Hans was Gutes nachzusagen, aber wahrscheinlich meine er es nicht so. Walter habe auch oft Härte gepredigt, doch dann habe er sich zerfranst für seine Töchter.

„Hans zerfranst sich aber nicht", hatte Marie widersprochen. „Du sagst, er meint es nicht so. Was spricht eigentlich dagegen, dass er es doch so meint?"

Darauf war Christiane nichts eingefallen.

Dann war Marie auf ihr eigentliches Anliegen zu sprechen gekommen. Christiane solle sie untersuchen, sie würde gerne wissen, ob irgendwas dafür spreche, dass sie nicht richtig ticke.

Auf Christianes befremdete Frage, wie sie zu einer solchen Befürchtung käme, hatte sie nur die Achseln gezuckt und vage herumgeredet. Die Onkel-Gregor-Geschichte zu erzählen widerstrebte ihr.

Sie ließ Hans in seinem Arbeitschaos sitzen und ging in die Küche, um sich ein Glas Wasser zu holen.

Onkel Gregor hockte auf dem Fensterbrett. „Ich hätte dir gleich sagen können, dass bei der Untersuchung nichts herauskommen wird", sagte er.

Marie drehte den Hahn auf. „Ich kann auch noch zu einem Neurologen gehen, sagt Christiane", gab sie abweisend zur Antwort.

„Dort wird auch nichts rauskommen. Du verschwendest deine Zeit."

Marie füllte ihr Trinkglas. Onkel Gregor rutschte vom Fensterbrett. „Harte Sitzgelegenheit", bemerkte er.

Marie hob spöttisch die Brauen. „Ja, besonders, wenn man an schwellende Polstermöbel in Luxushotels gewöhnt war."

„Wer soll an Luxushotels gewöhnt gewesen sein?", fragte Onkel Gregor erstaunt.

„Du."

„Unsinn", sagte er energisch.

„Also, hör einmal", erklärte Marie, „ich weiß doch, dass du unser Familienvermögen verschleudert hast –"

„Was du nicht weißt", unterbrach Gregor, „ist, dass es ein sehr kleines Vermögen war."

„Da habe ich aber was anderes gehört."

„Mariechen", sagte Gregor nachsichtig, „hinterher wird doch immer aufgeschnitten. Weißt du das nicht? Kennst du auch nur eine Person, die nicht behauptet, dass ihre Ahnen stinkreich und bedeutend waren? Man sollte meinen, die Unterschicht hätte es komplett abgelehnt, sich zu vermehren."

„Ach", machte Marie enttäuscht. Die bescheidenen wirtschaftlichen Verhältnisse in ihrem Elternhaus waren leichter auszuhalten gewesen, sobald sie sich den vergangenen Glanz ausgemalt hatte, in dem ihre Familie sich angeblich einmal gesonnt hatte. Sollte sie sich nun von dieser lieb gewonnenen Vorstellung verabschieden und sich damit abfinden, dass es schon ihre Altvordern nie zu was gebracht hatten?

„Ist doch jetzt egal“, sagte Gregor ungeduldig. „Vorbei ist vorbei. Kümmere dich lieber um das, was noch nicht vorbei ist.“

Er schaute bedeutungsvoll.

„Kommst du, oder übernachtest du in der Küche?“, brüllte Hans aus dem Wohnzimmer. „Die Diskussion fängt gleich an!“

Sie hatten beschlossen, sich eine TV-Debatte zur Pensionsreform anzusehen.

„Ich komme!“, rief Marie.

Als sie sich in der Tür umdrehte, war Onkel Gregor weg.

Hans schaltete den Fernseher aus. „Hättest du das für möglich gehalten?“, fragte er. „Jedes Wort ein Schuss in den Ofen. Diese geballte Idiotie! Und das sind unsere Volksvertreter! Welches Volk vertreten die? Ich meine, ist das Gros der Bevölkerung wirklich so dumm? Und was ist mit uns? Gehören wir nicht zum Volk? Ich frage ja nur.“

Er hatte nicht ganz Unrecht. Unmengen leerer Worthülsen und viel heiße Luft in den letzten sechzig Minuten. Aber nicht alle Diskutierenden hatten, wie er unterstellte, unentwegt nichts als Blödsinn gesagt. Doch Hans verurteilte seit geraumer Zeit unterschiedslos und pauschal. Er schimpfte wie ein ganz gewöhnlicher Querulant. Würde er jemand anderen so undifferenziert argumentieren hören, wäre er voll Verachtung.

„Ich gehe schlafen“, sagte Marie.

„Das Schöne an unserem Zusammenleben", bemerkte Hans höhnisch, „sind unsere anregenden Gespräche."

„Ich muss morgen früh raus."

„Aber natürlich. Unsere vorbildliche Werktätige. Wie konnte ich das vergessen."

Marie ging aus dem Zimmer und zog wortlos die Tür hinter sich zu. Das Beste war, ihm auszuweichen. Sie fürchtete die Tage, an denen er sie quer durch die Wohnung verfolgte, um sie zum Zuhören zu zwingen.

Hans setzte sich kopfschüttelnd vor seinen Computer. Gelegentlich ließ er in solchen Stunden Rundmails an Freunde und Bekannte los, in denen er wütend und weitschweifig darlegte, warum es an dieser Welt nichts mehr zu retten gab. Dass er kaum jemals ein Feedback erhielt, verstärkte seine ohnmächtige Verbitterung. Im Hinterkopf wusste er, dass sie mit ein Grund war für die Isolation, aus der er sich mit dem untauglichen Mittel des geifernden Rundumschlags freizustrampeln versuchte, aber es war ihm unmöglich, anders zu agieren.

Greta, die gute Haut, die er eine Zeit lang mit Beiträgen für die Wochenendbeilage des *Tagblattes* beliefert hatte, schickte ab und zu eine knappe Antwort, in der sie mehr schlecht als recht auf seine Anwürfe einzugehen versuchte. Alibiaktionen einer Person, die sich ein schlechtes Gewissen ersparen wollte.

Greta war einmal eine Schönheit gewesen. Sah eigentlich immer noch ganz gut aus. Vielleicht sollte man sich ein bisschen um sie kümmern. *Kümmern* war möglicherweise nicht ganz das richtige Wort. Es hieß, dass sie mit diesem Kulturheini (Kultur*mana-ger*, offiziell) liiert war. Man konnte also nicht von akutem Notstand ausgehen. Andererseits, die Anbeter würden wohl nicht gerade Schlange stehen vor der Schwelle einer Frau, die ihre besten Tage definitiv hinter sich hatte, gut erhalten hin oder her. (*Gut erhalten* war nicht unbedingt *der* Joker in einem Umfeld, in dem es von attraktiven Frauen weit diesseits der Haltbarkeitsgrenze wimmelte). Konnte leicht sein, dass Greta trotz ihres Kulturlaffen dankbar wäre für ein bisschen Zuwendung.

Ach was, viel zu mühsam. Und wozu? Angenommen, er verabredete sich mit Greta zum Mittagessen. Abgesehen davon, dass er würde zahlen müssen, als derjenige, der quasi eingeladen hatte, käme wohl außer sinnlosem Small Talk nichts heraus. Na gut, er könnte fragen, wie es denn mit den Chancen für eine neuerliche Mitarbeit beim Tagblatt stünde, aber hatte er wirklich Lust, für dieses halbseriöse Deppenorgan zu schreiben? Na eben. Und auf eine Affäre mit Greta war er auch nicht aus. Eigentlich war er überhaupt nicht mehr auf Affären aus. Viel Aufwand, bis es zum Austausch von Körpersäften kam, und danach: banales Gestammel, um sich über die Tatsache hinwegzureden, dass man einander herzlich gleichgültig war.

Im Zweifelsfall lieber Sex mit Marie. Gewohnt, vertraut, kein Zeit raubendes, lächerliches Balzen, keine falschen Erwartungen, man wusste, was man voneinander kriegen konnte.

Hörte sich verdammt resignativ an. War er denn überhaupt nicht mehr neugierig? Jedenfalls nicht auf Überraschungen durch Paarungsvariationen.

Was ihn an Marie störte, war ihre Genügsamkeit. Sie hatte sich offenbar zufrieden eingerichtet in ihrem bescheidenen Leben. Was war das anderes als Verrat an den hochfliegenden Plänen ihrer gemeinsamen Jugend? Manchmal beschlich ihn der Verdacht, dass Marie vielleicht immer schon weniger hochfliegende Pläne gehabt hatte als er. Ihr politisches Interesse, ihre gelegentlich ganz schön radikalen Sprüche – alles nur vorgetäuscht seinerzeit, eine Art intellektueller Schminke nach der damaligen Mode?

Er hingegen plante noch immer den großen Wurf. Sein Ehrgeiz war nicht geschrumpft auf Mittelschichtmittelmaß. Ihn beschäftigten nicht die Banalitäten eines braven, auf Konfliktvermeidung ausgerichteten Alltags, er würde sich jederzeit anlegen mit den Mächtigen, wenn er damit erreichen konnte, dass den gesellschaftlichen Fehlentwicklungen, die er schmerzhaft deutlich wahrnahm, entgegengesteuert wurde.

Zum Beispiel sein Vortrag für die Schumpeter-Stiftung: eine listige Provokation. Raffinierte Thesen, die den Neoliberalismus mit seinen eigenen Waffen schlugen. Schließlich war er kein sentimentaler Sozialromantiker, der den Kapitalismus grundsätzlich und in Bausch und Bogen ablehnte, im Gegenteil,

Gewinnstreben – im Sinn von materiellem Zuwachs wie auch von Einfluss- und Machtgewinn – betrachtete er als wichtige und einzukalkulierende Triebfeder menschlichen Handelns. Christiane hatte seine Haltung einmal auf die simple Behauptung zu reduzieren versucht, alles, was er der Leistungsgesellschaft vorzuwerfen habe, sei, dass sie seine höchstpersönlichen Leistungen zu wenig honoriere, aber das war ein primitiver Vorwurf gewesen, der letztlich gegen Christiane sprach und nicht gegen ihn.

Schumpeter-Stiftung also. Ein Schlag ins Wasser. Alle Thesen für die Katz. Er war bereit, es mit den Mächtigen aufzunehmen, aber das brachte leider nichts, solange die Mächtigen nicht bereit waren, es mit ihm aufzunehmen.

Er checkte seine E-Mails. Eins von Edgar. Flapsig und blöd, sollte wohl aufmunternd sein. Edgar war noch nie von übertriebener Intelligenz geplagt worden. Die ideale Voraussetzung, um Karriere zu machen. Ach so, eine Einladung zum Abendessen. Schon für übermorgen. Na ja, wenn Marie Zeit hatte. In letzter Zeit hockte sie ziemlich häufig mit ihrer Weiberclique zusammen.

Übrigens auch so eine schwer verständliche Sache: Fühlte Marie sich nie benachteiligt neben diesen ach so erfolgreichen Tanten? Sandra kannte er kaum, aber wenn er es recht verstanden hatte, dann war sie so was wie die stellvertretende Leiterin der Controlling-Abteilung. Und Christiane, die renommierte Internistin, hatte Marie schon immer eine weit anspruchsvollere Ausbildung vorausgehabt. Nein, schon immer nicht, denn sie waren zusammen zur Schule gegangen. Aber Christiane hatte hinterher Medizin studiert, Marie war bloß Physiotherapeutin geworden. Ja, *bloß*. Machen wir uns doch nichts vor. Wie hatte sie sich gefühlt, wenn sie in der Runde ihrer Medizinerfreunde gehockt war, mit Christiane, Walter und wem auch immer aus deren Kollegenkreis, inmitten von Leuten, die es im Gegensatz zu ihr nicht nötig gehabt hatten, möglichst rasch ihr eigenes Geld zu verdienen, um ihren Eltern nicht länger auf der Tasche zu liegen? Das hatte ihn schon damals beschäftigt, als sie alle noch studierten. Kein Neid, keine Missgunst, keine Verbitterung, keine Minderwertigkeitsgefühle in ihr? Er hatte sie danach gefragt, wenngleich mit taktvolleren Worten, aber Marie war nie darauf eingegangen. Höchstens hatte sie ärgerlich geantwortet, es scheine ihn zu stören, dass sie keine Minderwertigkeitsgefühle habe, und ob er ihr unbedingt welche einreden wolle.

Hans schüttelte neuerlich den Kopf. Dann ging er in die Küche, um sich ein Glas Chardonnay aus dem Kühlschrank zu holen. Schlummertrunk. Nicht dass er so was nötig hatte. Er trank immer noch, weil es ihm schmeckte. Lieber gar keiner als ein schlechter Wein. Aber er gestand sich ein, dass er die beschwichtigende Wirkung des Alkohols schätzen gelernt hatte.

7.

Günther Stadlmayr hatte seine Übungen hinter sich. Er atmete schwer.

„Rauchen Sie wieder, Herr Stadlmayr?“, fragte Marie.

Er machte eine abwehrende Handbewegung. „Nein. Wieso?“

„Sie sind mir recht kurzatmig vorgekommen.“

Er seufzte und entschloss sich zur Wahrheit. „Na ja. Ja. Doch.“

Marie setzte sich an ihren Schreibtisch und versah das Stadlmayrische File mit einer neuen Eintragung. „Das ist schade.“

Stadlmayr verschwand hinter dem Paravent, um sich anzuziehen. „Was soll ich machen?“, fragte er hinter dem Wandschirm hervor. „Wenn ich meinen Stress nicht durch Rauchen abbaue, baue ich ihn durch Essen ab. Und das halten meine Bandscheiben nicht aus.“

„Das Rauchen werden Ihre Bronchien nicht aushalten“, sagte Marie.

Stadlmayr ächzte beim Anziehen. „Das wollen die doch. Sozial verträglicher Abgang. Keine Belastung fürs Pensionssystem.“

„Wer sind *die*?“, fragte Marie.

„Die da oben.“

„Die da oben!“, wiederholte Marie. „Die Sklaverei ist abgeschafft.“

Er kam hinter dem Paravent hervor. „Ehrlich? Von wem?“

Marie lachte. Es klopfte an der Tür.

„Marie? Hast du Zeit für mich?“, fragte Andreas. Sie verabschiedete Stadlmayr und folgte Andreas in sein Zimmer.

„Was heißt das, ausgelagert?“, fragte Marie.

Andreas drehte an seiner Kaffeetasse. „Auf gut Deutsch heißt es, dass sich die Geschäftsführung kein eigenes Gesundheitszentrum mehr leisten will. Erster Schritt: Sie lagert es aus. Zweiter Schritt: Sie kauft nur noch bestimmte Leistungen zu. Das heißt, auf einen Betriebsarzt kann und darf sie nicht verzichten, auf Physiotherapie schon.“

„Willst du mir sagen, dass ich gekündigt werde?“

„Noch nicht. Aber auf längere Sicht: ja. Deswegen will ich dir einen Vorschlag machen.“

„Ich höre“, sagte Marie mit gepresster Stimme.

„Mach dich selbständig mit mir! Ich gründe mein eigenes Gesundheitszentrum. Ganzheitsmedizin,

Physiotherapie, Akupunktur, Heilmassagen, Osteopathie – wenn du mitmachst, könntest du am Konzept mitarbeiten. Überhaupt hätte ich gern, dass du einen Teil der Organisation übernimmst. Wir könnten für mehrere Firmen arbeiten, ich habe gute Kontakte, und es gibt Interesse dafür, das habe ich schon abgecheckt. Und vielleicht kriegen wir ja auch den einen oder anderen Kassenvertrag."

„Was meinst du, wenn du sagst, ich soll einen Teil der Organisation übernehmen?", fragte Marie vorsichtig.

„Strukturelle Aufgaben. Management, wenn das besser für dich klingt. Vielleicht musst du ein paar Kurse machen, aber das schaffst du. Hast du nicht einmal Wirtschaft studiert? Na eben. Ich kenn dich ja nun eine Weile, und ich glaube seit langem, dass du hier unterfordert bist. Falls du dich freilich nur aufs Behandeln konzentrieren willst –"

„Nein, nein", sagte Marie hastig, „es ist nicht so, dass mich neue Herausforderungen gar nicht reizen –"

Andreas lachte. „Du hast doch nicht am Ende gefragt, weil du geglaubt hast, dass ich dich als billiges Mädchen für alles anheuern will? Hast du gedacht, du sollst das Telefon bedienen und die Termine verwalten, während du die Patienten turnen lässt?"

„Wär doch möglich gewesen", sagte Marie.

Andreas verzog das Gesicht. „Ich muss schon sagen … Finde ich etwas kränkend, dass du mir das zutraust. Aber nein. So ist es nicht gemeint. Ich rede von einem qualifizierten Job, der entsprechend Kohle bringen soll."

„Und du meinst wirklich, dass ich die geeignete Person dafür bin?“

„Sonst würde ich dich nicht fragen. Natürlich wird das eine arbeitsintensive Angelegenheit, wenigstens am Anfang. Aber ich denke mir, es könnte sich lohnen.“

„Erlaube mir, dass ich erst einmal zu mir komme. Irgendwie ist das ein bisschen viel auf einmal. Erst eröffnest du mir, dass ich gekündigt werde, dann machst du mir ein Angebot, das sich anhört wie ein Überraschungsgeschenk. Jetzt suche ich nach dem Haken darin, denn ich glaube nicht mehr an Märchen.“

„Der Haken ist das Risiko. Der Stress. Die Verantwortung. Wir müssen zum Beispiel klären, wie du dir dein Einkommen vorstellst: Wie viel Fixum und wie viel Gewinnbeteiligung. Aber schließlich warst du doch nie eine, die bloß Dienst nach Vorschrift gemacht hat. Und deine so genannte Sicherheit hier hat ein Ablaufdatum. Falls du mir nicht glaubst, kannst du dich gerne beim Betriebsrat erkundigen, die wissen nämlich schon davon. Natürlich könntest du versuchen, bei einer anderen Firma unterzukommen, wo du deine geregelten Arbeitszeiten hast –“

Marie unterbrach ihn. „Ich weiß, welche Chancen der Arbeitsmarkt Frauen über vierzig bietet. Vergiss es.“

„Oder du arbeitest allein, nur auf eigene Rechnung –“

„Andreas“, sagte Marie energisch, „ich werde das alles durchdenken. Aber ich sage dir jetzt schon, dein Plan klingt spannend. Und ich freu mich, dass du an mich gedacht hast.“

Als sie an diesem Tag die Firma verließ, war sie aufgekratzt wie seit langem nicht mehr. Das Vertrauen, das Andreas in sie setzte, überraschte sie einerseits. Andererseits fand sie es durchaus gerechtfertigt. Denn obwohl sie ein bisschen Angst hatte, fühlte sie sich dem Vorhaben gewachsen. Es würde Freude machen, an einem derartigen Konzept mitzuarbeiten und für seine Umsetzung mitverantwortlich zu sein. Sie hatte sich nicht wirklich unterfordert gefunden bisher, weil sie ihre Patienten und die Arbeit mit ihnen ernst nahm. Aber die Möglichkeit, ihre langjährigen Erfahrungen einfließen zu lassen, in ein System nach ihren (und, ja, auch Andreas'!) Vorstellungen reizte sie. Natürlich musste sie realistisch bleiben. Andreas wollte Geld verdienen. Sie ebenfalls. Eine vorhersehbare Frustration würde in der dauernd notwendigen Kostenabwägung liegen. Trotzdem: Es musste möglich sein, wirtschaftlich einigermaßen gut über die Runden zu kommen und dennoch anständige Leistungen anzubieten. Andreas war kein Abzocker, das wusste sie.

Sie beschloss, Hans nichts von der Unterredung zu sagen. Er würde bloß alles mies machen. Was er sagen würde, konnte sie sich im Voraus ausrechnen. „Neue Selbständigkeit – fährst du auch schon auf diesen Beschiss ab?"

Sie war ja selber skeptisch, was die viel zitierte Eigeninitiative anlangte, die jetzt angeblich gefragt war. Den Verlust von Arbeitnehmerrechten und Löcher im sozialen Netz als Aufbruch in aufregende

Ein-Personen-*Unternehmen* auszugeben, war Zynismus, keine Frage. Aber Andreas' Angebot war was anderes als bloß die Aussicht, in Zukunft ohne regelmäßige Gage zu arbeiten und den Arbeitgeberanteil an der Sozialversicherung selber bezahlen zu müssen. Was er vorhatte, klang erfolgversprechend, und aus der ihr zugedachten Rolle ließ sich was machen. Glaubte sie wenigstens.

Hans würde sich freilich in düstersten Prophezeiungen ergehen.

Pfeif auf Hans und seinen Pessimismus.

Sie summte vor sich hin und schob den flüchtig auftauchenden Gedanken an Onkel Gregor sofort beiseite. Hirngespinste. Damit würde sie auch noch fertig werden.

„Marie, bitte! Musst du so falsch summen?"

Sie machten sich fertig für das Abendessen bei Edgar. Marie war in Gedanken, während sie in ihre Kleider schlüpfte. Andreas wollte, dass sie miteinander ein einwöchiges Betriebswirtschaftsseminar besuchten. Es fand leider genau an den Tagen statt, an denen die Handwerker kommen wollten, um das Bad zu renovieren. Sie würde also doch mit Hans reden und ihm klar machen müssen, dass er den Umbau allein zu überwachen habe.

Betriebswirtschaft war Maries Studienrichtung gewesen, ursprünglich. Sie hatte sich dafür entschieden, obwohl ihr eigentliches Interesse der Medizin galt, weil sie hoffte, den maroden Kleinbetrieb ihres

Vaters retten zu können. Als sich abzeichnete, dass ein Konkurs unabwendbar war, sattelte sie auf Physiotherapie um, kam der Medizin näher und hatte den Vorteil, dass sie früher auf eigenen Beinen stand.

Natürlich hatte sich eine Menge geändert seit ihrer Studienzeit, aber zumindest würde sie nicht verständnislos im Seminar sitzen. Es war nicht für Anfänger gedacht. Sonst hätte es Andreas nicht für sich gebucht, schließlich war er in Geschäften erfahren, wie seine gut gehende Ordination bewies.

„Du weißt doch gar nicht, was ich summe", sagte Marie.

Hans hielt probeweise eine Krawatte an seinen Hals. „Na und? Es klingt falsch, das reicht. Ich bin leider musikalisch, weißt du."

Er legte die Krawatte wieder weg. Edgar, murmelte er, würde doch wohl nicht allen Ernstes erwarten, dass er mit Krawatte käme. Marie hatte den Verdacht, dass das sehr wohl der Fall war. Bei Edgar ging es schon seit Jahren förmlich zu, nicht steif, aber auf konventionelle Weise festlich. Sie sagte jedoch nichts, weil sie damit allenfalls erreicht hätte, dass Hans schnell in seine schäbigsten Klamotten gestiegen wäre.

„Ich muss was mit dir besprechen", sagte Marie.

Hans prüfte seine Rasur. „Ja, später. Dieser Heini von der *Zeit* hat angerufen. Sie wollen den Artikel nicht. Er ist ihnen zu wissenschaftlich. Ich *bin* Wissenschafter, verdammt, und kein Boulevardschmierer. Wozu fragen die mich, wenn sie irgendein triviales Gelaber wollen?"

„*Boulevardschmierer*“, wiederholte Marie. „Gehts nicht einfach um eine gewisse Verständlichkeit?“

„Willst du behaupten, dass ich unverständlich bin?“

„Ich nicht. Die von der *Zeit*.“

„Was erfindest du da! Sie haben nicht gesagt, der Artikel ist unverständlich! Er ist ihnen zu wissenschaftlich. Das ist doch nicht dasselbe. Du hast keine Ahnung, aber du redest einfach daher. Dein Selbstvertrauen möchte ich haben.“

„Komm, reg dich ab. Was ich gemeint habe, war, dass es einen Weg geben muss zwischen Boulevardgeschmiere und wissenschaftlicher Abhandlung.“

„Wie denn, wenn in den Redaktionen lauter Analphabeten sitzen!“

„Es muss schlimm sein, wenn man das einzige intelligente und gebildete Wesen in einem Umkreis von mehreren tausend Kilometern ist“, stellte Marie milde fest.

Die Ironie prallte an Hans ab. „Es *ist* schlimm“, sagte er schlicht. Er griff sich in den Nacken.

„Ich wollte was mit dir besprechen“, erinnerte ihn Marie.

Er wandte ihr den Rücken zu. „Gleich. Kannst du nachsehen, ob mich da hinten was gestochen hat? Da ist eine Stelle, die scheuert irgendwie.“

Marie sah nach. „Da ist nichts.“

„Komisch. Na gut.“ Er griff nach den Wohnungsschlüsseln und klimperte damit. „Bist du endlich fertig? Können wir gehen?“

Sie zuckte die Achseln und folgte ihm zur Tür.

Auf der Straße hakte er sie plötzlich gut gelaunt unter. „He, du! Wir könnten auch schwänzen. Oder müssen wir dorthin?"

„Ob du musst, weiß ich nicht", antwortete Marie. „Ich muss. Ich habe meine Beine rasiert, mein Gesicht bemalt und mich in ein sensationelles Top gezwängt. Das habe ich nicht für einen Abend vor dem Fernseher getan."

„Vielleicht wirst du dich noch nach unserem Fernseher sehnen. Woher nimmst du die Gewissheit, dass der Zigarren rauchende Edgar unterhaltsamer ist als unser Fernseher?"

„Alles ist unterhaltsamer. Edgar raucht Zigarren? Seit wann?"

„Kaisereffekt. Kanzlereffekt. Du weißt – wenn früher der Kaiser ins *Rieselgebirge* zur Kur gegangen ist, haben sämtliche Schmocks und Schleimer ebenfalls dort gekurt. Edgar sieht Zigarren rauchende Regierungschefs auf der Mattscheibe und schwupp, schon steckt er sich ebenfalls einen Potenzanzeiger in den Mund. Was mich übrigens interessieren würde: Wie deuten wir es psychoanalytisch, dass Männer mit Dingern Potenz demonstrieren, die sie anzünden und zu Asche verarbeiten?"

Marie lachte. „Du wirst doch deinen Freund Edgar keinen Schleimer nennen?", fragte sie dann.

„Doch. Warum nicht?", erwiderte Hans. „Ich kann Edgar gut leiden. Aber ich halte ihn für einen Schleimer und Langweiler."

„Und wo ist das Positive?"

„Ich kenne ihn seit dreißig Jahren. Er hält große Stücke auf mich. Ich bin nicht unangenehm überrascht, wenn er Unsinn redet, weil ich weiß, dass er Unsinn reden wird. Und er hat einen erstklassig sortierten Weinkeller."

Marie lachte wieder und rempelte ihn leicht. „Du Schmock."

8.

„Alina“, sagte Edgar zu seiner jungen Freundin und wies auf Hans, „das ist mein alter Freund Jonny. Wir kennen uns ewig. Er hält große Stücke auf mich.“

Hans lächelte Alina gewinnend zu. „Ein klarer Fall von subjektiver Wahrnehmung.“

Edgar lachte dröhnend und eilte zur Tür, um neue Gäste zu begrüßen.

Er bewohnte ein ursprünglich biederes Einfamilienhaus aus den 1920er Jahren, das er von einem ambitionierten Architekten um- und ausbauen hatte lassen. Nun bestach es durch unterkühlte Eleganz, mit der es sich wohltuend von den protzig aufgepeppten Häusern der Umgebung abhob.

Die Gästeschar wirkte bunt gemischt, war aber sicher mit Bedacht zusammengestellt, denn Edgar gefiel sich als geschickter Kommunikator, der es verstand, die richtigen Leute zusammenzubringen. Dass er nebenher auch an alte Freunde dachte, nach deren Bekanntschaft die Höherkarätigen unter den Eingeladenen wohl nicht gerade gierten, sprach für seine Großherzigkeit.

Man war zum edlen Environment passend angezogen, die Frauen sowieso, aber auch die Männer, die zwar nicht alle Krawatte, aber – bis auf Hans – ausnahmslos erstklassig geschnittene Outfits aus sicherlich hochpreisigen Stoffen trugen, je lässiger im Schnitt, desto teurer.

Ein junges Mädchen und ein halbwüchsiger Knabe, den Hans auf den zweiten Blick als Sohn aus Edgars geschiedener Ehe (David, wenn er nicht irrte) identifizierte, trugen Tabletts mit Aperitifs herum. Alina winkte das Mädchen herbei. Hans griff nach einem Campari Soda. Er war froh, dass nicht David herandirigiert worden war, denn er hätte keine Lust gehabt, schwachsinnige Fragen à la „Was macht die Schule, David?" zu stellen, und andere wären ihm nicht eingefallen.

Marie hatte sich zu einer Gruppe von Bekannten gesellt, die sich lautstark unterhielten, unter ihnen Helen Klement, die Frau eines renommierten Anwalts und dessen rechte Hand in der Kanzlei, eine warmherzige, liebenswürdige Person, die nur zwei Fehler hatte, nämlich ihre beiden grenzgenialen Töchter, von denen die eine im Rekordtempo Physik studierte, während sich die zweite, knapp fünfundzwanzigjährig, mit einer eigenen Internetfirma eine goldene Nase verdiente.

„Das müsst ihr euch einmal vorstellen", sagte eine der Frauen gerade, „da sitzt Patrizia in diesem Selbstfindungsseminar und kriegt den Auftrag, möglichst dilettantisch mit Fingerfarben herumzupatzen! Eine Frau, die davon lebt, dass sie höchst professionell Bücher illustriert!"

„Vielleicht war ja genau das der Grund", wandte eine andere ein. „Ich meine, vielleicht ging es darum, dass sie sich selber loslässt, sozusagen …"

„Und wozu?", erkundigte sich Norbert Klement. „Ich denke, sie war dort, um sich zu finden. Ich bin ja vielleicht ein simples Gemüt, aber für mich ist das ein Widerspruch. Entweder ich lasse mich los, oder ich finde mich, nein?"

„Du hast keine Ahnung!", rief die Vertreterin der Theorie vom Loslassen, sie hieß Ingrid (Marie kannte sie nur äußerst flüchtig).

„Also, das war so", meldete sich Patrizia etwas mürrisch zu Wort. „Marion hat mich dorthin mitgeschleppt. Die hatten keine Ahnung, dass ich was vom Malen verstehe, und das Ganze war auch kein Selbstfindungsseminar, sondern hieß Wellnesswochenende oder so ähnlich. Ich hab gedacht, man wird massiert und kriegt heiße Wickel gegen das Doppelkinn und kann im Dampfbad rumhängen. Und dann kommt plötzlich diese Maltherapietante über mich und sagt, ich soll mir die Farben greifen und *es* einfach passieren lassen. Ich lasse es passieren, das heißt, ich skizziere ihr Gesicht – na ja, vielleicht hab ichs auch ein klein wenig karikiert –, sagt sie, ich soll keinen falschen Ehrgeiz entwickeln, es ginge nicht darum, so zu tun, als ob ich malen könne, sondern ich müsste lernen, mit meinem Unvermögen zu leben."

Johlendes Gelächter.

„Das kommt davon, wenn man mit Marion verreist", sagte Helen. „Die Frau hat ihren IQ systematisch ramponiert, da ist es kein Wunder, wenn nichts Gescheites herausschaut."

„Ich wollte nicht, dass etwas *Gescheites* herausschaut", berichtigte Patrizia, die keine Miene verzogen hatte, als die anderen lachten. „Ich wollte ein vollkommen geistloses Wochenende verbringen. Was ich nicht wollte, war, dass man mir meine künstlerischen Defizite um die Ohren schlägt."

Wieder Gelächter. Helen legte den Arm um Maries Schultern. „Marie! Fein, dass du auch da bist! Komm und erzähl uns was aus der Welt der Reichen und Schönen!"

„Ich? Wie kommst du darauf, dass ich was darüber weiß?", fragte Marie.

„Na hör einmal, dein Sohn fotografiert diese Leute schließlich!", rief Helen.

„Nicht mehr."

Helen zog erstaunt die Brauen hoch. „Was? Nein! Im Ernst?"

„Ja", antwortete Marie. „Die Welt der Reichen und Schönen war nicht seine Welt."

„Verdammt", sagte Helen lachend, „da denkt man, man hätte jemanden eingeschleust und würde nun alles über das späte Vaterglück vergreister Milliardäre erfahren –"

„Du meinst – welchem Tennislehrer sie's verdanken?", fragte Marie.
„Oho, weißt du das?", rief Norbert.
„Nein", erwiderte Marie. „Ich interessiere mich nicht für Tennislehrer. Nur für Milliardäre, aber dieses Interesse ist einseitig."
Lachend rief Helen zu Hans hinüber: „Hans! Marie interessiert sich für Milliardäre! Hast du das gewusst?"
„Klar!", schrie Hans zurück. „Wir haben schließlich Gewinnbeteiligung vereinbart!"
Marie lachte.

Hans fand, dass Alina auf den zweiten Blick sehr gut aussah. Sollte heißen, dass sie keins dieser makellosen Glamour Girls war, sondern das, was man früher apart genannt hätte. Schmales Gesicht, dunkle Haare, die Augen vielleicht etwas klein nach landläufigen Schönheitsbegriffen, die Nase ein wenig breit und zu flach, schmallippiger Mund (jedenfalls hübscher als ein aufgespritzter Flunsch), schlank. Angenehme Erscheinung. Im Gegensatz zu Edgars geschiedener Frau, dieser stets aus zu engen Kleidern quellenden Person mit der fleischigen Knolle im groben Gesicht, die sich nervtötenderweise für unwiderstehlich erotisch gehalten hatte (wahrscheinlich immer noch hielt) und einen im Gespräch die Nägel in den Unterarm krallte, eine Geste, die vertraulich wirken sollte, aber vermutlich nur half, sie das Gleichgewicht auf ihren zu hohen Absätzen nicht verlieren zu lassen. Na ja. Vorbei, schon lange. Seither tauchten an Edgars Seite wechselnde Freundinnen auf. Nicht, dass es davor keine Freundinnen gegeben hätte. Eine war schließlich der Scheidungsgrund gewesen. Oder besser: bloß der Scheidungsanlass, denn nach der Scheidung war sie schnell wieder von der Bildfläche verschwunden. Der Unterschied lag darin, dass die Freundinnen seit der Scheidung offen in Erscheinung traten, mal für längere Zeit, mal für kürzere, mal sympathisch, mal mäßig charmant. Und nun Alina. Rein äußerlich jedenfalls ein Gewinn. Und so jung. Hans schätzte sie auf Ende zwanzig. An und für sich hatte er wenig übrig für alte Zausel, die Freundinnen im Alter ihrer Töchter vorführten, und in Debatten vertrat er glaubwürdig den Standpunkt, dass er nichts zu bereden hätte mit einer Partnerin im Tochteralter. Das würde ihn, pflegte er zu sagen, irritieren, weil er der vielleicht altmodischen Ansicht sei, dass man sich mit einer Partnerin – sogar mit einer Lebensabschnittspartnerin für eher kurze Lebensabschnitte – auch verbal verständigen können sollte. Diese Behauptung brachte ihm regelmäßig Gelächter, Applaus und wohlwollende Blicke der anwesenden Frauen über vierzig ein. Marie schaute dann ebenfalls gerührt drein.

Sie war nicht gelogen, die Behauptung. In gewisser Weise entsprach sie durchaus seinen Grundsätzen. Allerdings ertappte er sich dabei, dass sich seine Gefühle nicht immer an seine Grundsätze hielten. Deswegen konnte er nicht umhin, einen leichten Neid zu empfinden, wenn er Edgars jüngere Freundinnen sah. Der Neid galt weniger Edgars mutmaßlichen sexuellen Höhepunkten mit dem jungen Fleisch als vielmehr der Tatsache, dass junge Freundinnen ein Statussymbol waren, auch in Hans' Augen, Grundsätze hin oder her.

Zwanzigjährige waren natürlich peinlich. Mit Zwanzigjährigen aufzutreten brachte einen einigermaßen reputierlichen Mann um die fünfzig in den Verdacht psychopathologischer Eigenheiten, die Palette reichte von infantiler Furcht vor dem erwachsen Werden über Potenzprobleme bis zu inzestuösen Tendenzen. Höchstens solariumgebräunte Autoverkäufer, denen die Haare im Laufe ihres langen Lebens vom Kopf auf die Brust gerutscht waren, zeigten sich arglos mit zwanzigjährigen Freundinnen, die wiederum meist älter wirkten, weil sie in der Regel aus einem Milieu kamen, das früh alt machte. Die Konversation in diesen Kreisen erreichte sicherlich zeitig ihren bescheidenen Höhepunkt, sodass es unerheblich war, worüber sich so ein Mann mit seiner Partnerin nicht unterhielt.

Aber Dreißigjährige gingen an. Nein, gingen nicht nur an, waren gut. Ein Fünfzigjähriger mit einer dreißigjährigen Freundin war ein Erfolgstyp. Ein Fünfzigjähriger mit einer fünfzigjährigen Ehefrau konnte als ehrenhaft wertkonservativ gelten. Ein Fünfzigjähriger mit einer fünfzigjährigen Freundin wäre bedauernswert. So einfach war das.

Alina also an die dreißig. Bestens.

Hans nippte an seinem Campari und bedachte Alina mit einem Blick, der Charme und Selbstironie zum Ausdruck bringen sollte. „Ich werde jetzt nicht sagen, dass Sie meine Tochter sein könnten. Und wissen Sie, warum? Weil ich nicht die geringste Lust habe darüber nachzudenken, ob eine schöne junge erwachsene Frau meine Tochter sein könnte. Ist das schlimm?"

Alina maß ihn kühl. „Das müssen Sie wissen, ob das schlimm für Sie ist."

Hans schmunzelte. „Sie sind eine erstaunliche Person, ist Ihnen das klar?" (Ja, ja, ja, peinliches Geschleime, aber Edgar ein kleines bisschen ins Gehege zu kommen, musste ja wohl erlaubt sein).

Alina trat einen Schritt zurück. „Was erstaunt Sie? Sie kennen mich doch gar nicht."

Hans lachte. „Peng. Sehr gut. Das gefällt mir. Dieses Selbstbewusstsein."

Alina schwieg, nahm sich ebenfalls ein Glas, denn das Mädchen mit dem Tablett ging gerade wieder vorbei, und fragte dann in leichtem Plauderton: „Edgar sagt, Sie haben mit ihm studiert?"

Hans grinste. „So könnte man sagen, ja. Wenn man davon absieht, dass Edgar nach fünf Semestern das Handtuch geworfen hat. Oder hat er inzwischen eine bedeutende akademische Vergangenheit, von der ich nichts weiß?"

Alina verzog den Mund. „Nein, hat er nicht und behauptet er auch nicht. Wissen Sie, was mir an Edgar gefällt? Dass er nicht ständig erzählen muss, wie gut er ist."

Sie ließ Hans stehen und mischte sich wieder unter die anderen Gäste.

Marie und Helen Klement traten auf die Terrasse. Den Garten beleuchteten geschickt platzierte Spots, er wirkte dadurch größer, als er war. „Ich hoffe, ich war nicht taktlos vorhin", sagte Helen.

Marie, die eine Bemerkung dieser Art befürchtet hatte, fragte abwehrend: „Nein, wieso?"

„Na ja, ich wusste nicht, dass Sebastian schon wieder umgesattelt hat."

„Na und? Das macht doch nichts." Sie ließ offen, was nichts machte, Sebastians Berufswechsel oder Helens Frage.

Jetzt sollte sie sich nach Helens Töchtern erkundigen, aber sie hatte keine Lust. Dabei protzten Helen und Norbert nie mit den beiden. Im Gegenteil, sie schilderten die Mädchen stets mit lässigem Humor, behaupteten, sie wüssten nicht, von wem sie den sensationellen IQ beziehungsweise die bemerkenswerte Geschäftstüchtigkeit geerbt hätten, und ergingen sich in Anekdoten über angeblich merkwürdige Eigenschaften der Töchter wie die, dass Sylvie (die Physikerin) vollkommen gedankenlos alles aß, was man ihr vorsetzte („ohne Geschmackssinn geboren", sagte Norbert, der Gourmet), während Cornelia (die mit der Internetfirma) sich jedes Top in mindestens sieben Farbschattierungen kaufte.

Leider machte Helens und Norberts Understatement die Sache nicht besser, im Gegenteil. Vielleicht wäre es sogar um eine Spur leichter, pures Protzen auszuhalten (das man dann als widerliche Angeberei abtun könnte) als diesen taktvollen Umgang mit der überdurchschnittlichen Begabung der klementschen Töchter, der umso schmerzlicher den Unterschied zwischen *rundum gelungenen* und *schwierigen* Kindern ins Bewusstsein rief.

Helen seufzte. „Norbert macht mir Sorgen. Er braucht wahrscheinlich einen Bypass."

Marie zuckte zusammen. „Das tut mir aber Leid!", rief sie halblaut.

Helen lächelte schief. „Ja. Blöd, nicht?"

Marie streckte die Hand aus und tätschelte tröstend Helens Unterarm. „Ich wills nicht herunterspielen, nur ... Du solltest dir vor Augen führen, dass das heutzutage eine Routineoperation ist."

„Ja, wahrscheinlich."

Marie ließ Helens Arm los, und Helen putzte sich energisch die Nase.

„Wenn ich was für dich tun kann ..."

Helen lächelte ihr zu. „Ich weiß, dass ich mich auf dich verlassen kann. Danke, Marie."

Sie drehte sich um, denn von drinnen rief Edgar zum Abendessen. Im Hineingehen sagte sie bissig: „Das ist Edgars Vorteil, mit seinen jugendlichen Begleiterinnen. Er muss sich keine Sorgen machen, dass die einen Bypass brauchen."

Marie ersparte sich den Einwand, auch junge Menschen wären nicht auf eine stabile Gesundheit abonniert. Erstens war er banal, und zweitens schämte sie sich. Kaum hatte Helen gesagt, dass Norbert einen Bypass brauche, war ihr der Standardspruch ihrer

Großmutter in den Sinn gekommen: *Es gibt überall etwas, was den Himmel hält.*

Dabei bezog sie wirklich keinerlei Trost aus der Tatsache, dass Helens Himmel von der Sorge um Norberts Gesundheit gehalten wurde. Und falls sie Helen und Norbert ihre unproblematischen Töchter neidete, dann sicher nicht in dem Sinn, dass sie ihnen problematische wünschte. Alles, was sie manchmal wollte, war ein unproblematischer Sohn. Trotzdem: Sie schämte sich, weil sie genau in dem Moment, in dem Helen offenbar ihre Angst um Norbert bei ihr abladen hatte wollen, in kindischem Trotz beschlossen hatte, sich justament nicht nach der neunmalklugen Sylvie oder der ach so tüchtigen Cornelia zu erkundigen.

Das Abendessen fand an einer langen Tafel in Edgars noblem Esszimmer statt. Silberne Platzteller auf spiegelnder Politur, kühn geschwungene Kerzenleuchter aus dickem, rot leuchtendem Glas, schwere Leinenservietten. Die Speisen lieferte ein Drei-Hauben-Caterer, der offenbar auch das Servierpersonal stellte. (Jedenfalls behauptete Norbert, Maries Tischnachbar, dass sie gerade Drei-Hauben-Futter vorgesetzt bekämen).

Edgar saß unnachahmlich ungezwungen am Kopfende des Tisches und dirigierte die Unterhaltung.

„Jonny war unser Genie, damals!", rief er gut gelaunt einem farblosen Mann zu, der, wie Marie mitgeteilt worden war, eine der größeren PR-Agenturen im Land leitete. Der Farblose hatte sich eben mit Hans unterhalten.

Hans sagte sehr laut: „Oh ja, aus mir hätte was werden können. Aber irgendwie habe ich es, scheints, verbockt. Trotzdem geht Marie mit mir aus. Sie rasiert sich sogar die Beine, bevor sie mit mir ausgeht. Marie, ehrlich, hat es sich gelohnt, dass du dir die Beine rasiert hast?"

Mit einem Schlag verstummten sämtliche Gespräche. Nur Norberts schweres Atmen (das Atmen eines Kranken, wie Marie jetzt auffiel) war zu hören, was das Unbehagen irgendwie steigerte.

Marie schluckte. Dann sagte sie, während ihr Herz flatterte, scheinbar gelassen: „Ich weiß nicht. Hat es sich denn gelohnt, dass du dein besticktes Bruchband angelegt hast?"

Immer noch Stille. Danach befreites Gelächter. Das Gerede setzte wieder ein.

9.

Sie liefen wütend auf der nächtlichen Straße nebeneinander her.

„Es war ein Scherz!", wiederholte Hans, böse über ihren Ärger. „Ein Scherz! Begreifst du das nicht?"

„Es war Verrat!", sagte Marie zornig.

„Herrgott. Du hast gesagt, du schaust dich nach einem Milliardär um. War das taktvoll?"

„Das war ein Scherz."

„Siehst du."

„Nein", erklärte Marie. „Das war nicht dasselbe. Alle wissen, es stimmt nicht, dass ich nach einem Milliardär suche. Aber Beine Rasieren stimmt. Das ist was Reales. Und was Intimes."

„Du bist mir jedenfalls nichts schuldig geblieben", sagte Hans trotzig.

Marie maß ihn mit einem verächtlichen Blick. „Ich wusste nicht, dass wir zu einer Nahkampfübung gegangen sind."

Daheim stieg sie wortlos unter die Dusche und legte sich danach ins Bett. Wieder einmal bedauerte sie, kein eigenes Schlafzimmer zu haben. Immerhin standen die Betten weit auseinander, an zwei gegenüberliegenden Wänden, durch den ganzen Raum getrennt. Sie hätte es kaum ertragen, neben Hans zu liegen.

In ihrem Bett rückte sie zur Mauer, stopfte die Decke rund um sich fest, knipste ihre Leselampe an und griff nach dem bereitliegenden Krimi. Wie spät es auch war, sie musste vor dem Einschlafen lesen. Andernfalls wälzte sie sich schlaflos auf ihren Laken, unfähig abzuschalten.

Hans, der nach ihr ins Bad gegangen war, kam zurück, nach Aftershave duftend. Heiter, als hätte es keine Verstimmung zwischen ihnen gegeben, marschierte er auf sie zu, setzte sich auf ihren Bettrand und legte ihr eine Hand auf die Schulter.

Marie erstarrte. Hans bemerkte es nicht.

„Du hast toll ausgesehen", sagte er.

Marie schüttelte seine Hand ab und rutschte noch ein kleines Stück näher zur Wand.

„Wirklich", fuhr Hans fort, „viel schöner als Edgars Freundin."

Marie zuckte die Achseln. „Das war keine Misswahl, heute Abend."

Hans lachte leise. „Ich stelle es ja nur fest. Das müsste dich doch freuen. Immerhin könnte sie deine Tochter sein. Dem Alter nach."

„Oder deine", sagte Marie.

Hans überhörte es und traf Anstalten, sich zu ihr zu legen. „Rück doch ein bisschen", murmelte er.

Abrupt setzte sie sich kerzengerade auf und funkelte ihn an. „Das ist mein Bett. Deins ist dort drüben." Sie wies mit dem Arm zur Wand gegenüber. Die Geste erinnerte sie an den Hund, den sie früher gehabt hatten. Mit der gleichen befehlenden Handbewegung hatte sie ihn in sein Körbchen geschickt. Sie erwartete, dass Hans protestieren würde. Stattdessen stand er auf, durchquerte wortlos das Zimmer, legte sich in sein Bett, zog sich die Decke über die Ohren und drehte sich zur Wand.

Sie nahm ihr Buch zur Hand. In ihrem Magen lag ein schwerer Stein. Sie fühlte sich im Recht und trotzdem schuldig, weil sie Hans weggewiesen hatte wie einen Hund, und weil er reagiert hatte wie ein Hund.

Als er nach ein paar Minuten zu schnarchen anfing, ließ der Druck auf ihren Magen nach. Dann ärgerte sie sich über sich selbst. Da lag sie mit Schuldgefühlen, und er fiel mühelos in Schlaf.

Am nächsten Morgen kam er in die Küche, als sie gerade ihren Kaffee trank. Ohne etwas zu sagen, ging er zur Wasserleitung, ließ ein Glas mit kaltem Wasser voll laufen und warf ein Alka-Seltzer hinein. Er setzte sich an den Küchentisch und blickte missgelaunt vor sich hin, während er kleine Schlucke von seiner Brause nahm.

Kein guter Zeitpunkt für ein Gespräch. Marie wollte es trotzdem hinter sich bringen.

„Am zwölften muss ich für drei Tage weg“, sagte sie.

Er reagierte nicht gleich.

„Hast du mich gehört? Ich muss zu einem Seminar. Vom zwölften bis zum fünfzehnten.“

„Was heißt das, du *musst*?“

„Die Firma schickt mich hin.“ Sie hatte beschlossen zu lügen, statt sich auf Diskussionen mit ihm einzulassen.

„Ach ja? Arbeitest du nicht mehr gut genug?“

„Im Gegenteil.“

„Im Gegenteil? Sie schicken dich hin, weil du so gut bist? Na toll. Das heißt wahrscheinlich, dass du die Krummen und Lahmen im Blitzverfahren für gesund erklärst. *Steh auf, nimm dein Bett und geh!* Nur dass du nicht Jesus bist. Aber wen kümmert das schon.“

„Kannst du mir erklären“, fragte Marie beherrscht, „was du tust, um den Krummen und Lahmen zu helfen?“

Hans hob die Schultern und ließ sie gleichgültig wieder fallen. „Nicht mein Geschäft. Ich kenne meine Grenzen. Wozu erzählst du mir das?“

„Wegen der Handwerker.“

„Welche Handwerker?“

„Die das Bad umbauen.“

„Welches Bad?“

Marie nahm sich zusammen, um nicht loszuschreien. „Dieses hier. Unseres. Wir haben die Handwerker bestellt. Sie kommen am zwölften. Du wirst dich darum kümmern müssen.“

„Geht nicht. Ich arbeite an einer schwierigen Sache. Ich brauche Ruhe und Konzentration."

Marie umklammerte ihre Kaffeetasse. „Du wolltest den Umbau!"

„Ja? Dann hab ichs mir jetzt anders überlegt. Bestell die Leute ab."

Er lehnte sich zurück und bedachte sie mit einem gelassenen, boshaften Blick, der signalisierte, dass er auf dem längeren Ast zu sitzen gedachte.

Marie schnappte nach Luft. „Bist du verrückt? Ich habe schon das Material bezahlt."

Hans lächelte in sich hinein. „Das tut mir aber Leid", sagte er mit geheuchelter Sanftmut.

Marie knallte die Kaffeetasse auf den Tisch. Der Kaffee schwappte über. Sie stapfte aus der Küche, warf die Tür hinter sich zu und ging ins Vorzimmer. Als sie ihre Jacke von der Ablage zerrte, flatterte abermals Onkel Gregors Bild vor ihre Füße. Mit einer wütenden Grimasse stieg sie drüber hinweg und verließ die Wohnung.

„Warte auf mich!"

Sie lief die Treppe hinunter. Die Männerstimme kam von oben. Sie blieb stehen und drehte sich um. Ein paar Stufen über ihr stand Onkel Gregor.

„Na?", fragte er. „Reichts dir jetzt endlich?"

„Ja", sagte Marie böse. „Und jetzt lass mich zufrieden. Gleich wirst du sagen: ‚Mit Paul wäre alles anders.'"

„Du denkst das!", korrigierte Onkel Gregor. „*Du* glaubst das!" Er schaute sie mitleidig an.

Marie wandte ihm abermals den Rücken zu und stieg entschlossen treppab. Beim Haustor holte Onkel Gregor sie ein. Knapp hinter ihr trat er ins Freie.

„Willst du's nicht wissen?“, fragte er.

„Was?“

„Wie es mit Paul wäre.“

Marie schüttelte den Kopf. „Was soll das?“

Gregor zog eine Braue hoch. „Du hast die Möglichkeit dazu. Ich gebe sie dir. Du musst bloß umkehren.“

„Was?“

„Aber wahrscheinlich bist du zu feig …“

„Wozu?“ Sie fragte es sehr laut. Ein paar Passanten drehten sich um und schauten erstaunt.

„Kehr um“, sagte Gregor, „und erleb einen Tag aus deinem verpassten Leben mit Paul.“

Marie stand da und starrte ihn fassungslos an.

„Komm“, sagte Gregor wieder. „Kehr um und du erfährst, wie's mit Paul gewesen wäre. Na los, trau dich.“

„Ich bin nicht feig“, sagte Marie bedächtig.

Onkel Gregor erwiderte nichts. Er schaute nur abwartend.

„Was muss ich tun?“

„Geh zurück in deine Wohnung“, sagte Gregor ruhig.

„Und dort treffe ich Paul?“

„Sozusagen.“

„Wie soll das gehen?“

„Das lass meine Sorge sein.“

Marie seufzte. „Aber wozu? Damit ich erfahre, dass Paul genau der Fiesling ist, als den ich ihn nicht erleben wollte?“

Gregor machte ein spöttisches Gesicht. „Siehst du, du traust dich nicht.“

Marie musterte ihn. Dann drehte sie sich auf den Hacken herum und ging entschlossen zurück.

Der Vorraum: wie immer. Das Wohnzimmer: unauffällig. Aus der Küche: Radiomusik. Ein Flötenkonzert, es klang nach Mozart. Marie sah sich um. Niemand, den sie um Rat fragen konnte. Sie biss sich auf die Lippen. Dann ging sie auf die Küche zu und öffnete vorsichtig die Tür.

10.

Erst sieht sie nichts, weil die Sonne sie blendet, die durchs gegenüberliegende Fenster hereinflutet.

Sie blinzelt.

Im Gegenlicht, an einem Tisch, die Umrisse eines Mannes.

Nach und nach lösen sich Möbel und Gegenstände aus der Helligkeit. Auch der Mann am Tisch wird deutlicher.

Der Tisch ist als Frühstückstisch gedeckt. Der Mann, der daran hantiert, sieht aus wie Paul. Nicht wie der junge Paul von früher, aber unverkennbar Paul, wenn auch irgendwie anders als auf den Fotos, die Marie gelegentlich in Zeitungen zu sehen bekommt. Der Mann hier wirkt … wie denn nur? *Weicher*? Oder vielleicht bloß einfach *privater*?

Er fischt Brot aus einem Toaster und lächelt ihr entgegen. „Guten Morgen!" Seine Stimme. Marie hat sie immer erotisch gefunden. Tief und rau. Die Stimme eines Rocksängers, aufregend gegensätzlich zu Pauls disziplinierten Upper-Class-Look.

Paul wendet sich einer Espressomaschine zu. „Ich wollte die Zeitungen heraufholen, da hab ich gesehen, dass du schon gegangen bist. Dafür hab ich uns Kaffee gemacht."

Die Espressomaschine steht auf einer Theke. Die Theke ist Teil einer Küche, die wenig mit Maries gewohnter Küche zu tun hat. Maries gewohnte Küche ist ziemlich schäbig. Diese hier ist eine Mischung aus teurer Technik und lässiger Wohnlichkeit.

Paul balanciert zwei volle Kaffeetassen zum Frühstückstisch. „Willst du dich nicht setzen?"

Marie blickt verwirrt an sich hinunter. In ihren Händen hält sie einen Packen Zeitungen.

Paul lacht, kommt auf sie zu, nimmt ihr die Zeitungen ab und küsst sie rasch auf den Mund.

„Aus dir wird nie ein Morgenmensch", sagt er. „Bist du überhaupt schon wach?"

Er geht mit den Zeitungen zum Frühstückstisch und lässt sich daran nieder. Marie folgt ihm wie in Trance und setzt sich ihm gegenüber hin. Seine Lippen. Sie hat vergessen, wie sie sich anfühlen. Manchmal hat sie versucht, sich daran zu erinnern, vergeblich. Und nun diese plötzliche Nähe. Sie hat Pauls Lippen auf ihren gespürt, richtig gespürt. Paul ist da, zum Angreifen nahe. Aber sie wagt es nicht, ihn anzugreifen. Vielleicht löst er sich ja doch sofort wieder in Luft auf, wie in einem Traum.

Was ist das hier überhaupt, wenn es kein Traum ist?

Paul schlägt eine Zeitung auf. Die anderen Blätter hat er in die Mitte des Tisches gelegt. Marie registriert es automatisch.

Hans neigt dazu, die Zeitungen an sich zu raffen und ihr dann ausgesuchte Seiten zum Lesen zu reichen. Ein immer wieder kehrender Anlass zu Zank und Hader. Marie will sich nicht bevormunden lassen, Hans jedoch versteht seine Vorzensur als Hilfsdienst, der ihr angeblich helfen soll, Zeit zu sparen. Zeit wofür? Zum Kochen? Zum Bügeln seiner Klamotten, während er sich gemütlich mit ausführlichen Artikeln beschäftigt? Selbstverständlich weist Hans solche Unterstellungen immer weit von sich. *Emanzengekeife*. Er ist wirklich der Letzte, dem man Sympathien für das Patriarchat nachsagen kann, für ihn sind Frauen so selbstverständlich gleichberechtigt, dass er gar nicht darüber nachdenken muss. Aber es gibt eine Art von paranoider Kleinlichkeit, für die hat er nichts übrig. Und mit trotziger Miene händigt Hans ihr dann die Zeitungen aus, zerfleddert. Bitte. Vorwurfsvoller Blick. *Als ob es nicht genügen würde, wenn einer im Haushalt seine Zeit damit verplempert.*

Paul lässt die Zeitung sinken. „Martin hat vorhin angerufen. Grüße und so weiter. Es geht ihm gut, die Diplomarbeit schreitet voran, eigentlich wollte er am Wochenende kommen, aber nun überlegt er, ob er nicht doch lieber zum Segeln an die Ostsee fährt. Wenn du mich fragst, ist es weniger die Ostsee, die ihn abhält, uns zu besuchen, als eine neue Freundin, aber sei's drum. Ich hab ihm gesagt, unsere senile Hilflosigkeit hält sich in Grenzen, er soll sich um uns keine Gedanken machen und tun, was ihn freut. War doch okay, oder?"

Marie starrt Paul verwirrt an. Wovon redet er?

„Martin …", wiederholt sie.

Paul mustert sie mit nachsichtigem Spott. „Ja, Martin, Süße. Dein Sohn, mein Sohn, unser Sohn. Hallo! Aufwachen! Ich finds gut, dass er am Wochenende was Besseres vor hat als zu Mami und Papi zu fahren. Du doch auch, oder?"

„Ja. Ja, natürlich", antwortet Marie hastig. Um ihre Verwirrung zu verbergen, nimmt sie rasch einen Schluck Kaffee.

Paul schaut auf seine Uhr. „Ich gehe dann schon mal in die Praxis", sagt er. „Lass dir ruhig Zeit. Ich brauche dich nicht vor zehn."

Marie bemüht sich, nicht schon wieder verständnislos drein zu schauen, obwohl sie gute Lust dazu hätte. Verflucht! Was hat Onkel Gregor sich dabei gedacht? Schickt sie in ein Stück, bei dem sie glaubwürdig mitspielen soll, obwohl sie ihren Text nicht kennt!

Vielleicht soll sie ja genau das zugeben. Vielleicht sollte sie zu Paul sagen: „Hör zu, ich weiß nicht, wovon du sprichst und was hier gespielt wird – kannst du mir vielleicht freundlicherweise erklären, wie unsere letzten dreißig Jahre verlaufen sind?"

Aber was, wenn Paul dann auch nicht weiter weiß, und wenn die ganze Szene daraufhin platzt wie eine

Seifenblase? Dann wird sie bis ans Ende ihrer Tage nichts über ihr versäumtes Leben mit Paul erfahren. Zwar gibt es keinen Beweis dafür, dass das hier wirklich ihr versäumtes Leben mit Paul ist, aber trotzdem. Mal sehen, was passiert. Besser als nur in der alten Tretmühle zu hampeln und nicht einmal die mögliche Version eines anderen Daseins auszuprobieren.

„Frau Birkmeier war gestern bei mir", sagt Paul jetzt. „Ich soll dir sagen, dein Übungsprogramm für sie ist spitze."

„Tatsächlich?" Diese Frage kann nicht falsch sein. Wer immer Frau Birkmeier ist.

„Ja. Die Verspannungen sind weg. Jetzt müssen wir nur noch ihre Gastritis in den Griff kriegen."

Gastritis? Paul, die internationale Kapazität auf dem Gebiet der Kardiologie, beschäftigt sich mit einer Magenschleimhautentzündung?

„Du behandelst sie wegen Gastritis?"

„Was dachtest du?" Paul wirkt leicht befremdet.

„Herz?", schlägt Marie zaghaft vor.

„Ihr Herz ist in Ordnung." Paul mustert sie erstaunt. „Was ist los? Verwirrter Tag heute?"

Marie zieht eine verlegene Grimasse. „Entschuldige. Ich war mit den Gedanken woanders."

Paul lächelt sie an. „Macht ja nichts." Er bestreicht einen Toast mit Butter, isst ihn, trinkt seinen Kaffee aus und steht auf. „Also dann. Bis nachher."

Er verlässt die Küche. Marie bleibt allein zurück. Neugierig schaut sie um sich. Im offenen Fenster sieht sie Äste einer Birke. Von der Küche, die viel größer ist als ihre gewohnte Küche, gehen zwei Türen ab, die eine, durch die sie hereingekommen ist, und eine andere, die ein Stück weit offen steht. Marie erhebt sich und späht vorsichtig durch die offene Tür. Sie blickt in einen schön proportionierten Raum mit hoher Decke, offenbar ein Esszimmer, denn es wird beherrscht von einem großen runden Glastisch, um den hochlehnige Stühle mit cremefarbenen Leinenbezügen stehen.

Zurück zur ersten Tür. Marie macht sie auf. Statt ihres gewohnten Vorzimmers sieht sie jetzt in einen hellen Flur, an seinem Ende führt eine geschwungene Treppe sowohl nach oben als auch nach unten. Es scheint, dass sie sich in einem villenartigen Einfamilienhaus befindet. Mein Gott. Schöne Sache, einerseits. Nur verdammt unübersichtlich, irgendwie.

Sie dreht sich um. Die Uhr am Einbauherd zeigt fünf nach neun. Paul hat gesagt, er würde sie nicht vor zehn brauchen. Wo brauchen? Wozu brauchen? Egal, eins nach dem anderen. Fürs Erste muss sie das Haus erkunden.

Vom Flur gelangt sie wieder ins Esszimmer. Glastüren führen auf eine Terrasse. Der Terrasse liegt ein kleiner, leicht verwilderter Garten zu Füßen, Birken und Büsche stehen darin und eine efeuüberwachsene Mauer umschließt ihn.

Marie steht auf der Terrasse und schaut in den Garten. Über der Mauer taucht ein Frauenkopf auf, eine Hand winkt ihr zu. „Marihie! Huhu!“, ruft die blonde Frau auf der anderen Seite der Mauer. „Nicht vergessen! Heut Abend!“

Sie erwartet offenbar keine Antwort, denn genauso schnell, wie sie gekommen ist, verschwindet sie wieder.

Marie zuckt die Achseln und geht über die Terrasse in ein weiteres Zimmer, das sich als großer Wohnraum entpuppt. Ein Wohnraum nach ihrem Geschmack: nobel, aber nicht protzig, behaglich, aber nicht plüschig. Viel Platz. Die Möbel eine gekonnte Mischung aus klassischer Moderne und ausgesuchten alten Stücken. Schöne Lampen. Schimmerndes Parkett. Trotzdem kein Schauraum, sondern ein lebendiges, heiteres Zimmer, mit Bücherstapeln, Krimskrams, zerknautschten Seidenkissen.

Sie hört Schritte auf dem Flur. Als sie sich umdreht, öffnet sich eine der Flügeltüren, und eine Frau in mittleren Jahren tritt herein. Sie ist klein, untersetzt und ein bisschen außer Atem. „Morgen“, sagt sie, „bin zu spät, tut mir Leid. Aber der Bus kam nicht, und da musste ich das ganze Stück von der U-Bahn her laufen –“

Sie hält inne und wartet offenbar auf eine mitfühlende Reaktion Maries. „Oh, Sie Arme“, sagte Marie auf gut Glück.

Die Frau nickt, zufrieden mit Maries Bedauern, und winkt dann großzügig ab. „Macht nischt. Noch gehts.“ Sie lacht. Danach sagt sie: „Tja, ich fang gleich mal an. Oben oder unten – wo soll ich?“

Marie schaut ratlos. „Was?“

„Anfangen“, wiederholt die Frau, verwundert. „Womit?“

„Mit Putzen.“ Die Frau mustert Marie fast schon besorgt.

Marie lacht erleichtert auf. „Ach so. Wo Sie wollen. Fangen Sie an, wo Sie wollen.“

Die Putzfrau geht. Ein leichtes Kopfschütteln kann sie sich nicht verkneifen.

Als sie draußen ist, fasst Marie sich an die Stirn. Ganz schön begriffsstutzig stellt sie sich an, heute.

Heute? Kann sie eigentlich *heute* sagen zu diesem Tag? In welchem Zeitablauf befindet sie sich? Wenn das hier *heute* ist, wo ist sie dann für diejenigen, mit denen sie dieses Heute normalerweise erleben würde?

Nicht beantwortbar. Nicht ihr Problem.

Die Treppe abwärts endet in einer Art Eingangshalle mit mehreren Türen. An einer steht auf einem Schild „Anmeldung“.

Offenbar wohnt sie mit Paul in einem Haus, in dem auch Pauls Praxis untergebracht ist.

Sie öffnet die Tür zur Anmeldung und sieht, was sie so ähnlich erwartet hat: einen Tresen, dahinter eine Frau, die nach Sprechstundenhilfe ausschaut, und anschließend ein Wartezimmer. Ein Mann und eine Frau sitzen darin und blättern in Zeitschriften.

Die Sprechstundenhilfe blickt auf und sagt zu Marie, die in der Tür stehen geblieben ist: „Hallo, Frau Wegener! Der Doktor meint, Sie sollen gleich zu ihm kommen!“

Marie lächelt ihr zu, ein idiotisches Lächeln, wie sie befürchtet, und durchquert zaghaft den Warteraum. Schon wieder mehrere Türen. Verdammt. Aus einem Labyrinth findet man raus, so hat sie einmal gelernt, indem man sich stur immerzu nur rechts oder links hält, jedenfalls nie die Seite wechselt. Sie hat sogar einmal ausprobiert, ob es funktioniert, mit Hans, auf einer Englandreise, im Irrgarten eines Schlossparks, und es hat sich bewährt.

Aber welchen Trick soll sie hier anwenden? Zumal es nicht darum geht, aus dem Haus hinauszufinden, sondern darum, vor der Sprechstundenhilfe nicht wie eine Geistesgestörte zu wirken, die orientierungslos durch die Gegend torkelt.

Da, eine Tür öffnet sich, und Paul verabschiedet eine Patientin! Glück gehabt. Marie atmet auf und schlüpft schnell hinter der Patientin in den Behandlungsraum.

„Marie“, sagt Paul, jetzt ganz geschäftsmäßig, „wir brauchen dringend neues Material. Machst du schnell eine Liste?“

Marie blickt hilflos um sich. Paul bemerkt es nicht. Stattdessen beginnt er zu diktieren: „Also: Infusionsflaschen, Spritzen, Nadeln, EKG-Papier …“

Marie entdeckt einen Notizblock auf seinem Schreibtisch, und ein Gefäß mit Kugelschreibern. Rasch lässt sie sich auf den leeren Stuhl neben dem Tisch plumpsen, angelt sich Block und Stift und versucht aufzuschreiben, was er diktiert hat. Paul sagt inzwischen weiter an: „Einweghandschuhe, Spateln, Rezeptblöcke. Hast du’s?“

Marie schreibt und nickt.

„Gut“, sagt Paul. „Ruf bitte gleich an, sonst kriegen wir einen Engpass bei den Infusionsflaschen. Ich wär dir übrigens dankbar, wenn du den Bestand öfter kontrollieren könntest.“

Anrufen? Wo, zum Geier? „Kann das nicht die … Sprechstundenhilfe machen?“, fragt sie.

„Was? Bestellen?“

Marie nickt.

Paul blickt erstaunt. „Frau Jansen? Wieso auf einmal?“

„War nur so eine Frage“, sagt Marie.

Paul grinst sie an, eine Spur irritiert. „Kündigst du mir die Mitarbeit?“

Marie schüttelt den Kopf. „Nein … nein“, erwidert sie hastig.

Sie steht auf, den Block in Händen, um hinauszugehen und das leidige Bestellungsrätsel irgendwie zu lösen – oder ist es am Ende üblich, dass sie von hier aus telefoniert?

Paul schiebt ihr einen Umschlag mit Röntgenbildern hin. „Schau dir die einmal an und sag mir, was du davon hältst.“

Marie legt den Block weg und will die Röntgenbilder aus dem Umschlag nehmen. Paul winkt ungeduldig ab. „Nicht sofort. Später. Der Orthopäde möchte operieren, aber meiner Meinung nach ist das ein Fall für dich. Sag mir, wie weit man mit Heilgymnastik kommt, damit ich mir ein konservatives Programm überlegen kann, okay?“

Marie nickt.

Paul wendet sich ab. „Schickst du mir jetzt Herrn Marton herein? Und Frau Jansen, damit sie mir ein EKG schreibt?"

Wie benommen wankt Marie aus dem Behandlungsraum. Sie zögert ein bisschen, als sie die Sprechstundenhilfe mit Namen anspricht. „Frau Jansen?"

Die Sprechstundenhilfe dreht sich zu ihr und blickt fragend.

„Der Dok … Mein Mann braucht Sie. Und Herr Marton soll auch gleich hineinkommen."

Die Sprechstundenhilfe steht auf. „Übernehmen Sie so lange das Telefon, Frau Wegener?" Und mit lauterer Stimme: „Herr Marton, kommen Sie mit mir?"

Frau Jansen und Herr Marton verschwinden im Behandlungsraum. Marie nimmt hinter dem Tresen Platz. Das Telefon klingelt. Marie hebt ab. „Hallo?"

Kurze Stille. Dann fragt eine Frauenstimme unsicher: „Ich, äh, wollte die Praxis von Doktor Wegener –"

Marie beißt sich auf die Lippen. „Da sind Sie richtig. Worum gehts?"

Die Stimme sagt, dass es um einen Behandlungstermin gehe. Interessante Aufgabenstellung. Marie starrt ratlos auf den Bildschirm des Computers vor sich, dann blickt sie sich suchend auf Frau Jansens Schreibtisch um. Beides hilft ihr nicht weiter.

„Ich … Ich habe ein kleines Problem mit dem Computer", sagt sie ins Telefon. „Tut mir Leid. Wir rufen Sie zurück. Wie war Ihr Name?"

Die Anruferin nennt ihren Namen, Marie notiert ihn und legt auf.

Erneutes Gedüdel. Professionell meldet sich Marie diesmal mit „Praxis Doktor Wegener“. Na bitte. Sie ist schließlich lernfähig.

Wieder fragt die Anruferin um einen Termin, wieder notiert Marie ihren Namen und verspricht ihr einen Rückruf.

Also. Geht doch ganz gut. Nur: Was tut sie da? Ist sie Pauls Sprechstundenhilfe? Seine Ratgeberin in Sachen Physiotherapie? Mädchen für beides?

Jedenfalls kommt sie sich entsetzlich schwerfällig und blöde vor.

Das wäre allerdings anders, wenn sie sich besser auskennte. Trotzdem: Was für einen Job hat sie hier?

Die Eingangstür geht auf, Günther Stadlmayr betritt die Szene. Stadlmayr? Ja, tatsächlich, der gute alte Stadlmayr!

„Herr Stadlmayr!“, ruft Marie überrascht, freudig überrascht geradezu, ohne nachzudenken. „Was machen Sie hier?“

Stadlmayr erstarrt und schaut sie entgeistert an. „Entschuldigung … Kennen wir uns?“

„Ich … Ich dachte, ich hätte Sie schon mal gesehen“, erklärt Marie verunsichert.

„Das kann ich mir nicht vorstellen“, sagt Stadlmayr, „ich bin neu in der Stadt.“

„In welcher Stadt?“

„Hier. Berlin.“

„Ach." Marie rauft sich im Geist die Haare. Hätte sie nicht von selber auf die Idee kommen können, dass sie sich nicht in ihrer Heimatstadt befindet? Die Putzfrau, Frau Jansen, sogar die Frau im Garten – alle drei hörten sich fremd an. Andererseits: Auch daheim begegnen Marie immer wieder Menschen mit ungewohntem Akzent. Und es hätte ja sein können, dass Paul nicht nach Berlin gezogen wäre, wenn sie und er zusammengeblieben wären.

„Meine Firma hat mich herversetzt", berichtet Stadlmayr gerade. „Ich hab noch nicht einmal alle meine Koffer ausgepackt."

Marie weiß, dass es nicht sehr geschickt ist, das zu sagen, was sie gleich sagen wird. Trotzdem kann sie sich nicht beherrschen. Sie braucht eine kleine Genugtuung nach all der Ahnungslosigkeit, die ihr schon den ganzen Vormittag über zu schaffen macht.

„Sie kommen wegen Ihrer Bandscheibe?", erkundigt sie sich. „Protrusion im Lendenwirbelbereich, L fünf, S eins?"

Stadlmayr bleibt erneut der Mund offen stehen. „Können Sie hellsehen oder was?"

„Manchmal", antwortet Marie bescheiden, „ein bisschen."

Weil Stadlmayr sie fassungslos anschaut, lacht sie gezwungen auf. „Ich habe einen Blick für Wirbelsäulen, wissen Sie. Langjährige Praxis."

Stadlmayrs Gesicht bleibt ungläubig. „Ja, aber woher kennen Sie meinen Namen?"

Marie schluckt. „Sie haben sich doch angemeldet?“, fragt sie dann auf gut Glück.

Stadlmayr nickt. „Das schon.“

„Sehen Sie“, sagt Marie erleichtert, „daher kenne ich ihn.“

Auch Stadlmayr schaut befreit drein, als ob ihm der Gedanke, es könnte was Unerklärliches im Spiel gewesen sein, sehr unbehaglich wäre.

Frau Jansen kehrt zurück, und Marie räumt glücklich ihren Platz. „Liebe Frau Jansen“, sagt sie, und weil ihr Selbstvertrauen langsam zurückkehrt, klingt auch ihre Stimme wieder fest und bestimmt, „könnten bitte Sie diesmal das Material bestellen? Hier ist die Liste. Und die beiden Telefonnummern hier müssen angerufen werden, wegen eines Termins. Ich kümmere mich jetzt um Herrn Stadlmayr.“

Sie winkt Stadlmayr, ihr zu folgen und geht forschen Schritts – ja, wohin denn nur?

Aufs Geratewohl öffnet sie die nächstbeste Tür und sieht sich einem Staubsauger, einem Besen, Eimern und einem Regal mit Putzmitteln gegenüber.

„Suchen Sie was?“, fragt Frau Jansen perplex.

„Habs schon gefunden!“, antwortet Marie geistesgegenwärtig. Sie greift sich ein Paar gelbe Gummihandschuhe und schließt würdevoll die Tür zur Abstellkammer.

Frau Jansen und Herr Stadlmayr schauen staunend.

Was jetzt? Sie atmet tief durch und sagt listig: „Liebe Frau Jansen, könnten Sie bitte Herrn Stadlmayr erklären, was zu tun ist? Ich, äh, bin gleich so weit.“

Sie tritt an ein Tischchen, auf dem ein Zeitschriftenstapel liegt, und gibt vor, nach einem bestimmten Blatt zu suchen.

Trotzdem entgeht ihr der schräge Blick nicht, den Frau Jansen in ihre Richtung schickt, als sie sagt: „Es ist ganz einfach, Herr Stadlmayr. Sie gehen raus in die Eingangshalle. Gleich gegenüber sehen Sie eine Tür, an der steht ‚Physiotherapie'".

Ein Raum mit einem Massagebett, darüber ein Schlingengerät für Zug- und Entlastungsübungen. Matten. Ein Medizinball. An einer Wand ein großer Spiegel, wie ihn Marie auch in ihrem Behandlungsraum in der Firma hängen hat, damit die Patienten ihre eigenen Bewegungen sehen und sich kontrollieren können.

Stadlmayr, der vor ihr eingetreten ist, bleibt stehen und blickt sich fragend um.

Von einem Stuhl in einer Ecke erhebt sich Onkel Gregor und schnippt lässig mit den Fingern in Stadlmayrs Richtung. „So, Herr Stadlbauer, das wars für heute", sagt er. „Eins, zwei, drei, das Turnen ist vorbei."

Stadlmayr ist verschwunden. Wie vom Erdboden verschluckt, könnte man sagen, wenn es Marie nicht eher so vorgekommen wäre, als hätte nicht der Boden, sondern die Luft Stadlmayr konsumiert wie einen leicht zu verschlingenden Happen. Wenn ihn der Erdboden verschluckt hätte, überlegt Marie, hätte so was wie eine Abwärtsbewegung zu sehen sein müssen, jedenfalls nach ihrer Auslegung der Redewendung. Stadlmayr jedoch hat sich überhaupt nicht bewegt, er war bloß von einem Moment zum anderen nicht mehr da. Sei's drum. Weg ist weg.

Onkel Gregor wendet sich zu Marie und erklärt: „Wie du deine Patienten behandelst, weißt du, das können wir also ruhig weglassen."

Er setzt sich wieder auf den Stuhl und schlägt die Beine übereinander.

„Stadlmayr", sagt Marie. „Er heißt Stadlmayr. Nicht -bauer."

„Wen interessiert das?", fragt Onkel Gregor kühl.

„Mich", antwortet Marie. „Es erschüttert deine Glaubwürdigkeit, wenn du nicht mal seinen Namen weißt."

„Papperlapapp." Onkel Gregors Miene signalisiert, dass ihn kleinliche Einwände nicht belästigen können.

Wie Maries Großmutter. „Papperlapapp" und ein überhebliches Gesicht, sobald ihr was unangenehm war.

„Sie war ja auch meine Schwester", erklärt Onkel Gregor, obwohl Marie nichts gesagt hat. „Wie gehts dir so?"

„Ich komme mir ganz schön blöd vor die ganze Zeit."

„Das ließ sich nicht vermeiden", entgegnet Onkel Gregor ungerührt.

„Paul", sagt Marie, „ich denke, er ist ein bekannter Herzspezialist? Warum kümmert er sich auf einmal um Magenschleimhautentzündungen?"

Salbungsvoll, wie eine Deklamation, kommt die Antwort von Onkel Gregors Lippen: „Der Paul, den du verlassen hast, wollte seine private Niederlage durch berufliche Siege ausgleichen. Der Paul, bei dem du geblieben bist, hatte das nicht nötig."

Marie schnappt nach Luft. „Unsinn, Milchmädchenpsychologie!", ruft sie ärgerlich. „Ich kenne keinen Mann, für den Ehrgeiz bloß eine Alternative zur Liebe ist! Den Kitsch nehm ich dir nicht ab."

Onkel Gregor grinst. Dann sagt er boshaft: „Okay, wie wärs damit: Du hast ihn nicht genügend in den Hintern getreten?"

„Was soll das heißen? Ich bin doch nicht sein Kindermädchen!"

Obwohl … Na gut, angeblich gibt es Männer, die nur Karriere machen, weil ein unerbittliches Frauchen darauf besteht, sie antreibt und mit den Füßen stampft, sobald ihnen der Atem auszugehen droht auf dem Weg zum Ruhm. Aber schwer vorstellbar, dass Paul dazugehört. Eigentlich ganz und gar nicht vorstellbar.

„Er ist er. Und ich bin ich. Und ich bin nicht größenwahnsinnig. Ich glaube nicht, dass er durch mich ein anderer geworden wäre."

„Nicht *durch* dich. *Mit* dir", korrigiert Onkel Gregor. „Mit dir hätte er sich vielleicht anders entwickelt. Wär doch möglich, oder? Menschen entwickeln sich anders unter anderen Bedingungen."

„He – soll das heißen, mit mir kommt ein Mann nicht voran?" Marie wirft es salopp hin, aber hinter der scheinbar scherzhaften Frage steckt banger Ernst. Schließlich sitzt daheim – in ihrem bisherigen *Daheim* – Hans, der keins seiner Ziele erreicht hat.

„Wer sagt, dass Paul nicht vorangekommen ist?", wendet Onkel Gregor ein. „Auch wenn er keine Berühmtheit ist – deswegen kann er doch trotzdem ein tüchtiger Arzt sein, oder nicht?"

„Und was ist mit mir?"

„Was soll mit dir sein?"

„Ich gängle ihn nicht, okay. Aber könnte es sein, dass er mich gängelt?"

„Könnte es sein, dass du dirs gefallen lässt?", fragt Onkel Gregor zurück.

„Ich lasse es mir vielleicht gefallen", antwortet Marie, „aber es gefällt mir nicht."

Onkel Gregor schweigt.

„Er ist liebenswürdig", sagt Marie. „Er ist auf liebenswürdige Art … sehr bestimmt."

Onkel Gregor zuckt die Achseln. „Na ja. Und Hans bestimmt unliebenswürdig."

Marie muss lachen. „Bingo! Übrigens ist keineswegs bewiesen, dass mich Paul nicht hintergeht."

„Zunächst mal hat er dich nicht verlassen", sagt Onkel Gregor. „Das war doch deine Furcht. Dass er dich verlassen würde."

„Nicht nur. Ich wollte auch nicht hintergangen werden."

Draußen kommen Schritte näher, rasch und entschieden. Marie schaut zur Tür, Paul tritt herein. Sie dreht sich wieder zu Onkel Gregor um, gespannt, wie er sich aus der Affäre ziehen wird. Wahrscheinlich gibt er sich als ihr Patient aus, denkt sie sich.

Aber nun ist auch Onkel Gregor nicht mehr da.

„Halbzeit“, sagt Paul und lässt sich demonstrativ erschöpft auf den Stuhl fallen, auf dem vorher Onkel Gregor gesessen ist. „Was hältst du davon, wenn wir ein paar Längen schwimmen?“

„Jetzt?“, fragt Marie verständnislos.

„Ja. Klar.“

Was meint er? Liegt dieses Haus an einem See? Oder verbirgt sich hier irgendwo ein Pool? Dass Paul die Mittagspause zu einem öffentlichen Hallenbad zubringen will, ist ja wohl nicht anzunehmen –

„Was ist?“, fragt Paul. „Langer Nachdenkprozess? Warum?“

„Ich überlege gerade, ob mir wirklich nach nassem Wasser ist“, sagt Marie ausweichend.

Paul lacht. „Ach, komm. Du wirst mich doch nicht allein plantschen lassen.“

Im Keller ein kleiner Indoorpool. Eine Dusche. Eine Saunakabine. Ein Stapel Badetücher, ein Regal mit Kosmetika. Gut ausgestatteter Haushalt.

Paul steigt ohne Umstände aus seinen Kleidern. Marie mustert ihn verstohlen von der Seite. Tadellos erhalten, kein Jünglingskörper, aber schlank, kräftig, muskulös. Sie zögert, sich gleichfalls auszuziehen, schließlich ist es für sie dreißig Jahre her seit dem letzten Mal, als sie einander nackt gegenüber standen.

Marie hat sich, nach der Unsicherheit ihrer Teenagerjahre, in denen sie selbstquälerisch kein gutes Haar an sich ließ, eine gewisse Unbekümmertheit erworben im Umgang mit ihrem Körper. Die Tatsache, dass er nicht straffer wird mit den Jahren oder dass die Leberflecken auf ihrer Haut sich vermehren, bereitet ihr keine schlaflosen Nächte. Solange sie gesund ist und halbwegs ansehnlich *für ihr Alter*, besteht, so hat sie beschlossen, kein Anlass zu Klagen. Aber Paul ihre schlaffer gewordenen Brüste und ihre fleckige Haut zu zeigen, fällt ihr schwer, auch wenn sie annehmen darf, dass er sie nicht mit dem kritischen Blick betrachtet, den lange Trennungen diktieren, sondern mit der Nachsicht dessen, der Zeit hatte, sich an die Veränderungen ihres Äußeren zu gewöhnen.

Paul lässt sich ins Wasser fallen und legt einen Hebel um, der eine Gegenstromanlage in Gang setzt. Prustend strampelt er gegen den Druck der Wellen an.

Eilig legt Marie ihre Kleidung ab und taucht schnell unter. Mit kräftigen Stößen wirft sie sich ebenfalls gegen den Strom.

So gern Marie in Seen oder im Meer schwimmt, so wenig kann sie sich üblicherweise für das langweilige Hin und Her in Pools begeistern. Sie liebt es, Landschaft quasi schwimmend zu durchwandern. Schwimmen als Selbstzweck interessiert sie eigentlich nicht, aber nun muss sie zugeben, dass das Ankämpfen gegen das wirbelnde Wasser doch einen gewissen Reiz hat.

„Na“, ruft Paul ihr zu, laut genug, um das Wasserrauschen und das Motorengeräusch der Gegenstromanlage zu übertönen, „was sagst du jetzt? War doch eine gute Idee, oder?“

„Hast du immer Recht?“, schreit Marie lachend zurück.

Paul gibt vor nachzudenken. „Nein“, ruft er dann. „Ich glaube, 1972 hab ich mich einmal geirrt.“

Sie ruhen in Liegestühlen am Rand des Pools. Paul hat ihnen, nach einem Blick auf die Uhr, eine Viertelstunde Verschnaufpause bewilligt. Als er aus dem Wasser gestiegen war, wickelte er sich in einen der Bademäntel, die neben der Saunakabine hängen, und Marie machte es ihm nach.

Im Pool hat er sie einmal spielerisch umarmt. Marie hatte Sehnsucht danach gehabt und zugleich Angst davor. Deswegen verharrte sie hölzern und ungeschickt, als er sie lachend an sich zog, und ehe ihre Sehnsucht über ihre Furcht siegen und sie gleichfalls die Arme um ihn schlingen konnte, hatte er sie auch schon wieder losgelassen.

Ihn danach ihrerseits an sich zu ziehen, hatte sie sich nicht getraut, zumal er gleich darauf das Becken verließ.

Nun liegt sie da, in größere Mengen Frottee verpackt, zwischen ihrem Liegestuhl und seinem Liegestuhl eine schmale, aber unüberwindliche Kluft – für sie jedenfalls.

„Übrigens, danke nochmals, dass du heute Nachmittag für Frau Jansen einspringst“, sagt Paul. „Ich hätte ihr ungern *nicht* frei gegeben, wenn ihre Eltern schon mal in Berlin sind. Wars schwierig, deine Patienten zu verschieben?“

„Ging so“, antwortet Marie unbestimmt. Sie hat sich schon gefragt, wie ihr Nachmittag ausschauen wird. Jetzt weiß sie's. Sie ist als Pauls Sprechstundenhilfe eingeteilt.

„Sag mal“, fragt er weiter, „irre ich mich, oder müssen wir heut Abend zu Heinz und Marion?“

„Ist Marion eine gnadenlos blonde Frau mit einer gnadenlos lauten Stimme?“, erkundigt sich Marie, die sich daran erinnert, dass ihr die Frau jenseits der Gartenmauer am Morgen „Nicht vergessen! Heut Abend!“ zugerufen hat.

Paul lacht. Klar. Er glaubt, sie hat einen boshaften Scherz gemacht, schließlich weiß er nicht, dass sie keine Ahnung hat, wer Marion ist.

„Also“, fragt er. „Ja oder nein?“

„Ja, soviel ich weiß“, entgegnet Marie vorsichtig.

Paul sagt schmunzelnd: „Pass bloß auf. Wenn sie dich so reden hört, entzieht sie uns ihre Zuneigung. Das heißt – *mir* sicher nicht …“

„Nein?“

„Nein, mich liebt sie doch.“

„Dich liebt sie?“

Was meint er? Dass Marion und er mit ihrer Billigung seit Jahren ein gut gehendes Verhältnis haben?

„Klar“, sagt Paul. „Glaubst du nicht, sie liebt alle Männer außer Heinz?“

Marie nimmt an, dass das ein Bonmot war, und lacht.

„Paul?“, fragt sie dann.

„Ja?“

„Was würdest du sagen, wenn ich mich beruflich verändern wollte?“

Paul setzt sich auf und blickt ihr erstaunt ins Gesicht. „Was meinst du damit?“

„Ich möchte einfach wissen, ob du dir auch vorstellen kannst, dass ich … woanders arbeite.“

„Warum? Bist du unglücklich mit mir?“

„Vielleicht fühle ich mich ein bisschen unterfordert. Als deine Hilfskraft.“

Paul schaut verwirrt. „Schätzchen, du kommst da plötzlich mit einem Vorwurf … Ich habe uns bis jetzt einfach als Team gesehen.“

Schweigen.

Dann sagt er: „Ich gebe ja zu, es ist wahrscheinlich nicht wahnsinnig spannend, Frau Jansen zu vertreten. Aber sieh mal, es ist notwendige Arbeit. Ist dir das zu wenig bedeutend? Welche Art von Karriere schwebt dir denn auf einmal vor?“

Marie beschließt, sich nicht zu ärgern, weder über seine Art der Fragestellung noch über den spöttischen Unterton, mit dem er das Wort *Karriere* gesagt hat. „Es gibt viele nützliche Jobs“, erwidert sie sachlich, „die alle gemacht werden müssen, aber nicht unbedingt von mir.“

„Na schön“, erwidert Paul. „Das stimmt. Ich könnte mich auch nach einer zweiten Sprechstundenhilfe umsehen. Allerdings wäre das ein zusätzlicher Kostenfaktor."

„Das Geld bringe ich mit mehr Physiotherapie mehrfach ein."

Paul seufzt. „Weißt du", sagt er, „ich war so froh, dass wir derartige Debatten bis jetzt vermieden haben. Dein Beruf, mein Beruf, wer ist tüchtiger und all das. Ich arbeite einfach gern mit dir. Ich verlasse mich gern auf dich. Ist das so schlimm?"

Wie mans nimmt. Wäre er umgekehrt bereit, nützliche Arbeit als ihr Assistent zu tun, wenn sie, nur so als Beispiel, eine physiotherapeutische Gruppenpraxis leitete?

„Ich stehe dir selbstverständlich nicht im Weg, was immer du vorhast", erklärt Paul jetzt. „Aber überleg es dir gut. Man kriegt nirgendwo was geschenkt, das ist dir hoffentlich klar."

Marie lächelt ihn mit nachsichtigem Sarkasmus an. „Ist das deine Art, mir den Rücken zu stärken?"

Paul schneidet eine Grimasse und hebt dann die Hände, als ergebe er sich. „Okay, ertappt. Sag schon, will dich wer abwerben?"

Marie schüttelt den Kopf. „Niemand. Ich wollte einfach mit dir reden. Grundsätzlich. Weil ich mich langfristig lieber um meine Patienten kümmern würde als um deine Termine. Das ist alles."

„Aber heute Nachmittag hilfst du mir aus?"

„Ja. Ist doch abgemacht. Oder?"

„Dann ist es ja gut", sagt Paul, springt auf und schält sich aus seinem Bademantel.

Als sie die Praxis betritt, sitzt im Warteraum Onkel Gregor und zwinkert ihr zu. Danach geht alles wie geschmiert. Marie weiß plötzlich automatisch, was sie zu tun hat. Während sie wie ferngesteuert ihre Arbeit erledigt, denkt sie nach. Was hat sie denn nun herausgefunden über Paul und sich? Würde es ihr wirklich so sehr gegen den Strich gehen, wenn sie, wie er sagt, ein Team wären? Und ist jetzt eigentlich klar, ob er sie blockieren würde, wenn sie selbständiger sein wollte?

Onkel Gregor kommt heran und setzt sich zu ihr. „Na?“

„Ich … Ich komme mir so angepasst vor“, sagt Marie halblaut.

„Irritiert dich das?“

Marie zuckt ratlos die Achseln. „Ich glaube schon. Irgendwie.“

„Du musst bedenken“, sagt Onkel Gregor mit gedämpfter Stimme, „dass du sozusagen neben dir stehst. Wärst du die Marie, die seit dreißig Jahren mit Paul lebt, würde es dich vielleicht nicht irritieren.“

„Wäre ich glücklich?“

„Könnte sein.“

„Ich habe mich *gegen* einen entschieden, mit dem ich *glücklich* geworden wäre?“

Onkel Gregor macht ein ausdrucksloses Gesicht. „Das musst du selber beurteilen.“

Marie seufzt tief. Dann fragt sie: „Aber wäre ich noch *ich* mit ihm?“

„Das hängt davon ab, was du unter *ich* verstehst“, erwidert Onkel Gregor. „Denkst du, dein Ich ist eine fixe Größe?“

„Keine Ahnung", sagt Marie. „Ich kenne mich ja nur so, wie ich ohne Paul geworden bin. Vielleicht verdanke ich mich, so wie ich mich kenne, einer zufälligen Entscheidung. Wenn nicht, habe ich mich aber möglicherweise gegen Paul deswegen entschieden, weil *ich* nicht anders konnte."

Onkel Gregor antwortet nicht.

Plötzlich fragt Marie drängend, hastig (weil sie befürchtet, gleich von Paul oder einem Patienten unterbrochen zu werden): „Martin. Sag schnell: Wie ist er? Wie Sebastian? Oder ganz anders?"

Onkel Gregor lächelt ihr zu: „Wie Sebastian ist er nicht. Das steht fest. Er ist nicht besser und nicht schlechter, nur anders. Du liebst ihn. Er ist dein Sohn."

Wie sie vorausgesehen hat, findet das Gespräch ein jähes Ende, weil eine neue Patientin an sie herantritt. Onkel Gregor wendet sich ab.

Ayse Akyol kommt zur wöchentlichen Blutdruckkontrolle, die Paul angeordnet hat, als er ihr Glukokortikoide verschrieb.

Marie entdeckt rundum kein Messgerät und geht deshalb in den Behandlungsraum, um dort danach zu suchen. Als sie eintritt, lehnt Paul entspannt in seinem Drehstuhl und sagt lachend ins Telefon: „Das muss ich mir noch überlegen!"

Dann bemerkt er Marie. Die Veränderung, die augenblicklich an ihm vorgeht, ist minimal, Marie könnte sie nicht einmal beschreiben, sie spürt sie mehr, als dass sie etwas sieht. Er wirkt – nein, nicht ertappt, aber auch nicht mehr ganz so entspannt wie gerade eben noch, seine Miene nimmt rasch etwas Geschäftsmäßiges an, als er abschließend ins Telefon sagt: „Ja, also … Ich melde mich, sobald ich mehr weiß."

Er legt auf und blickt fragend zu Marie, die verlegen vor ihm steht und nach dem Blutdruckmessgerät fragt.

„Dort drüben", sagt Paul und zeigt hin, „nimmst du dirs? Ich komm gleich wieder. Schick dann schon den Nächsten rein."

Marie steht da und beißt sich auf die Lippen. Vielleicht ist sie ja auch bloß paranoid. Oder Paul hat tatsächlich schuldbewusst dreingeschaut – aber nur, weil er gemütlich am Telefon scherzte, während draußen Patienten warten?

„Drück auf Wiederwahl!", sagt Onkel Gregor, der plötzlich neben ihr steht.

„Was?", fragt Marie.

„Auf Wiederwahl", wiederholt Onkel Gregor. „Dann weißt du, mit wem er telefoniert hat."

„Ich spioniere doch nicht hinter ihm her!" Marie ist entrüstet.

„Ich dachte nur", sagt Onkel Gregor. „Weil du ihm so sehr misstraut hast."

Sie fixiert das Telefon. Eigentlich steckt sie ja mitten in einem Experiment. Könnte es nicht ein geradezu notwendiger Teil dieses Experiments sein, dass sie herausfindet, mit wem Paul telefoniert hat? Und wer immer es sein mag, mit dem (mit *der*?) er gesprochen hat – was kann schon passieren? Was sie auch herausfindet, betrifft schließlich nicht sie, sondern die Marie, die sie vielleicht geworden wäre – nicht sie, sondern die Marie, die sie nur scheinbar ist, weil sie in Wirklichkeit nämlich, wie Onkel Gregor so richtig gesagt hat, *neben* dieser Person steht.

„Was kann schon schief gehen“, sagt Marie deshalb entschlossen und drückt schnell, ehe sie sichs anders überlegen kann, auf die Wiederwahltaste. Trotzdem hat sie Herzklopfen, als sie den Hörer ans Ohr hält.

Schnarren, ein-, zweimal, dann leiert eine Frauenstimme: „Medizindiagnostisches Labor Doktor Gärtner!“

„Wer?“, fragt Marie verblüfft.

„Labor Doktor Gärtner“, wiederholt die Stimme.

„Äh, Verzeihung“, sagt Marie und legt rasch auf. Sie wendet sich Onkel Gregor zu. „Ein Labor. Er hat mit einem Labor telefoniert.“

„Na bitte.“ Onkel Gregors Gesichtsausdruck ist unergründlich. Marie würde ihn aber gar nicht ergründen wollen, denn sie ist zu sehr damit beschäftigt, sich kleinlich und schäbig zu finden. „Wäre das hier das wirkliche Leben, würde ich mich jetzt schämen“, sagt sie.

Onkel Gregor äußert sich nicht.

Marie schüttelt den Kopf über sich.

„Natürlich könntest du“, sagt Onkel Gregor in einem Ton, aus dem Marie milden Spott heraushört, „auch noch herauszufinden versuchen, ob Doktor Gärtner ein Mann oder eine Frau ist.“

Marie lacht. „Na klar. Und wenn es ein Mann ist, frage ich mich, ob mir Paul eventuell seine Bisexualität verheimlicht."

Sie schnappt sich das Blutdruckmessgerät und geht damit hinaus. Paul, der ihren Weg kreuzt, lächelt ihr zu.

Sie stehen in einer begehbaren Garderobe, die an ihr gemeinsames Schlafzimmer (im obersten Stock) anschließt, und ziehen sich für den Abend bei Heinz und Marion an. Das heißt, Paul zieht sich an. Mit sicherem Griff nimmt er sich die Kleidungsstücke, die er braucht.

Marie beobachtet ihn, unauffällig, wie sie hofft, und bemüht sich verzweifelt herauszufinden, wie a) der Dresscode für Einladungen bei Heinz und Marion lautet und b) in welchem Teil der Garderobe ihre Sachen sein könnten.

Prompt, weil sie gar so untätig herumsteht, fragt Paul, ob sie vorhabe, so wegzugehen. Nein, er sagt nicht „weg", sondern „hinüber", woraus Marie schließt, dass Heinz und Marion gleich nebenan wohnen. (Darauf deutete ja schon Marions morgendliches Auftauchen an der Gartenmauer hin, obwohl hinter der Mauer auch ein Gässchen sein könnte).

Marie verneint hastig, auflachend. Sie ist noch immer im Bademantel, nachdem sie, wie Paul, geduscht hat, um frisch zu sein nach der Arbeit. Erleichtert hatte sie festgestellt, dass es – außer einer überdimensionierten Wanne – zwei Duschnischen gibt in dem großen Bad neben dem Schlafzimmer. Das ermöglichte ihr, sich in sicherer Distanz zu Paul zu waschen.

„Na, dann mach mal", sagt Paul. „Wir sind ein bisschen spät dran."

Bestimmt würde es merkwürdig aussehen, wenn sie einfach in ihre getragenen Sachen, inklusive Unterwäsche, schlüpfte.

Auf gut Glück öffnet sie eine der Türen in der Schrankwand des Ankleideraums. Ihre Überlegung dabei ist, dass ihr Revier vermutlich dem von Paul gegenüberliegt.

Falsch spekuliert. Sie steht vor der Abteilung Wintersport-Outfits. Tür wieder zu, ganz schnell. Zu spät. Paul hats bemerkt und fragt verblüfft: „Willst du deine Snowboardjacke ausführen?"

Sie tritt die Flucht nach vorne an und sagt energisch: „Hör auf, mich zu observieren, Hercule Poirot! Ich hab was gesucht, was ich seit Tagen nicht finde!"

Paul schaut überrascht. „Entschuldige", sagt er, „ich habs doch nicht bös gemeint."

Er tritt zu ihr und küsst sie auf die Nasenspitze. „Da. Rate mal, wer ich wirklich bin. Hercule Poirot oder –?"

Snoopy. Mein Gott.

Sie war ein Peanuts-Fan gewesen seinerzeit, Snoopys überfallsartige Küsse auf Lucies Nase hatten es ihr angetan. Eines Tages brachte ihr Paul einen ganzen Stapel Peanuts-Bände aus London mit.

Hans, der Comics nichts abgewinnen konnte, war später beharrlich so lange darüber hergezogen, bis er sie ihr verleidet hatte.

Nachdem Paul, leise pfeifend, hinausgeschlendert ist, kann Marie ungeniert suchen. Sie wird schnell fündig, und es freut sie, dass sie jedenfalls ihren Styling-Geschmack beibehalten hat in diesem alternativen Leben, wenn man davon absieht, dass die meisten Kleidungsstücke in den Schränken hier bestimmt erheblich teurer waren als die, die sie sich normalerweise leisten kann. (*Normalerweise.* Falsches Wort. Auch das hier könnte die Normalität sein.) Ein bisschen hat sie befürchtet, dass sie auf die Sorte Kleidung stoßen könnte, die Christiane, Sandra und sie *Gattinnen-Klamotten* nennen, Textilien zwischen aufgemotzt und betulich. Aber nein, alles, was in dieser Garderobe hängt und liegt, würde Marie mit Vergnügen anziehen. Kühler Schick, schräge Eleganz. Bestens.

Als sie ins Schlafzimmer tritt, sagt Paul: „Wenn du wieder lieb bist, hab ich ein Geschenk für uns. Wenn nicht, gehörts mir ganz allein. Mach die Augen zu."

Gehorsam schließt Marie die Augen. Sie hört seine Schritte, die sich entfernen und näher kommen, ein Klirren und dann ein Geräusch, als würde ein Gegenstand abgestellt.

„Kannst jetzt schauen", sagt Paul.

Sie öffnet die Augen. Vor ihr steht eine Skulptur – nein, nicht *eine*, nicht irgendeine, sondern Sebastians kinetische Montage!

Marie schluckt. „Wo- … Woher hast du das?“, fragt sie fassungslos.

„Aus dieser Galerie beim Savignyplatz“, antwortet Paul stolz, seine Augen leuchten vor Begeisterung. „Ist es nicht wunderbar? Ich dachte, das wird dir gefallen. Von einem jungen Talent –“

„Ich weiß“, antwortet Marie automatisch.

Paul blickt erstaunt. „Ja? *Was* weißt du drüber?“

Sie korrigiert sich hastig. „Nichts, ich wollte nur sagen, na ja… Es ist ja wohl ziemlich klar, dass es sich nicht um einen alten Meister handelt.“ Sie lacht künstlich.

Paul wirkt etwas irritiert. Das wäre sie an seiner Stelle auch. Deshalb nimmt sie schnell seinen Arm und drückt ihn. „Entschuldige, ich höre mich bloß deswegen so blöd an, weil ich mich so sehr freue. Ich finde es ganz, ganz toll!“

„Nicht wahr?“, fragt Paul vergnügt. „Ich sage dir, den Burschen muss man sich merken. Aus dem wird noch was!“

„Glaubst du?“ Marie ist beglückt und zugleich bang zumute.

„Oh ja. Ich denke schon. Und wenn nicht – ich hab das Ding schließlich nicht gekauft um zu spekulieren, sondern weil ichs mir gern anschaue.“

„Ich auch!“, sagt Marie mit Nachdruck. „Ich schau es mir auch gern an. *Sehr* gern.“

Kleine Pause. Dann Paul, schmunzelnd: „An dieser Stelle wird im Film geküsst.“

Der Kuss: leidenschaftlich? Innig? Erotisch? Alles zusammen, aber dabei unwirklich, nicht wie eine Erinnerung, sondern eher wie eine Verheißung – Verheißung wovon?

Marie kommt nicht dazu, dieser Überlegung nachzuhängen, denn plötzlich ist der Kuss vorüber, und Paul steht an der Treppe, bereit, das Haus zu verlassen.

Heinz und Gerda begrüßen sie lärmend, möglicherweise haben sie ihrer guten Laune mit einem Sundowner nachgeholfen. Zumindest würde Marie darauf wetten, dass Heinz und Gerda euphemistisch von einem Sundowner sprechen, wenn sie die abendliche Alkoholsaison mit einem Glas wovon auch immer eröffnen.

Heinz ist ein kräftiger Mann, polternd fröhlich, Gerda sieht nach Diätbewusstsein, Shopping und viel angewandter Kosmetik aus. Sie gibt sich überschwänglich herzlich, vor allem Paul kriegt eine Menge Getätschel und Gesäusel von ihr ab.

Paul und Marie sind, wie sich herausstellt, die einzigen Gäste, es scheint, dass dies ein legeres geselliges Beisammensein unter Nachbarn sein soll, wofür Gerda allerdings eine Spur overdressed erscheint. Man geht in einen weitläufigen Wohnraum, der von weißen Ledersofas dominiert wird, an den Wänden hängen abstrakte Acrylbilder, die Marie als furioses Gekleckse einstuft. Ansonsten gähnende Leere, nur in einer Ecke ist eine Art Buffet platziert, es beschränkt sich auf eine Auswahl von Antipasti, die so aussehen, als wären sie von einem teuren Catering geliefert worden.

„Gerda!“, sagt Paul sarkastisch. „Du bist ja wieder stundenlang in der Küche gestanden!“

„Sei nicht spießig, Darling“, kontert Gerda, „ich habe mir die Finger wund telefoniert, damit wir nicht bei Wasser und Wein hier sitzen müssen!“

Mit Tellerchen voll kleiner Köstlichkeiten nehmen sie auf den weißen Ledersofas Platz, Heinz bietet wahlweise Prosecco oder Pinot Grigio aus dem Friaul an, nachher könne man vielleicht zu einem Barolo oder einem Cabernet Sauvignon übergehen, er habe wieder ein paar erstklassige Tropfen eingekauft.

„Übrigens“, sagt Heinz dann kauend, „Gerda lernt jetzt Brot backen.“

Paul zieht eine Braue hoch. „Im Ernst? Warum?“

„Ich betrachte den archaischen Akt des Brot Backens als schöpferische Herausforderung“, erklärt Gerda. Sie sagt den Satz auf wie ein Zitat (aus einem Wellness-Prospekt?), aber nicht ohne Selbstironie.

„Dachte ich doch, dass es nicht um so was Primitives wie Essen geht!“, wirft Paul hin.

Marie hat den Eindruck eines eingeübten Spiels, bei dem Paul auf ruppig macht, Gerda neckisch bleibt und Heinz lauernd Stichworte liefert, vielleicht, damit Paul das tut, was er selber sich nicht traut – Gerda Saures zu geben.

Aber welchen Part übernimmt Marie üblicherweise? Da sie es nicht weiß, hört sie schweigend zu.

Schon sagt Heinz komisch verzweifelt: „Wenn ihr wüsstet, was das kostet."

„Was?", fragt Paul, während er ein mit Prosciutto umwickeltes Artischockenherz in den Mund steckt.

„Alle diese Seminare auf diesen Schlössern", erläutert Heinz.

Gerda besucht *Brotbackseminare*? Auf Schlössern? Marie nimmt rasch einen Schluck Pinot Grigio, um nicht loszugackern.

Gerda sagt gelassen: „Du bringst wieder mal was durcheinander, tesoro. Zum Brotbacken geh ich ins *Kloster*. Vier Tage Intensivkurs. Ich hoffe, sie bieten ein paar attraktive Mönche auf."

Sie bedenkt Paul mit einem koketten Augenaufschlag. „Kannst du dir mich in einem Kloster vorstellen, Paul?"

Paul zuckt die Achseln. „Wirst du uns nachher wenigstens jeden Morgen mit frischen Brötchen versorgen?"

„Euch sicher nicht, mein Lieber", sagt Gerda zuckersüß. „Ihr seid undankbar. Ihr habt mein Bild nie aufgehängt."

„Um Gottes willen", ruft Paul, „soll das heißen, dass dein Brot so schmecken wird, wie deine Bilder ausschauen?"

Gerda verdreht die Augen. „Du Bestie!", schnurrt sie. Und dann: „Wie hältst du es mit diesem Banausen bloß aus, Marie?"

„Ich bin eine Heilige", erwidert Marie. Sie findet das ziemlich schlagfertig, überhaupt in Anbetracht der Umstände.

Aber Gerda ist nicht bereit, mit Marie zu paktieren, im Gegenteil. „Wie langweilig“, urteilt sie. Sie wendet sich an Paul: „Sehnst du dich nicht manchmal nach einer Sünderin, Paul?“

„Du bist keine Sünderin, Gerda“, sagt Paul lachend, „du bist nur eine schlechte Malerin.“

Gerda wirft den Kopf zurück. „Irrtum, Süßer. Ich stelle demnächst aus.“

Sie umfasst die Bilder an den Wänden mit einer großen Geste. „Das alles hier.“

„Du tust – *was*?“, fragt Paul, anscheinend ehrlich verblüfft. „Und vor allem: wo?“

„Bei meinem Autohändler“, sagt Heinz trocken, „ich bin ein guter Kunde.“

Gerda schaut triumphierend. Sie scheint nicht gewillt, ihr Selbstbewusstsein als Künstlerin von Paul oder gar von Heinz erschüttern zu lassen.

Paul schüttelt den Kopf. „Geld regiert die Welt. Ich glaube, ich muss mich jetzt zurückziehen, um über die Moral der Postmoderne zu meditieren. Wollen wir gehen, Marie?“

„Spielverderber!“, ruft Gerda schmollend. „Der Abend hat doch gerade erst angefangen!“ Offenbar kann sie nicht genug kriegen von Pauls Grobheiten, die sie wahrscheinlich samt und sonders für verdeckte Annäherungsversuche hält. Marie kennt den Typus selbstverliebte Egozentrikerin, den Gerda repräsentiert, geht ihm aber meistens aus dem Weg. Christiane hätte möglicherweise ein paar wenig schmeichelhafte medizinische Ausdrücke für Gerdas stoßsichere Geltungssucht auf Lager, doch leider wird Marie mit Christiane nicht über diesen Abend sprechen können. Schade.

Paul sagt gerade in aufrichtigem Ton: „Nicht böse sein, ich bin hundemüde. Wir haben einen harten Tag hinter uns."

Marie weiß auch nicht, wie es kommt, doch plötzlich wiederholt sie Hans' Einwand: „Glaubt ihr, dass Hunde wirklich müde sind? Man sagt immer *hundemüde* – wer weiß, ob das stimmt? Na gut, die dösen den ganzen Tag, aber vielleicht tun sie's ja nur aus Einfallslosigkeit?"

Heinz und Gerda starren, als hätte sie in fremden Zungen zu stammeln begonnen. Ihre Mienen signalisieren, dass sie überlegen, ob sie sie jetzt endgültig abschreiben sollen, nachdem sie sich durch ihr stummes, dummes Herumsitzen den ganzen Abend über ohnehin längst in den Verdacht der galoppierenden Einfalt gebracht hat.

Selbst Paul blickt leicht befremdet.

Draußen, auf der nächtlichen, stillen Straße, sagt Paul: „So. Die Nachbarschaftspflichten wären erfüllt. Was wollen wir unternehmen, Mariechen?"

Marie schaut erstaunt. „Ich denke, du bist müde?"

Paul lacht. „Nur wenn ich mich allzu lange mit Heinz und Gerda unterhalte. Ich hab einen Bärenhunger. Wir könnten nach Caputh fahren, am Wasser sitzen und Fisch essen. Was hältst du davon?"

Das Erste, was Marie in den Sinn kommt, ist die Möglichkeit, dass Pauls Schwindelei auffliegt und ihre

Gastgeber gekränkt sind. Wie es scheint, laboriert sie an realitätenübergreifender Gewissenhaftigkeit.

„Was ist, wenn sie merken, dass wir noch mal wegfahren?“, wendet sie ein. „Ich meine, weil sie doch glauben, wir fallen um vor Müdigkeit.“

Paul zuckt unbekümmert die Achseln. „Na und?“ Dann, amüsiert: „Du bist einfach zu gut für diese Welt.“

Es klingt liebevoll, aber nicht unbedingt anerkennend.

Okay, Marie hat mehr Skrupel als Paul, aber was folgt daraus? Soll sie sich ändern? Sollte Paul sich ändern? Oder ist es ihr egal, ob Paul zur Rücksichtslosigkeit tendiert, solange er nur Rücksicht auf sie nimmt?

Vermutlich nicht. Von jeher hat es Marie nicht geschafft, Privilegien zu genießen in der Überzeugung, ihr stünde es eben zu, besser behandelt zu werden. Dahinter steckt weniger Edelmut als vielmehr die Befürchtung, dass Unannehmlichkeiten, die andere aushalten müssen, früher oder später auch sie treffen werden. Die Tatsache, dass Pauls rücksichtslose Unbekümmertheit sich offenbar bisher nicht gegen sie gerichtet hat (in diesem alternativen Leben), garantiert in ihren Augen nicht, dass es nie so weit kommen wird.

Vielleicht sagt er demnächst schon unbekümmert „Na und?“, wenn er auch sie kränkt.

Vielleicht hat er sie ja sogar, wer weiß wie oft, gekränkt in all den Jahren, ein leichtfertiges „Na und?“ auf den Lippen, und sie hat die Kränkungen bloß geschluckt und verdrängt?

Pessimistin. Schwarzseherin. War sie schon immer so, oder hat Hans' Mieselsucht sie angesteckt? Nein, Hans kann sie die Schuld nicht in die Schuhe schieben, wäre sie früher optimistischer gewesen, hätte sie sich von Paul nicht getrennt.

„Was für ein Jammer“, sagt Paul, als sie ins Auto steigen, „da sitzen diese freundlichen Menschen auf ihrem vielen Geld und können nichts Gescheites damit anfangen. Leider tun sie mir nicht sehr Leid.“

„Wie Christiane immer sagt“, ergänzt Marie, „ich spare mir mein Mitgefühl für die *armen* Armen auf.“

Paul startet. „Wie *wer* sagt?“

„Christiane.“

„Wen meinst du?“

„Christiane. Mautner. Ihr habt zusammen studiert, falls du dich erinnerst.“ Sie sagt es ironisch, aber die Ironie kommt bei Paul nicht an. Mit gutem Grund, wie sich herausstellt.

„Liebling“, sagt Paul, während das Auto, eine luxuriöse Limousine, losschnurrt, „das ist dreißig Jahre her. Wieso zitierst du eine Person, die wir seit mehr als einem Vierteljahrhundert nicht gesehen haben?“

Gehe nie von ungeprüften Voraussetzungen aus. Marie schneidet sich selber eine kleine Grimasse und versucht zu retten, was zu retten ist. „Ich … Ich habe einfach nicht das Gefühl, dass das schon so lange her ist. Ich meine … Immerhin waren wir eng befreundet.

Ich hätte mir nie vorstellen können, keinen Kontakt mehr zu Christiane zu haben."

„Tja", sagt Paul freundlich, ungerührt, „nun ist es aber so gekommen."

Sie verlassen die ruhige Villenstraße und geraten in lebhafteren Verkehr. Marie hat keine Ahnung, wo sie sind. Sie kennt diese Stadt bloß von zwei, drei touristischen Besuchen. Hoffentlich kommt Paul nicht auf die Idee, ihr auf dem Heimweg das Steuer überlassen zu wollen.

„Wir haben doch immer alles miteinander besprochen, Christiane und ich – damals", sagt Marie. Sie muss unbedingt herausfinden, wie es in dieser Realität um ihre Freundschaften bestellt ist.

„Jetzt besprichst du eben alles mit mir", entgegnet Paul leichthin.

„Ich hab aber doch auch Freundinnen –" Die Feststellung bleibt in der Luft hängen, als Frage, die sie ja eigentlich ist.

Paul lacht. „Willst du behaupten, dass du mit Gerda was besprechen kannst?"

Mit *Gerda*?

Marie schluckt. „Ist Gerda eine … äh, enge Freundin von mir?"

Paul lacht wieder. „Jetzt sei nicht boshaft. Immerhin kenne ich keine Frau, mit der du öfter zusammensteckst."

Ursprünglich wollte Marie nichts mehr trinken, um einen klaren Kopf zu bewahren, aber nach dem

Schreck über die Eröffnung, dass Gerda ihre quasi beste Freundin sei, hat sie einen Schluck Wein gebraucht. Wenigstens kann sie sich im Bedarfsfall glaubwürdig weigern, Auto zu fahren. Wird aber nicht nötig sein, denn Paul, der schon bei Heinz und Gerda bloß an seinem Prosecco genippt hat, trinkt Mineralwasser.

Sie sitzen in der Veranda eines hübschen alten Landgasthauses und schauen auf die Havel im Mondschein. (Jedenfalls glaubt Marie aus einer Bemerkung Pauls darauf schließen zu können, dass sie sich an der Havel befinden). Sie haben köstlich gegessen, frischen Fisch, und nun greift Paul über den Tisch nach ihrer Hand und hält sie fest.

„Mariechen", sagt er und deutet mit dem Kopf zum mondlichtübergossenen Wasser, „ist das nicht einer von den Momenten zum Merken?"

Marie nickt. Wenn er wüsste, wie Recht er hat.

„Wollen wir noch ein bisschen am Ufer spazieren gehen?"

Marie nickt wieder. „Sofort. Ich komme gleich zurück."

Sie steht auf, Paul winkt der Kellnerin, um die Rechnung zu verlangen.

Im Waschraum trifft sie auf Onkel Gregor. Da es sich um den Waschraum der Damentoilette handelt, hofft sie in seinem Interesse, dass sie zu zweit bleiben.

„Na?", fragt Onkel Gregor erwartungsvoll.

„Ich mag ihn. Ich mochte ihn ja schon immer", sagt Marie. „Bloß … Ich hätte Christiane nicht?"

„Du hättest Paul."

„Hör einmal", sagt Marie energisch, „ein Mann ist ein Mann. Eine Freundin ist eine Freundin. Wenn ein Mann deine Freundin ist, dann ist er nicht dein Liebhaber. Schon deswegen nicht, weil du mit einem Liebhaber nicht über deine Liebhaber redest, was du aber mit deinen Freundinnen tust."

„Außer du hast keine Liebhaber neben deinem Ehemann", stellt Onkel Gregor fest. „Dann brauchst du auch keine Freundinnen, um über Liebhaber zu reden."

„Dann brauche ich sie, um über meinen Ehemann zu reden."

„Vielleicht bist du mit deinem Ehemann vollkommen zufrieden, und es gibt nichts zu bereden."

„Dann brauche ich sie, um darüber zu reden, dass ich keine Liebhaber brauche, weil ich mit meinem Ehemann zufrieden bin. Nein, im Ernst: Mit Freundinnen redet man über *alles*. Wenn man mit einem Ehemann über alles reden kann, heißt das nicht, dass man mit ihm über *alles* reden will. Und selbst wenn man mit ihm über wirklich alles reden wollte, heißt das nicht, dass man *nur* mit *ihm* über alles reden will."

Onkel Gregor zuckt die Achseln. „Wie du meinst. Aber anscheinend brauchst du Christiane nicht in deinem Leben mit Paul."

„Und? Spricht das für mein Leben mit Paul?"

Onkel Gregor dreht die Handflächen nach außen. „Das musst du entscheiden, meine Liebe."

Sie schlendern dahin, die Nacht ist kühl, aber Marie spürt es nicht, denn Paul hat den Arm um sie gelegt. Sie hat das Gefühl, sich beeilen zu müssen, wenn sie noch ein paar Antworten auf wenigstens einige der vielen Fragen kriegen möchte, die sie hätte stellen sollen, aber nicht gestellt hat.

„Hör mal“, beginnt sie, „wenn du Martin einer fremden Person beschreiben müsstest, was würdest du sagen?“

„Selbstverständlich nur das Allerbeste“, erwidert Paul lachend.

„Nein, im Ernst. Wenn die fremde Person absolut vertrauenswürdig wäre, und du würdest ein realistisches Bild zeichnen wollen von ihm – wie würdest du ihn charakterisieren?“

Paul bleibt stehen. „Ist das ein Spiel?“

„Vielleicht. Ja. Es interessiert mich einfach, was du sagen würdest.“

„Also gut“, überlegt Paul, während er sich wieder in Bewegung setzt, „wie würde ich ihn beschreiben? Intelligent, würde ich sagen, warmherzig, nicht sehr diplomatisch … guter Sportler. Zielstrebig –“

„Zielstrebig?“, unterbricht ihn Marie verblüfft.

Paul denkt kurz nach und bleibt dann bei seinem Urteil. „Ja. Ist er doch. Im Großen und Ganzen. Oder?“

„Vermutlich, ja“, antwortet Marie.

Sie schlendern weiter, Baumkronen stehen dunkel vor dem knochenbleichen Mond.

„Und?“, erkundigt sich Paul. „Wie hab ich abgeschnitten?“

„Wobei?“

„Bei deinem Psychotest. Beschreibe unseren Sohn, und ich sage dir … Ja, was eigentlich? Was sagt dir das, was ich über Martin sage?“

„Das war kein Psychotest“, erwidert Marie weich. „Ich wollte dich nicht testen.“

„Sondern?“

„Ich weiß nicht. Ich … Vielleicht wollt ich nur herausfinden, ob ich ihn anders sehe als du.“

„Tust du das?“

„Nein.“

Wie könnte sie ihn auch anders sehen, solange sie allenfalls durch Pauls Augen so was wie einen Blick auf ihn erhaschen kann.

Paul bleibt stehen. Unter einem Baum, in der mondhellen Nacht, schließt er Marie in seine Arme, als wolle er sie einhüllen, und teilt ihre Lippen mit seinem Mund. Marie schließt die Augen.

11.

Sie erwachte in der Morgendämmerung, im Bett gegenüber schnarchte Hans gedämpft und gleichmäßig vor sich hin.

Verwirrung. Schmerz. Sie will nicht in diesem Bett, in diesem elenden, abgelebten Schlafzimmer, diesem schnarchenden Mann gegenüber liegen, der sich sogar als Schnarcher vorwurfsvoll und abweisend anhört. Sie sehnt sich zurück in Pauls Umarmung.

Benommen setzte sie sich auf, schwang die Beine aus dem Bett, tastete nach ihren Pantoffeln, schlüpfte hinein und tappte in die Küche, wo sie ein Glas Wasser einlaufen ließ.

Sie trank mit gierigen Schlucken, das kalte Wasser holte sie in die Realität zurück, auf diese Seite der Realität, in der es für sie keine Umarmungen von Paul gab, keinen Spaziergang mit ihm am Ufer eines im Mondschein glitzernden Flusses, nur eine schäbige Küche, die in der grauen Morgendämmerung nicht gerade an Attraktivität gewann.

Sie fühlte sich enttäuscht bis zur Weinerlichkeit. Was hatte ihr der (virtuelle) Tag mit Paul gebracht außer der Erkenntnis, dass ihr Leben hier noch trostloser war, als sie wahrgenommen hatte?

Auf dem Küchenboden standen zwei Einkaufssäcke, voll gepackt mit Lebensmitteln.

„Ich habe mir erlaubt, für dich einzukaufen“, sagte Onkel Gregor, der plötzlich hinter ihr auftauchte.

Sie war herumgefahren und musterte ihn verdrießlich. „Ach, du … Dir kann ich wohl nicht mehr entkommen?“

„Das weißt du doch schon“, sagte Onkel Gregor sanft.

Marie seufzte. Dann bückte sie sich nach den Einkaufssäcken und spähte hinein. Weinflaschen. Mangos. Diverse Gläser. Sie hob die Tüten hoch, stellte sie auf die Arbeitsfläche und begann auszupacken. Die Dinge fühlten sich kompakt und real an. Holunder-Zwetschken-Marmelade mit Jamaika Rum. Nüsse in Honig. Handgeschöpfte Bitterschokolade mit 85 Prozent Kakaoanteil. Bällchen aus Ziegenkäse. Oliven. Büschel dicker Kapern. Frische Feigen. Artischocken. Lemon Curd.

Es schien, dass Onkel Gregor nicht unerfahren war in der Wirkung kleiner Delikatessen, mit denen der potentielle Verführer in Damenbesuchen Entzücken und Rührung auslöst, wenn er sie auffordert, sich seiner Vorräte zu bedienen.

„Ich will ja nicht undankbar sein“, begann Marie. Onkel Gregor unterbrach sie. „Zum Stichwort Dankbarkeit muss ich anmerken, dass das hier, äh, keine Einladung ist."

Marie schaute verständnislos.

Onkel Gregor hob ein klein wenig verlegen eine Schulter. „Leider bin ich im Moment nicht ganz so flüssig, wie ich gerne wäre, meine Liebe –"

Sie konnte sich gut vorstellen, wie ihn dieser Satz durch sein Leben begleitet hatte, mal Bares eintragend, mal drohende Sanktionen abwendend.

„Was heißt das?"

„Das heißt, dass diese Einkäufe hier von deinem Konto abgebucht werden."

„Wie ist das möglich?"

„Das lass meine Sorge sein, meine Liebe."

„Hör auf, mich *meine Liebe* zu nennen. Ich werde nicht *lieb* zu dir sein, dafür, dass du mein Konto anzapfst! Zahlt mit meinem Geld und sagt, das wäre nicht meine Sorge, ist das zu fassen!"

Kurzatmig vor Zorn und Hilflosigkeit (weil sie diesem Geschöpf, das sich Onkel Gregor nannte, schlicht und einfach *ausgeliefert* war) lehnte sich Marie gegen den Kühlschrank. Der Halt, den sie an ihm fand, war nicht ganz der, den sie gebraucht hätte.

„Fass dich doch, meine Liebe", sagte Onkel Gregor beschwichtigend, „ich verstehe deine Beunruhigung, aber ich meine es wirklich nur gut mit dir. Schau mal, ich wollte dir Arbeit ersparen. Und wenn ich in meinem, äh, derzeitigen Zustand über so was wie eine eigene Kreditkarte verfügte, hätte ich selbstverständlich damit bezahlt. Ich habe nichts von deinem Geld für mich verwendet, das spricht doch für meine guten Absichten, oder? Und ich werde dein Konto nie wieder antasten, das verspreche ich dir."

„Vielleicht ist da ja auch nichts mehr anzutasten", entgegnete Marie grimmig. „Weiß ich, wie viel du abgezockt hast?"

„Das war jetzt aber sehr unfreundlich, meine Liebe." Onkel Gregor setzte eine gekränkte Miene auf. „Geh an deinen Computer, ruf deinen Kontostand ab und überzeuge dich, dass du mir Unrecht getan hast."

„Wie kommt es, dass du über so was Modernes wie Internet-Banking und Kreditkarten Bescheid weißt?"

Onkel Gregor schlug bescheiden die Augen nieder. „Man bildet sich einigermaßen umfassend, ehe man eine wichtige Aufgabe übernimmt."

Marie packte weiter aus und hielt fragend ein Glas hoch. „Mispeln in Apfelbalsam …?"

„Fand ich sehr interessant", sagte Onkel Gregor, nicht ohne Stolz auf seine Entdeckung.

Marie spähte in die Tüten. „Aber kein Brot."

„Mein Gott", sagte Onkel Gregor, „an alles kann ich nicht denken."

„Wie wahr", bestätigte Marie. „Wer denkt an Brot, wenn die Grundnahrungsmittel, wie Mispeln in Apfelbalsam, eingekauft sind."

Sie stellte klirrend die Gläser mit der Marmelade, dem Honig und dem Lemon Curd in den Lebensmittelschrank.

Beiläufig bemerkte sie: „Scheint so, als hätte ich mich geirrt seinerzeit."

Onkel Gregor schwieg. Sie fuhr fort, die von ihm besorgten Delikatessen einzuräumen. (Hans' höhnische Anmerkungen zu Pflaumenkernöl und Marillen in Marillenessig mochte sie sich gar nicht ausmalen.)

Sie sagte: „Vielleicht hätte ich ja doch lieber erfahren, dass er mich im Stich gelassen hätte."

„Meinst du?", fragte Onkel Gregor.

Marie türmte die Feigen in einer gläsernen Schüssel zu einer kleinen Pyramide. „So wie Dinge jetzt liegen", sagte sie resolut, „muss ich mich eigentlich in den Hintern beißen für den Rest meines Lebens. Ich meine, schließlich habe ich mich gegen einen entschieden, mit dem es gut gegangen wäre. *Ziemlich* gut, kann man wohl sagen."

Sie strich die leeren Einkaufstüten glatt und steckte sie in den Spalt neben Kühlschrank und Wand, in dem sie Tüten und Papiertragetaschen aufbewahrte.

„Du musst dich *nicht* ärgern für den Rest deines Lebens", sagte Onkel Gregor behutsam.

„Nein?" Marie gab sich keine Mühe, nicht bissig zu klingen. Sie wurde zunehmend wütend auf den sonderbaren kleinen Mann, der sie herausgerissen hatte aus ihrer Resignation, die so leicht mit einer bescheidenen Zufriedenheit zu verwechseln gewesen wäre, und der jetzt in diesem scheinheiligen, beiläufigen Ton verkündete, dass sie keine Ursache hätte, den Austausch ihres mühsam zusammengebastelten Seelenfriedens gegen eine neue scharfe Trauer zu bedauern.

„Ich muss mich nicht ärgern?", fragte sie höhnisch. „Obwohl du dich dauernd einmischst in alles?"

„Ich habe eine Aufgabe", sagte Onkel Gregor ruhig. „Wenn sie erfüllt ist, lasse ich dich in Ruhe."

„Ach. Und wann wird das sein?"

„Sobald du begriffen hast, worauf es ankommt."

Marie schnaubte ärgerlich und fegte Onkel Gregors Behauptungen mit einer ungehaltenen Bewegung von einem imaginären Tisch.

„Hör mir gut zu", sagte Onkel Gregor. „Du musst dich nicht ärgern, weil ich dir anbiete, deine falsche Entscheidung zu korrigieren."

Marie starrte ihn verblüfft an.

„Wenn du möchtest, kannst du für immer umsteigen in das Leben mit Paul."

Sie verharrte in Regungslosigkeit.

Vom Flur her rief Hans: „Führst du Selbstgespräche?"

12.

Hans riss die Küchentür auf und sah herein.
„Was ist los?“
„Nichts“, sagte Marie.
Kein Onkel Gregor weit und breit.
„Ich hab dich aber doch reden gehört.“
„Vielleicht hast du Halluzinationen,“ sagte sie spöttisch. Angriff ist die beste Verteidigung.
„Oder du. Gehst du demnächst mit dem Vogelkäfig um die Milch?“
Die Verwendung überholter Redensarten lässt einen Menschen ganz schön alt aussehen, dachte Marie und hatte plötzlich eine erschreckende Vision von Hans als hilflosem Greis. „Anscheinend ist es deiner Aufmerksamkeit entgangen, aber es gibt keine offene Milch mehr. Schon sehr lange“, sagte sie.
„Du weißt, was ich meine.“
„Nein. Was meinst du?“
Sie stand da, kühl und ungerührt. Er musterte sie mit einer Mischung aus Aggressivität und Besorgnis.

Dann entschloss er sich, einen verbindlicheren Ton anzuschlagen. „Du bist früh auf."

„Ja. Du auch."

„Ich konnte nicht schlafen. Bin die halbe Nacht wach gelegen. Scheußlich." Gähnend griff er nach einem von Onkel Gregors Beutestücken, das noch nicht weggeräumt war, und las die stirnrunzelnd die Aufschrift auf der Banderole: „Trüffelsalami ... Trüffelsalami?"

Fragend sah er Marie an. Sie zuckte die Achseln.

„Brauchen wir so was?"

„Warum nicht?", fragte Marie zurück.

Er legte die Trüffelsalami wieder hin, setzte Kaffeewasser auf und nahm Frühstücksgeschirr aus dem Schrank – für eine Person. Marie schaute ihm zu. Ihren beobachtenden Blick bemerkend sagte er süffisant: „Ich gehe doch richtig in der Annahme, dass du schon gefrühstückt hast?"

Sie antwortete nicht, er griff in die Brotdose.

„Du hast kein Brot gekauft?" Die Empörung ließ seine Stimme beben.

„Hast du ein geheimnisvolles Leiden, das dir verbietet, einen Supermarkt zu betreten?", fragte Marie kalt.

Sie hockte im Badezimmer auf dem Wannenrand und ließ Wasser laufen, damit Hans sie nicht reden hörte.

„Es ist ganz einfach", sagte Onkel Gregor, „du hast eine Woche Zeit zum Überlegen. Wenn du dich dafür entscheidest, mit Paul zu leben, fährst du am nächsten Donnerstag zum Flughafen. Beim Lufthansa-

Schalter liegt ein Ticket für dich. Du nimmst es und fliegst mit der 19-Uhr-zehn-Maschine nach Berlin. Dort holt Paul dich ab, und es wird so sein, als ob du immer mit ihm gelebt hättest."

„Versteh ich nicht."

„Du wirst dich an nichts anderes mehr erinnern als an die Vergangenheit mit ihm."

„Und mein Leben hier?"

„Hat nicht stattgefunden."

„Ich kann mein Leben wechseln?", fragte Marie schrill. „Meine Vergangenheit? Einfach so?"

Onkel Gregor deutete ihr, die Stimme zu dämpfen.

„Ja", antwortete er dann. „Aber nur ein einziges Mal. Und du erfährst nichts über deine Zukunft."

„Warum ausgerechnet ich?"

Onkel Gregor lächelte, auf eine Art, die man zu seiner Zeit wahrscheinlich maliziös genannt hätte. „Wer sagt, dass du die Einzige bist?"

„Du meinst – das kommt öfter vor?"

Er ließ die Frage unbeantwortet. Stattdessen sagte er: „Überlege es dir gut. Nächsten Donnerstag kannst du nach Berlin fliegen, in ein neues Leben. Oder du lässt dein Ticket verfallen, und alles bleibt, wie es ist. Ganz wie du willst."

Marie versuchte, die flügelschlagenden Gedanken, die in ihrem Hirn durcheinander flatterten, zurück zu zwingen auf ihre Stangen, einen ordentlich neben den anderen. „Noch einmal von vorn: Wenn ich nach Berlin fliege, radiere ich mein Leben hier aus. Richtig?"

Onkel Gregor nickte.

„Und wenn ich hier bleibe, radiere ich Paul für mich zum zweiten Mal aus. Richtig?“

„Richtig“, sagte Onkel Gregor.

„Aber wenn ich nach Berlin fliege, radiere ich gewissermaßen mich aus. Mich, so wie ich jetzt bin. Richtig?“

„Es ist ein Tausch“, sagte Onkel Gregor. „Du gibst etwas her, und du kriegst etwas dafür.“

Marie schwieg.

„Denk darüber nach“, sagte Onkel Gregor. „In aller Ruhe. Eine zweite Chance kriegst du nicht.“

„In aller Ruhe.“ Marie schnaubte höhnisch. „Du bist gut.“

13.

Hans las die Todesanzeigen. Schon sein Vater hatte das getan, allerdings aus anderen Motiven. Während Hans sie mit hypochondrischer Furcht vor Siechtum und Sterben studierte (in der geheimen Hoffnung, durch rituelle Aufmerksamkeit für fremde Schicksale den Bonus eines späten und gnädigen Todes für sich herauszuschinden – einer Hoffnung, die so geheim war, dass er sie nicht einmal sich selbst unverblümt eingestand), war sein Vater mit statistischer Zuversicht ans Werk gegangen. Jeder Altersgenosse, der vor ihm ins Gras biss, erhöhe, so hatte er erklärt, seine Chancen, noch eine Weile am Leben zu bleiben.

Wer ihm vorwarf, kalt und zynisch zu sein, hätte, fand Hans, seinen Vater gekannt haben sollen.

Was ihm besonders zusetzte, waren die lobenden Passagen auf die vorbildliche Tapferkeit, mit der dieser oder jener Dahingegangene sein schweres Leiden ertragen habe. Was für eine Zumutung, auch noch tapfer sein zu sollen angesichts des eigenen Endes.

Purer Egoismus der Überlebenden. *Sei tapfer, damit wir es nicht so schwer haben mit dir.* Glatte Erpressung. *Wenn du nicht tapfer bist, werden wir uns möglicherweise fern halten von dir, weil wir dann den Anblick deines Leidens nicht ertragen. Es liegt bei dir, ob du tapfer bist und dafür – wenigstens gelegentlich – umsorgt wirst oder ob du wehleidig bist und allein.* Als ob es nicht das gute Recht jedes Todkranken wäre zu winseln, zu flehen, zu hadern, sich zu fürchten und seine Umgebung mit in die Düsternis reißen zu wollen, die ihn in den Klauen hielt und aus der es für ihn kein Entrinnen gab.

Der gedruckte Nachweis, dass die jetzt Toten tapfer ihrem Tod entgegengesehen hatten wie es sich gehörte, zeugte vom zweifachen Sieg der Überlebenden, die es nicht nur geschafft hatten zu überleben, sondern auch die Leidenden dazu zu bringen, auf umfeldschonende Weise zu leiden. Vielleicht überlebten die Überlebenden ja genau darum, weil sie es ablehnten, sich von fremdem Leid verschleißen zu lassen.

Hans überlegte das sachlich, analytisch, distanziert. Sein Herz schlug nicht für die Leidenden, sondern für sich selbst. Ob er imstande sein würde, jemand anderem beizustehen in der überwältigenden Schwermut eines aussichtslosen Ringens mit dem Tod, war nicht die Frage, die ihn beschäftigte. Ihn beschäftigte die eigene Person als mögliches Opfer einer niederschmetternden Schicksalsattacke, und er war fest entschlossen, in dieser Rolle so *feig*, so *lästig*, so unleidlich wie nur möglich zu sein. Wenigstens die Genugtuung, den Überlebenden ihr Dasein so lang, wie es nur ging, nach Kräften schwer zu machen, würde er sich nicht nehmen lassen.

Im Radio, das er nebenher laufen ließ, sagt eine feiste Politikerstimme: „Ich glaube, dass wir stolz sein können über dieses Reformpaket …“

Stolz – *über*?

Jawohl, dieser stammelnde Idiot war *stolz über* etwas, und nicht nur das, dieser Präpositionen nicht beherrschende und daher offenkundig der Sprache, also des Denkens nicht mächtige Wurstel war stattdessen politisch mächtig, die demokratische Gesellschaft hatte ihm Macht über sich eingeräumt, trotz oder vielleicht sogar wegen seiner ungenügenden intellektuellen Ausstattung, die ihn wahrscheinlich zum vertrauenswürdigen Menschen wie du und ich machte in den Augen der noch vertrottelteren Lemuren, seiner Wähler. *Wählerinnen* und Wähler. Geschlechtergerechte Sprache! Auch Wählerinnen hatten ein Anrecht darauf, als vertrottelte Lemuren wahrgenommen zu werden. Hans grinste boshaft.

Er war versucht, den Sender anzurufen. *Bitte richten Sie diesem Herrn Sowieso, der gerade interviewt wurde, aus, dass er erst mal seine Muttersprache lernen …*

Oder vielleicht in dessen Parteizentrale eine Botschaft hinterlassen? *Si tacuisses* … Natürlich würde *der* selbst schweigend nicht als Philosoph durchgehen, aber das wäre nicht der Witz an der Sache, der Witz wäre, dass sie in der Parteizentrale wahrscheinlich keine lateinischen Sprichwörter verstanden.

Er griff sich das Telefon und tippte spontan Gretas Nummer in der Zeitung ein. (Er hatte ein hartnäckiges Zahlengedächtnis, in dem sich auch mäßig wichtige Telefonnummern festhakten, ob er wollte oder nicht. Das erstaunte ihn deshalb, weil er über keinerlei rechnerische Begabung verfügte. Mathematik als eine Form der Logik hatte ihn seinerzeit interessiert, aber es war ihm trotzdem nicht leicht gefallen, sie zu begreifen, und er wäre nie fähig gewesen weiterzukommen als bis zu dem Niveau, das gerade zum Ablegen der Reifeprüfung reichte. Im Rechnen war er sogar immer ausgesprochen schwach gewesen. Dennoch, obwohl ihm Ziffern und Zahlen bereits bei einfachen Additionen leicht durcheinander gerieten, vielleicht, weil er sich dabei so sehr langweilte, ordneten sich fertige Zahlenfolgen, wie zum Beispiel die einer Telefonnummer, in seinem Hirn ganz von selbst zu einem Beziehungsgeflecht, das er überschaute, ohne es darauf anzulegen. Die fünfte Zahl war dann zum Beispiel das Doppelte der ersten, Zahl zwei mal Zahl drei – minus zwei, minus drei – ergab Zahl vier … und so weiter. Er sah so was intuitiv, gegen jegliche Absicht. Irre. Und auch so eine Gemeinheit des Schicksals. Schenkte ihm eine – zweifellos ungewöhnliche – Gabe, die zu nichts taugte außer zu einem Telefonnummernverzeichnis in seinem Gedächtnis. Während es andere zu mathematischen Genies gemacht hatte, machte es ihn zu einem Telefonnummernakrobaten, dessen Fertigkeit noch dazu völlig überflüssig war, seit es Telefone mit elektronischen Nummernspeichern gab.)

Greta klang gehetzt. Viel zu tun, ungünstiger Zeitpunkt … Nein, sie könne jetzt wirklich nicht über ein Leben nach dem Tode nachdenken. Vor dem Tode? Ach so. Trotzdem, leider – wie? Ja, entsetzliche Stammler, man frage sich, wie die zu ihrer Funktion … egal. Nein, nicht egal, schon klar. Aber – nicht böse sein, es gehe jetzt einfach nicht. Bis bald!

Er knallte das Telefon auf die Ladestation. Früher war es ihm besser gelungen, Greta gefangen zu halten in ihrem Dilemma zwischen Pflichtbewusstsein und Höflichkeit. Nicht, dass er ihre Unterhaltungen besonders genossen hätte. Was er genoss, waren Gretas verzweifelte Versuche, sich seiner zu entledigen, ohne grob zu werden. Er hatte eine gewisse Meisterschaft darin entwickelt, über ihre behutsamen Gesprächsaufkündigungen hinweg zu hören und zu reden. Nun schien es, als ob er seine Macht über sie – eine Macht, die nicht auf Zuneigung ihrerseits beruhte, sondern auf ihrem Hang zum Helfersyndrom, da machte er sich nichts vor – eingebüßt hätte. Oder sie war schlicht mit ihren Seiten so sehr im Verzug, dass sie keine andere Wahl hatte als die, ihn entschieden abzublocken.

Er spazierte in die Küche. Der quälende Hunger, den er verspürte, war nicht durch Essen zu stillen, das wusste er wohl, dennoch lenkte er sich ab, indem er Ausschau hielt nach etwas, das eine brauchbare Zwischenmahlzeit abgeben konnte.

Er schnitt ein Stück von der merkwürdigen Trüffelsalami ab und kaute sie ebenso gierig wie lustlos. Seine Stimmung hob sich nicht. Er beneidete Marie, weil sie sich helfen konnte, indem sie Musik hörte. Für Marie waren bestimmte Musikstücke – das erste Klavierkonzert von Beethoven, beispielsweise, oder das von Tschaikowsky oder irgendwelches Fado-Gewinsel – so was wie Aufputschmittel, dabei verstand sie von Musik weit weniger als er. Sie kannte sich in Musikgeschichte schlecht aus, sie konnte keine Noten lesen, sie wusste nichts vom Aufbau einer Symphonie, aber sie saß glückselig in Konzerten, wenn die Klangwogen über ihr zusammenschlugen.

Er hingegen wusste Bescheid und war unfähig zum Genuss. Was für eine Ungerechtigkeit.

Das Wetter hatte umgeschlagen in kalten Regen. Marie traf wieder als Letzte ein. Sandra sah ihr zu, wie sie ihren nassen Schirm in die Ecke lehnte, und sagte verdrossen: „Was haben wir eigentlich? März? August? Dezember? Ich hasse dieses Null-Wetter. Kaum hat ein Jahr begonnen, steht schon wieder Weihnachten vor der Tür. Und ich hasse Weihnachten."

„Übertreib nicht so", sagte Christiane, die aufstand, um Marie auf die Wangen zu küssen.

„Warum hasst du Weihnachten?", fragte Marie, während sie ihren Sessel zurechtrückte. Diesmal war spanisch angesagt, in einem Lokal, das, wie Marie fand, düstere Assoziationen an die Inquisition weckte. Sie überlegte, ob sie sagen sollte: „Ich hasse Tapas!“, entschied sich aber dagegen, weil sie nicht Tapas hasste, sondern das erdrückende Ambiente, in dem sie häufig serviert wurden. Die Einrichtung eines Lokals zu bemäkeln hatte sich indessen als kontraproduktiv erwiesen, weil sowohl Sandra wie auch Christiane dazu neigten, hinter einer wenig ansprechenden Einrichtung eine umso ambitioniertere Küche zu vermuten. Marie fühlte sich dann stets wie ein Landei, das auf gefällig gedeckte Tische *hereinfiel.*

Sandra zuckte die Achseln. „Nichts als heilige Familien zur Wei-hei-nachtszeit. Ich komme mir immer vor wie aussätzig. Und wenn ich in die Karibik flüchte, lande ich bloß zwischen anderen Flüchtlingen.“

„Nach Walters Tod“, sagte Christiane, „hab ich gedacht, ich müsste durchdrehen zu Weihnachten. Inzwischen geht es wieder.“

„Vermisst du Walter?“, fragte Sandra. Eine Außenstehende hätte die Frage vielleicht als Zweifeln an der Echtheit ihrer Gefühle missverstanden, Christiane hingegen fasste sie so auf, wie sie gemeint war: als Erkundigung, wie es sich weiterlebte nach einem einschneidenden Verlust.

„Mein Gott“, erwiderte sie, „ich will ja nicht so tun, als wären wir unentwegt Händchen haltend über blühende Wiesen gewandelt. Marie weiß, dass oft genug die Fetzen geflogen sind zwischen uns. Aber letzten Endes haben wir uns immer gut zusammengestritten. Ich hab mir vorgestellt, wir würden miteinander alt werden.“

Auf dem Weg hierher hatte Marie überlegt, ob sie nicht die Gelegenheit nützen hätte sollen, um Onkel Gregor zu fragen, wie das nun gewesen sei mit ihm und Lateinamerika und den Gründen für sein Auswandern, aber dann war ihr bewusst geworden, dass sie keine Lust hatte, etwas darüber zu erfahren. So neugierig sie als kleines Mädchen gewesen war und so sehr es sie damals gereizt hätte, Onkel Gregors Lebensgeschichte zu hören, so wenig scharf war sie jetzt auf Details. Onkel Gregor war entzaubert genug dadurch, das er ihr als kleiner Mann in lächerlichen Anzügen gegenüber trat, mehr musste nicht sein.

Sie sagte in die Stille nach Christianes Worten hinein: „Ich habe Paul getroffen."

„Du hast – was?" Christiane verschluckte sich fast.

„Ich meine eine *Art* Paul", verbesserte Marie sich hastig. „Einen Mann, der Paul sehr ähnlich ist. "

„Und?"

„Nichts und."

Christiane hakte aufgeregt nach. *Wie, wo, warum getroffen? Wieso noch nichts erzählt? Wie lange geht das schon ohne unseren Segen?*

Sie rempelte Sandra an. „Sag doch was! Findest du's nicht auch unerhört, dass sie sich hinter unserem Rücken an fremde Männer ranmacht?"

Sandra nickte lächelnd.

„Ganz im Ernst", sagte Marie, ohne auf Christianes scherzhafte Empörung einzugehen, „ich brauche eure Meinung. Es ist mir sehr wichtig. Weil ich nämlich darüber nachdenke, ob ich mein Leben ändern soll."

„Schieß los“, sagte Sandra.

„Dieser Mann“, begann Marie, „ich nenne ihn einfach Paul, ja? Also, dieser Mann ist … Er ist liebevoll. Und aufmerksam –“

„Das sind sie anfangs alle“, warf Christiane ungerührt ein. „Wie lange kennst du ihn?“

„Lange genug. Wirklich. Er ist … sehr sympathisch. Nicht verbittert –“

„Wie Hans!“

Marie nickte Christiane zu. „Nicht verbittert wie Hans. Genau. Er hat was erreicht, beruflich. Möglicherweise hätte er mehr erreichen können –“

„Na und?“, sagte Christiane. „Solange er nicht frustriert auf dir rumhackt –“

„Wie Hans“, ergänzte Sandra.

„Genau“, sagte Christiane.

Marie runzelte die Stirn. „Darf ich ausreden? Danke. Also: Er ist Arzt. Und er will, dass ich mit ihm zusammenarbeite. Und ich weiß nicht, ob ich das will. Mann ist Mann, und Chef ist Chef, denke ich mir. Ich war doch ziemlich selbständig bis jetzt –“

„Jetzt einmal ehrlich, Marie“, unterbrach sie Christiane resolut, „ich trete ja wirklich für die gute alte Selbständigkeit ein. Aber hängt dir das tüchtig Sein, zu dem du gezwungen bist, weil dein lieber Hans gar so untüchtig ist, nicht manchmal zum Hals heraus?“

„Manchmal“, sagte Marie. „Und dann macht es mir wieder Spaß. Natürlich wünsche ich mir mehr Unterstützung und Wärme und all so was. Aber ich weiß nicht … Vielleicht kommst du ja ins Schwitzen, wenn dich einer zu sehr mit Wärme zudeckt?"

Die beiden anderen schwiegen. Offenbar wussten sie keine Antwort.

„Wie ist er im Bett?", fragte Christiane schnoddrig.

Marie sah sie an, eine Braue hochgezogen als Signal, dass diese Erkundigung unzulässig war. „Ich finde ihn sehr anziehend."

Sandra lachte. „Und wir finden dich sehr diskret."

„Was wollt ihr hören? Schmutzige Einzelheiten? Die habe ich euch doch noch nie geliefert."

„Weil es vermutlich nichts zu liefern gab", sagte Christiane. „Ich habe mich ja gelegentlich gefragt, womit du dich unterhältst, während du mit Hans deinen ehelichen Pflichten nachgehst, *falls* du ihnen überhaupt nachgehst. Zählst du Schäfchen? Denkst du dir neue Übungen für deine Patienten aus?"

„Jetzt mach aber einen Punkt!", rief Marie verärgert. „Ich hab Hans doch nicht geheiratet, weil ich ihn abstoßend gefunden habe und wild war auf ein ödes Liebesleben!"

„´tschuldige." Christiane drehte ihr Glas hin und her. „Geht mich natürlich nichts an. Ich halte Hans nur, wie soll ich sagen … für einen eher unleidenschaftlichen Typ."

„Ist er ja auch", sagte Marie trocken.

Sie lachten. Dann fragte Sandra: „Und dieser neue Paul … Ist der jetzt Single?"

Marie entschloss sich zu einer einfachen Antwort: „Sozusagen.“ Was in einem höheren Sinn ja auch richtig war.

„Ich beneide dich!“, sagte Sandra.

Sie verabschiedeten sich vor dem Lokal. Marie nahm die U-Bahn, Sandra winkte einem Taxi. Christiane ging zu ihrem Wagen, den sie in der nahen Tiefgarage geparkt hatte. Es gab Tage, an denen ertrug sie weder öffentliche Verkehrsmittel noch Gespräche mit Taxifahrern zu wummernder Musik, sondern nur die Festung ihres Autos, selbst wenn das bedeutete, dass sie bei einem geselligen Essen nicht mehr als ein Glas Wein trinken durfte. (Sie hielt sich eisern an die Promillegrenze, seit sie als junge Ärztin an der Unfallambulanz gearbeitet hatte.)

Der plötzliche Neid, der ihr durchs Herz geschnitten hatte, als Marie mit ihren geheimnisvollen Andeutungen über einen neuen Paul herausgerückt war, hatte sie erschreckt und beschämt. Anders als Sandra konnte sie ihn nicht offen eingestehen, weil sie sich im Verdacht hatte, dass er überraschender Weise mit Missgunst gepaart war. Das war nicht nur ein kindisches „Auch haben wollen!“ gewesen, mit dem sie insgeheim reagiert hatte. Ebenso heftig hatte sie sich sekundenlang gewünscht, dass Marie einmal einsam sein sollte, so einsam wie sie nach Walters Tod. Warum? Sie liebte Marie, und überdies hätte sie nie mit ihr tauschen wollen. Immer hatte sie ihr was Besseres gewünscht als Hans, die trübe Tasse, aus ehrlichem Herzen.

Sie hatten ja nie sonderlich konkurriert, Marie und sie. In der Schulzeit war mal die eine, dann wieder die andere hübscher oder erfolgreicher gewesen, ohne dass es ihre Freundschaft belastet hätte.

Später war sie selber zwar beruflich auf die Überholspur gezogen, aber das hatte ihren Respekt vor Maries Klugheit nicht gemindert, zumal klar war, dass Marie bei günstigeren häuslichen Voraussetzungen wahrscheinlich ebenfalls ihren Doktor gemacht hätte.

Die Kinder, na ja. Sebastian war eine harte Nuss, doch ihre zwei hatten ihr auch ganz schön was aufzulösen gegeben. Kein Grund, einander als Supermütter zu übertrumpfen. Als Theresa mit der Ratte, die Christiane daheim nicht dulden mochte, in dieses Abbruchhaus gezogen war, hatte Marie ihr geholfen, sie zurückzuholen.

Und jetzt auf einmal dieses gemeine Gefühl: Wie schafft *die* es, dass einer ein neues Leben mit ihr beginnen will?

Sie kam sich mies vor, und alles, was ihr an Entlastendem einfiel, war die Überlegung, dass der Mensch vielleicht generell ziemlich mies war.

14.

Andreas wohnte im Grünen, in einer Gegend, wo zwischen abweisenden alten Villen einladende Einfamilienhäuser aus neu parzellierten Böden gewachsen waren, die satten Wohlstand (plus finanzielle Risikobereitschaft) und eine zeitgemäße Entschlossenheit zum glücklich Sein repräsentierten.

Sie fuhren in Andreas' Auto, er hatte Marie vorgeschlagen, dass sie nach ihrem Dienst mitkommen solle zu ihm, um in Ruhe über ihre gemeinsamen Zukunftspläne zu reden. Zuvor könnten sie mit seiner Frau und den Kindern zu Abend essen.

Andreas hörte Radio, irgendeine Sportsendung, Marie sah aus dem Fenster. Um das Portal eines Hauses weiter vorn in der Straße waberte eine bunte, kugelige Masse, die sich beim näher Kommen als gigantische, mindestens meterdicke Girlande aus Luftballons entpuppte. Weitere üppige Luftballonbüschel hingen am Gartenzaun und an Bäumen, den Zaun entlang lief außerdem eine Stoffbahn, auf der in bunten Blockbuchstaben „Happy Birthday, Florentina!“ stand. Um die Schrift waren Blümchen und Herzen gemalt.

Kindergeburtstag.

In Maries Kindheit hatte es Kakao, Kuchen und Pfänderspiele gegeben.

Sebastians Festivitäten mussten schon etwas aufwändiger ausfallen, seine Gäste erwarteten Einladungen zum Minigolf oder – später – zum Go-Cart-Fahren. Die Eltern seines besten Freundes hatten seinerzeit damit gepunktet, dass sie zwanzig Kinder in einen gecharterten Bus verfrachtet und mit ihnen zu einer Sommerrodelbahn ins fünfzig Kilometer entfernte Thermenhügelland gefahren waren. Sebastian hatte sie Marie und Hans jahrelang als leuchtendes Beispiel vorgehalten, dem leider (zu seinem seelischen Schaden) nicht nachgeeifert worden war.

Wenn Sebastian über seine Kinderjahre sprach, dann am liebsten in Form einer nicht enden wollenden Litanei, mit der er Maries und Hans' unverzeihliche Versäumnisse herunterbetete. Seine Freunde und seine Geliebten bestach er durch mitreißende Leichtherzigkeit, im Umgang mit Mutter und Vater war er unerbittlich larmoyant.

Inzwischen gehörte es, wie Marie von Freundinnen mit Enkelkindern wusste, bei Kindergeburtstagen zum guten Ton, Clowns und Puppenspieler zu engagieren sowie eigens gemietete Hüpfburgen aufzubieten, um den kleinen Lieblingen ein halbwegs würdiges Wiegenfest zu bereiten.

Marie starrte im Vorbeifahren auf die Luftballongirlande und mochte sich nicht ausmalen, wohin sich die Spirale der selbstdarstellerischen Nachwuchsanbetung noch drehen würde, bis den verschwenderischen Industriestaaten mit ihren reichen Oberschichten das vorhersehbare Ende gemacht wurde. (Vorhersehbar insofern, als es, dachte sie, logisch wäre, wenn die vielen armen Teufel in den vielen armen Ländern des Südens das Nord-Süd-Gefälle eines Tages mehr oder weniger gewaltsam umdrehen würden. Allerdings konnte man bei genauerer Überlegung mit einem Sieg der Gerechtigkeit nie rechnen. Falls es bergab ging mit den Industriestaaten, dann traf es vermutlich nur die Masse derjenigen mit dem bescheidenen Wohlstand, während sich die alte Oberschicht mit einer neuen arrangieren würde).

Sie hatte sich sehnsüchtig ein Kind gewünscht, als sie Hans heiratete. Hans teilte ihre Sehnsucht nicht, aber er akzeptierte, dass Kinder zum üblichen Lebensplan gehörten. Mehr als diese Bereitschaft, ihr ein Kind zu schenken und sich damit abzufinden, dass es Liebe und Aufmerksamkeit von ihr bekam, was, wie er fand, zu Lasten der ihm zustehenden Zuwendung ging, investierte er, wenn man es genau nahm, eigentlich nicht.

Ob sie sich jemals nach Enkelkindern sehnen würde, konnte Marie nicht sagen. Sebastian hatte viel von ihrer Kraft aufgebraucht, sie spürte keine Geduld mehr in sich, sondern nur noch das heftige Verlangen, sich zu entschädigen für viele Jahre der Unterordnung unter die Bedürfnisse ihres Sohnes.

Sie liebte Sebastian mit schmerzhafter Intensität, schmerzhaft nicht zuletzt deswegen, weil ihre Liebe sie in den Kämpfen, die Sebastian ihr stetig geliefert hatte, immer unterliegen ließ. Sie hätte sich zerfleischen lassen, um sein Leben zu retten, aber sie hielt keinen halben Tag mit ihm aus, ohne wenigstens einmal davonlaufen zu wollen.

Er war ein schwieriges Kind gewesen, in ihrer Erinnerung. Wahrscheinlich war er vor allem ein Kind gewesen, das ihren Erwartungen nicht entsprach, was ihr aber erst klar wurde, als sie anfing, über ihre Erwartungen nachzudenken. Unwillkürlich hatte sie sich zunächst vorgestellt, dass Sebastian so sein würde, wie sie (ihrer Ansicht nach) gewesen war: ruhig, verständig, wissbegierig, von schneller Auffassung, konzentriert, wenn es darauf ankam.

Sebastian war jedoch sprunghaft, originell, zappelig, insistierend bei der Durchsetzung seiner Wünsche und langsam im Begreifen von allem, was ihn gerade nicht interessierte. Wenn etwas sein Interesse erregte, dann musste es sich ihm rasch und mühelos erschließen, andernfalls wandte er sich angewidert ab und neuen Dingen zu, die ihn meist ebenfalls schnell ermüdeten. Er war ein schlechter Schüler, immer knapp am Durchfallen, was sowohl Marie wie auch Hans, die beide stets gute Noten gesammelt hatten (mit effizientem Arbeitsaufwand, ohne verbissenes Strebern) ratlos machte. Im Bekanntenkreis herrschte die Auffassung, dass mangelnde Schulerfolge etwas mit Genialität zu tun hätten, lachend wurde behauptet, das ständige Dahinschrammen an der Grenze zum nicht Genügend zeige, dass der schlechte Schüler es nicht nötig habe, sich um die schulmeisterliche Anerkennung seiner überragenden Intelligenz zu bemühen. Marie und Hans fürchteten aber, dass nicht überragende Intelligenz hinter Sebastians ungenügenden Schulleistungen steckte, sondern tatsächliches Unvermögen, und dass es die Einsicht in sein Unvermögen war, die ihn frustriert und – bisweilen – aggressiv machte.

Später hatte er eventuelle Selbstzweifel durch einen verwegenen Optimismus überspielt. Seinen Schilderungen nach lieferte er nur glänzende Leistungen ab, er prahlte im Voraus mit dem nächsten Zeugnis, das bestimmt großartig ausfallen würde, und glaubte anscheinend felsenfest an Erfolge, die sich nie einstellten. Wenn das nächste Zeugnis, seinen Ankündigungen zum Trotz, vor schlechten Noten strotzte, fiel er aus allen Wolken. Deswegen hatten Marie und Hans kaum noch Zutrauen zu seiner Selbsteinschätzung, was er ihnen als demotivierend übel nahm.

Wem er im Temperament nachschlug, war schwer zu sagen, sicher war nur, dass er darin keinem Elternteil glich. Dauernd kollidierte sein Aktionsbedürfnis mit Hans' und Maries Nachdenkbedürfnis. Vielleicht wäre es Marie leichter gefallen, sich auf ihn einzustellen, wenn Hans ebenfalls ein wenig Verzicht geleistet hätte. Sie hätten dann alternierend ihr bewegungshungriges, wenig ausdauerndes, nach Abwechslung süchtiges Kind beschäftigen und alternierend nachdenken können. Hans lehnte es jedoch strikt ab, sich in seiner Lese- und Nachdenkwut einzuschränken, alles, was er konnte und wollte, spielte sich in seinem Kopf ab, und er weigerte sich, sich auf das ungeliebte Terrain der körperlichen Betätigung zu begeben. Wenn er sich ausnahmsweise überreden ließ, mit Sebastian auf den Eislaufplatz zu gehen, kamen sie nach einer Viertelstunde zerstritten zurück, ein schluchzendes Kind und ein feindseliger Mann.

Im Fernsehen sah sich Hans weiterhin nur anspruchsvolle Erwachsenensendungen an und niemals den Kinderkanal, er verabscheute Gesellschaftsspiele und fand keinen Grund, das zu ändern, und nie hatte er mit Sebastian ein Lego-Haus gebaut.

Es war Marie, die ihr Hirn in eine Art Dauerhocke zwang, hinab auf Sebastians kindliche Ebene. Sie verwendete ihre Freizeit darauf, mit ihm schwimmen oder Eis laufen zu gehen, sie las ihm Geschichten vor (die zwar nichts mehr gemein hatten mit der betulichen Kinderlektüre früherer Zeiten, aber leider auch wenig mit den Romanen für ihre Altersstufe), sie sah sich mit ihm die Dinosaurier im Museum an, sie überwachte seine Übungen auf der Blockflöte, sie räumte das Durcheinander auf, das er mit seinen Freunden anrichtete. Kein Wunder, dass sie all die Jahre unentwegt danach gierte, einmal wieder etwas zu tun, was weder eine Pflicht noch kindgerecht war, und kein Wunder, dass diese Auszeit nie zustande kam.

Kein Wunder, dass ihr Sebastians Kindheit so sehr als Mühsal im Gedächtnis geblieben war.

Trotzdem fühlte sie sich schuldig, weil sie nicht wie andere Mütter sehnsuchtsvoll seufzte, wenn die Rede auf die Zeiten kam, da die Kinder noch *klein und süß* gewesen waren. Sie warf sich vor, etwas versäumt zu haben, was bei einigem Geschick zu erleben gewesen wäre, friedliche Tage voll Innigkeit und Harmonie mit ihrem kleinen Sohn, auf die sie heute beide voll Rührung zurückblicken könnten.

„Wir sind da“, sagte Andreas. Er fuhr vor die Garage neben seinem Haus und hielt an. Hinter der Eingangstür begann ein Hund zu bellen.

„Wie ist das“, fragte Andreas, „hast du nicht gute Beziehungen zu den Medien? Es wäre wichtig, dass über uns berichtet wird, wenn wir eröffnen. Glaubst du, dass uns dein Mann ein bisschen unter die Arme greifen kann?“

Marie blickte von den Kalkulationstabellen hoch, die sie erstellt hatten, und wehrte hastig ab.

„Nein, nein, das geht ganz sicher nicht.“

„Wieso nicht? Er muss ja nicht die ganze PR für uns machen. Wir brauchen doch nur ein paar Kontakte.“

Marie fuhr sich nervös durch die Haare. „Nein. Unmöglich. Glaub mir.“

„Willst du ihn nicht wenigstens fragen?“

Nein, wollte sie nicht. Weil Hans außer sich sein würde über eine solche Zumutung. Er, der unbestechliche Berichterstatter (dass es schon seit geraumer Zeit kein Medium gab, das ihn Bericht erstatten ließ, war egal) in der Rolle des Werbetrommlers für die Geschäfte seiner Frau! Was für eine Idee!

Sie hatte jedoch keine Lust, Erklärungen abzugeben. Stattdessen sagte sie: „Fragen kann ich. Mach dir aber keine Hoffnungen. “

Es klopfte an der Tür, Andreas' Frau Johanna schaute herein. „Andreas? Sagst du den Kindern schnell gute Nacht?“ Und zu Marie: „Möchten Sie noch ein Stück Kuchen?“

Andreas stand auf, er bat Marie, ihn kurz zu entschuldigen. Sie lehnte Johannas Kuchenangebot dankend ab.

Dann war sie allein. Sie ließ sich in ihrem Sessel zurückfallen und schloss die Augen. Irgendwo lief ein Fernseher, ansonsten war es ruhig und friedlich. Wann hatte es bei ihr daheim aufgehört, friedlich zu sein? Wann hatte sich die Luft zwischen ihr und Hans mit Aggression und Frustration aufgeladen?

Sie hatte sich gegen Paul entschieden, aber nicht nur das, sondern auch *für* Hans. Hans war mehr gewesen als bloß die Nummer zwei. Hans verhieß ein spannendes häusliches Klima, sein rascher, scharfer Witz war eine vergnügliche Herausforderung, sie versprach sich Anregung und intellektuelle Fitness vom Zusammensein mit ihm.

Paul verleitete sie dazu, sich wohlig fallen zu lassen. Es bestand die Gefahr, selig in Anspruchslosigkeit zu verkommen, an ihn gekuschelt.

Jedenfalls hatte sie das einmal gedacht.

Später hatte Hans ihr ohne Zaudern alle geistlosen Tätigkeiten des Alltags zugewiesen, der intellektuelle Gewinn fiel karg aus an seiner Seite. Schritt für Schritt, nach Sebastians Geburt dann im Galopp, war sie zur kochenden, versorgenden Mutti geworden, ohne dafür auch nur ein bisschen wohlige Geborgenheit zu ernten.

Trostlose Bilanz.

Ab wann machte man sich die Unabänderlichkeit trostloser Lebensbilanzen klar?

Christiane hatte vor kurzem zufällig eine gemeinsame Schulkollegin getroffen und war mit ihr auf einen Kaffee gegangen. Nachher hatte sie zu Marie gesagt: „Ein armes Schwein, die Erika. Ihr Sohn ist kriminell. Betrügereien, Diebstähle, Drogen. Mit neunzehn haben sie ihn zum ersten Mal eingelocht, seither sitzt er immer wieder. Zwischendurch taucht er bei ihr auf und klaut ihr jeden Kreuzer, den sie in der Tasche hat."

Erikas Sohn war 36. Setzte sie noch Hoffnung in seine Zukunft? Konnte man weiterleben, wenn man sah, dass sich ein schief gelaufenes Leben aller Voraussicht nach nicht mehr entscheidend korrigieren lassen würde? Verschloss man seine Augen vor den Tatsachen, oder hoffte man trotzdem? Oder lernte man gar, sich mit den berühmten kleinen Freuden zu bescheiden und Trost aus, sagen wir mal, einem sonnigen Herbsttag oder einer Konzertübertragung im Radio zu ziehen?

Wieso nahm man Lebensbilanzen überhaupt wichtig? Konnte man sich nicht stattdessen die Unerheblichkeit der eigenen Existenz und ihrer unterschiedlichen Bewertung (je nachdem, wer Bilanz zog) vor Augen führen?

Marie erinnerte sich an ein Klassentreffen ein paar Jahre zuvor, bei dem bereits durchgesickert war, dass Erikas Sohn nichts als Scherereien machte. Erika war kurz dabei gewesen, dann aber früher gegangen. Kaum war sie weg, hatten die anderen den Stab über sie gebrochen. *Kein Wunder, dass es so gekommen ist. War sicher nicht verständnisvoll genug. Hat wahrscheinlich nicht motiviert. War nicht konsequent. Bestimmt kein Erziehungskonzept. Keine Geduld. Viel zu leichtgläubig. Immer schon irgendwie komisch.*

Klassenkolleginnen, die Erika seit mehr als zwanzig Jahren nicht gesehen hatte, glaubten zu wissen, wie sie sich als Mutter verhalten hatte, weil ihr Sohn gescheitert war. Genügte es ihnen nicht, dass Erika in ihrem Unglück festsaß, mussten sie ihr auch noch nachsagen, dass sie selber schuld daran war?

Damals hatte sich Marie gefragt, was wohl schwerer zu ertragen wäre: zu sehen, dass alle Bemühungen – zum Beispiel um ein ungebärdiges Kind – nichts fruchteten oder damit konfrontiert zu sein, dass diese Bemühungen auch noch geleugnet und geschmäht wurden.

Sie mochte sich nicht ausmalen, welche Bilanz andere einmal aus ihrem Leben ziehen, wie man ihre Bemühungen einstufen, missdeuten oder abwerten würde. Was dachten Sebastians Freunde heute schon von ihr, nachdem Sebastian ihnen vielleicht endlose

Jammer-Arien über seine freudlose Kindheit vorgesungen hatte?

Was blieb von einem, und wie sehr war das, was letztlich im Gedächtnis der anderen blieb, dem eigenen Einfluss unterworfen?

Onkel Gregor bot ihr an, der trostlosen Bilanz ihrer Ehe zu entkommen.

Wenn sie sein Angebot annahm, bekam sie nicht nur die Chance, ein möglicherweise angenehmeres Leben mit einem vermutlich liebevolleren Partner zu führen, sie löschte auch ein Bild von sich in den Köpfen anderer, für das sie ohnedies bloß partiell verantwortlich war.

15.

„Eigentlich waren wir verdammt brav“, sagte Christiane. „Immer. Unser Leben lang. Ist dir das schon aufgefallen?“

Sie saßen in Maries Mittagspause beim Italiener, zu zweit. Sandra hatte ein Meeting in der Firma. Christiane war überraschend vorbeigekommen, nicht zuletzt, um ein wenig Erbitterung bei Marie abzuladen. Ihre Tochter Theresa machte wieder einmal Ärger. Sie hatte beschlossen, sich in den USA zur Schamanin ausbilden zu lassen, und wollte von der Mutter nicht nur Geld dafür, sondern auch ihre vierjährige Tochter Consuelo bei Christiane abladen, für mindestens ein halbes Jahr.

Theresa war Alleinerzieherin, Consuelos Vater, ein spanischer Rockmusiker, trieb sich irgendwo in der Welt herum, was ihm Theresa nicht übel nahm, denn er hatte ihr von Anfang an gesagt, dass er seine Freiheit brauche. Stattdessen grollte sie ihrer Mutter, die ihrer Meinung nach keine Freiheit brauchte und sich trotzdem weigerte, als allein erziehende Großmutter zur Verfügung zu stehen.

„Was denkt sich diese Wahnsinnige?", fragte Christiane, rhetorisch. „Soll ich meine Ordination aufgeben oder was? Ich habe zwei Kinder großgezogen, das reicht."

Sie wussten beide, dass es Theresa nicht reichte, weil Theresas infantiler Egoismus sich nie an den Bedürfnissen anderer orientierte, sondern immer nur an ihren eigenen. Marie konnte sich gut erinnern, wie sie bar jeder Vernunft entschieden hatte, es sei an der Zeit, die Freuden der Mutterschaft auszukosten. Consuelo war ein Wunschkind. Theresa war bewusst schwanger geworden, ohne Beruf, ohne abgeschlossene Ausbildung, ohne fixen Partner. Christiane hatte sich die Haare gerauft.

Nach der Matura und einer abgebrochenen Schauspielschule hatte Theresa plötzlich erklärt, Medizin studieren zu wollen. Das erwies sich jedoch nur als wichtigtuerische Pose, denn schon bald darauf hörte sie (mit dreiundzwanzig!) ihre *biologische Uhr ticken* und ließ sich von dem Rockmusiker, den sie gerade heiße drei Monate kannte, schwängern. Nun hatte sie eine wunderbare Ausrede, das Medizinstudium, das ihr wohl, wie Marie vermutete, eine Nummer zu groß gewesen war, hinzuschmeißen.

Christiane hatte ihr zwar unter Zähneknirschen angeboten, ein Kindermädchen zu zahlen, wenn sie weiterstudiere, aber Theresa hatte verkündet, sich ganz auf ihr Kind konzentrieren zu wollen, *ihr* Kind solle das Gefühl haben, dass es für seine Mutter nichts Wichtigeres auf der Welt gebe.

Es kam, wie es kommen musste. Theresa war des Puppenspielens bald überdrüssig. Es gab tränenreiche hysterische Ausbrüche, als Christiane sich weigerte, ihr die Verantwortung für Consuelo abzunehmen. Sie erklärte sich zwar bereit zu gelegentlicher Hilfe, es käme aber nicht in Frage, dass Consuelo bei ihr oder Katharina – Theresas älterer Schwester, einer tüchtigen Apothekerin mit tüchtigem Ehemann und ebenfalls kleinem Kind – deponiert werde wie abgelegtes Spielzeug.

Seither riß sich Theresa einigermaßen zusammen. Sie vermarktete ihr offensives Selbstbewusstsein inzwischen als Eventmanagerin, Consuelo ging – gern und vergnügt – zu einer Tagesmutter. An den Abenden sprang Christiane immer wieder als Babysitterin ein, damit Theresas Privatleben nicht zu kurz käme, und zum Wochenende war Consuelo häufig bei Katharina auf Besuch, die inzwischen ein zweites Kind hatte.

Im letzten Jahr gab es überdies einen fixen Freund in Theresas Leben, der nahezu in die Kategorie Traumschwiegersohn fiel, Martin, einen ruhigen, zuverlässigen Mathematikstudenten, introvertiert, aber nicht menschenscheu, mit trockenem Humor, den Consuelo ins Herz geschlossen hatte.

„Was sagt Martin eigentlich dazu?“, fragte Marie.

„Der hat nichts mehr zu sagen, wenn ich es recht verstanden habe.“

Marie sah sie abwartend an. Christiane zuckte die Achseln.

„Abserviert. Ist ihr zu langweilig. Ihr ganzes Leben ist ihr zu langweilig. Herrgott, ja, vielleicht ist es das ja auch, aber bin ich verpflichtet, meiner Tochter um jeden Preis ein spannendes Leben zu verschaffen?"

„Bist du nicht. Hab bloß kein schlechtes Gewissen."

„Ich habe kein schlechtes Gewissen. Schon lang nicht mehr. Ich hab es nur so satt, dass Theresa immer wieder glaubt, sie könnte mir eins machen. Und natürlich ist es mir nicht egal, was aus Consuelo wird. Katharina auch nicht. Aber wenn Katharina drei Kinder gewollt hätte, hätte sie drei gekriegt. Sie sagt, es ist mit zweien schon schwierig genug, und da hat sie Recht. Vielleicht stellt sich Theresa ja vor, dass Katharina ihr zuliebe ihren Beruf aufgibt, nachdem ich das nicht tue."

Marie hielt es durchaus für möglich, dass Theresa ein derartiges schwesterliches Opfer als angemessen einstufte. Sie sagte jedoch nichts.

Christiane putzte sich energisch die Nase. „Na gut. Wieder mal eine Krise. Wird auch vorübergehen, irgendwie. Ist ja nicht die erste. Aber wie gesagt: Worüber ich in letzter Zeit nachdenke, ist die erstaunliche Tatsache unserer erstaunlichen Bravheit. Erstaunt sie dich nicht?"

„Was meinst du mit erstaunlicher Bravheit?"

„Wir waren doch angeblich eine wilde, revoltierende Generation. Nur hab ich persönlich nichts davon gemerkt."

„Wieso? Denk an die Demos."

„Na gut, wir haben gegen Vietnam demonstriert. Okay. Aber sonst? Privat? Daheim waren wir allenfalls pubertär aufmüpfig."

„Mit gutem Grund. Was hätte ich meinen Eltern vorwerfen sollen? Dass sie arm waren? Dass sie versucht haben, sich aus jeder Politik rauszuhalten? Damit haben sie überlebt, ursprünglich. Und nachher, mein Gott, da waren sie's so gewöhnt. Sie haben sich geplagt für mich, leider nicht sehr erfolgreich, was das Materielle betrifft. Hätte ich ihnen das übel nehmen sollen?"

„Okay, du hast gespurt, weil dir die Verhältnisse keine Flausen erlaubt haben. Aber ich? Meine Alten waren wohlhabend und einflussreich, die hätten mehr Auflehnung durchaus ausgehalten. Trotzdem war ich, im Großen und Ganzen jedenfalls, einsichtig und kooperativ. Ich hab getan, was man von mir erwartet hat. Unsere Kinder dagegen – die pfeifen uns was, ohne Rücksicht auf unsere Verhältnisse. Wie kommt das nur? Ich war so verdammt brav. Ich war eine brave Tochter. Du auch. Wir waren brave Töchter, Ehefrauen, Mütter."

„Klingt schlimm."

„Ich weiß nicht, ob es schlimm ist."

„Es klingt schlimm, so wie du es sagst."

„Ja, aber eigentlich frage ich dich. Meinst du, wir haben was versäumt? Ich kann es nicht sagen. Unsere Kinder sind ganz anders. Verweigern Gehorsam, verweigern Leistung, kümmern sich nicht um unsere

Erwartungen. Ich weiß nicht, ob das besser für sie ist. Ich stelle nur den Unterschied fest."

Marie starrte nachdenklich auf ihren leeren Teller. Als wüsste Christiane was. Als wüsste sie, dass Marie im Begriff war, ein braves Leben gegen – was zu tauschen? Gegen ein anderes braves Leben. War das die unabänderliche Identität, die an ihr haftete? Ihr fixes Ich? *Bravheit.* Eine brave Tochter, Ehefrau und Mutter.

Und wenn schon. Sie war in einem Alter, in dem man allenfalls eine wilde Vergangenheit hatte. Eine wilde Zukunft machte sich nicht so gut, wenn man die Midlifekrise langsam hinter sich ließ. Schon aus physischen Gründen fühlte sie sich den Anstrengungen einer unbürgerlichen Existenz nicht mehr gewachsen. Sie war fit, keine Frage, aber es wäre ihr riskant erschienen, Kondition – an welche Exzesse auch immer – zu verschwenden.

Immerhin würde sie in ihrem alternativen braven Leben vielleicht etwas mehr Belohnung kassieren für ihre Bravheit. Paul schien keine Neigung zu haben, irgendwelche Verbitterungen an ihr auszulassen, und was Martin betraf, so galt er als zielstrebig. Das war eine Eigenschaft, die sie an Sebastian schmerzlich vermisste. Herrgott, sie hätte mehr über Martin in Erfahrung bringen sollen! Was hatte Paul noch alles über ihn gesagt? *Warmherzig*? Ja. Das war gut. *Zielstrebig* ohne *warmherzig* wäre zumindest fragwürdig. Intelligent, warmherzig, zielstrebig. Hörte sich doch beruhigend an. Oder?

„Ach, wie dumm“, sagte Christiane plötzlich, „da rede ich die ganze Zeit nur über mich und vergesse ganz deine geheimnisvolle neue Lovestory. Was ist damit?“

„Nichts Besonderes“, erwiderte Marie, „das ist eigentlich auch nur eine brave Geschichte. Vergiss es.“

Andreas hatte eine weitere Firma aufgetan, die ihnen das physische Wohlergehen ihrer Belegschaft anvertrauen wollte. Sie kamen überein, in einem Monat Bewerbungsgespräche mit potentiellen Mitarbeiterinnen und Mitarbeitern zu führen. Ihrem Personalplan zufolge konnten sie sich fürs Erste zwei Physiotherapeutinnen und einen Bioresonanztherapeuten leisten. Für Homöopathie war Andreas zuständig, mit einem Osteopathen, auf den Marie große Stücke hielt, wollten sie eng zusammenarbeiten.

„Wow, wird das spannend“, sagte Andreas mit jugendlichem Eifer. „Ich freu mich schon!“

„Ich mich auch“, bekräftigte Marie. Im nächsten Moment packte sie das schlechte Gewissen. Da saß sie und schmiedete Zukunftspläne mit Andreas, der nicht wusste, dass sie ihr gemeinsames Projekt vielleicht demnächst schon verraten würde. Wenn sie am Donnerstag nach Berlin flog, dann war es aus mit ihrer und Andreas' Firma.

Was würde eigentlich passieren, wenn sie sich entschloss, zu Paul zu gehen? Würde sie hier, auf dieser Seite der Realität, am Ende tot umfallen, zum Beispiel vor Andreas, während sie gerade beisammensaßen und über, sagen wir mal, die technische Ausstattung ihres Gesundheitszentrums sprachen? Wäre sie dann eine Dahingegangene, Begrabene für alle, die da blieben, während sie in einer Parallelwelt fröhlich weiterexistierte?

Oder wäre sie gelöscht aus Andreas` Leben, als hätte es sie nie gegeben, so wie es ihn vermutlich nie gegeben haben würde in ihrem neuen Dasein?

Wenn sie tot umfiele vor Andreas, würde sie auch für Sebastian sterben! Das wollte sie Sebastian nicht antun.

„Keine Sorge", sagte Onkel Gregors Stimme vom Fenster her. Onkel Gregor lehnte vor der Glasscheibe, mehr die Ahnung einer Figur als ein kompakter Körper, er sah fast durchscheinend aus. Andreas war in sein Zimmer gegangen, die nächste Patientin ließ noch auf sich warten.

„Keine Sorge", wiederholte Onkel Gregor sanft, „du tust Sebastian nichts an, wenn du dich für den Flug nach Berlin entscheidest. Er wird nichts davon merken."

„Und Andreas? Und Hans?"

Onkel Gregor lächelte beschwichtigend. „Überleg einmal", sagte er. „Du wirst dort ankommen, und es wird so sein, als hättest du immer dort gelebt –"

„Nein", unterbrach ihn Marie. „Nicht immer. Meine Existenz teilt sich doch erst ab dem Zeitpunkt, als ich mich gegen Paul entschieden habe, in eine tatsächliche und eine mögliche. Es kann also nur so sein, als hätte ich von diesem neuralgischen Zeitpunkt an *dort* gelebt, in der möglichen Realität mit Paul. Bis zu dieser Weggabelung waren meine beiden Existenzen eine einzige. Auch in meinem Leben mit Paul hätte es eine Vergangenheit mit Hans gegeben."

„Denk dir das Ganze einfach wie eine Art Brettspiel. Du bist wie ein Stein, der zurückversetzt wird auf ein bestimmtes Feld und von dort aus auf einer anderen Route vorrückt. Nur dass du das Vorrücken nicht durchlebst, sondern als Erinnerung gespeichert hast. Dein Bewusstsein steigt erst wieder ein, nachdem du ein entsprechendes Stück der alternativen Route bereits hinter dir hast."

„Ja, das verstehe ich schon, irgendwie, aber ich frage mich, wie es den anderen Steinen dabei ergeht."

„Die anderen Steine sind in ihrem eigenen Spiel unterwegs. Wir reden nicht von nur zwei Parallelwelten, sondern über eine Vielzahl von Realitäten, die nebeneinander und miteinander existieren, die einander berühren, streifen, manchmal durchdringen, dann wieder verlieren. Und alle diese Lebensläufe könnten ganz anders ausschauen, wenn an bestimmten Stellen, zu einem bestimmten Zeitpunkt, etwas anderes passiert oder etwas überhaupt nicht passiert wäre. *Was wäre gewesen, wenn ich mich für eine andere Schule entschieden hätte? Was wäre gewesen, wenn ich nicht in diesen Film gegangen wäre? Was wäre gewesen, wenn ich an diesem Tag ins Kino gegangen wäre, mich aber ganz woanders hingesetzt hätte?* Auch in deiner Vergangenheit gab es eine Menge Weggabelungen, wo du dich für eine bestimmte Richtung entschieden hast. Über die meisten dieser Entscheidungen denkst du längst nicht mehr nach. Aber die Frage, was gewesen wäre, wenn du dich für Paul entschieden hättest, die macht dir zu schaffen, seit du dich gegen ihn entschieden hast. Und deshalb sollst du die Chance bekommen, deine Entscheidung zu korrigieren."

„Deshalb – und weil du ein liederlicher Frauenheld warst, der seinerseits noch eine Chance bekommen soll, hab ich das recht verstanden?", fragte Marie.

Onkel Gregor verzog den Mund. „Ja. So könnte man sagen."

Marie blieb beharrlich: „Was wäre, wenn du kein liederlicher Frauenheld gewesen wärst und deshalb nichts gutzumachen hättest?"

Onkel Gregor hob langsam die Schultern und ließ sie wieder fallen. „Zu dieser Gabelung gehen wir nicht zurück. Du schon gar nicht."

„Du versprichst mir jedenfalls, dass ich nicht vor Sebastian tot umfalle?"

„Ja."

„Gut. Übrigens: Wieso gibt es Sebastian als jungen Künstler in meinem Leben mit Paul, wenn es mich als Sebastians Mutter nicht mehr gibt?"

„Sebastian hat sein eigenes Spiel, unabhängig von dir."

Es klopfte an der Tür.

Onkel Gregors durchscheinende Gestalt am Fenster verlor die Konturen und war nach Sekundenbruchteilen nicht mehr zu sehen.

„Herein", sagte Marie nachdenklich.

Dass sie Sebastian kein Leid zufügen würde, wenn sie sich für Berlin entschied, war beruhigend.

Das Problem war nur, dass sie sich auf Andreas' und ihr Vorhaben wirklich freute.

Sie saß vor ihrem Computer, die letzte Patientin für den heutigen Tag war gegangen, und erledigte Verwaltungsarbeit. Da öffnete sich die Tür, und Hans kam herein.

Marie schaute ihn perplex an. „Du?"

„Ja, da staunt du, was?", fragte Hans vergnügt.

Seine Augen glänzten, er schwankte fast unmerklich.

„Was machst du hier?", erkundigte sich Marie vorsichtig.

Hans stapfte durch ihr Zimmer, unsicheren Schritts, und lehnte sich ans Fensterbrett wie vorher Onkel Gregor. „Ich hab gedacht, ich besuche dich einmal."

Marie sah ihn abwartend an.

Er lachte auf, ohne Heiterkeit. „Freust du dich gar nicht?"

Marie antwortete nicht. Hans blickte grinsend auf sie nieder und sagte dann gespielt enttäuscht: „Na so was, da will man seine geliebte Frau einmal überraschen, aber leider, leider … Sie glotzt nur sauer vor sich hin. Was ist los mit dir, Marie? Liebst du mich nicht mehr?"

„Du hast getrunken," stellte Marie fest. Sie sagte es sachlich, mehr zu sich selbst, als Erkenntnis, die sie erstaunte. Hans war einer abendlichen Flasche Wein nicht abgeneigt, aber dass er untertags trank, war ihr neu.

Hans sagte: „Ich komme aus der Chefetage."

Marie schwieg. Er wartete offensichtlich darauf, durch eine falsche Frage provoziert zu werden. Also stellte sie keine.

Hans leckte sich über die Lippen und sagte spöttisch: „Ja, so ist das, meine Liebe. Du plagst dich jahrelang hier unten, und ich gehe gleich ganz oben ein und aus, bei deinen Chefs."

Weil Marie noch immer nichts sagte, redete er von allein weiter. Er schaltete dabei auf einen sachlicheren Ton um. „Hab einen neuen Auftrag. Soll was über betriebsinterne Pensionsvorsorge schreiben. Was machen welche Firmen. Drei-Säulen-Modell, zweite Säule, du weißt schon. Also hab ich mir grade euren Personalchef vorgeknöpft. Nicht wirklich ein Geistesriese, wenn ich das so sagen darf."

„Hast du vor, ihn in die Pfanne zu hauen?", fragte Marie.

Hans sah sie lauernd, mit glitzernden Augen, an. „Würde dich das stören?"

„Ich frage nur."

Er fuhr sich durchs Haar und räusperte sich, wie um zu einer längeren Antwort anzusetzen.

Andreas kam herein. „Marie, ich suche die Anamnese von –" Er hielt inne und blickte irritiert auf Hans.

Marie machte eine Handbewegung zum Fensterbrett. „Mein Mann. Du kennst ihn?"

Andreas, der Hans offenbar nicht erkannt hatte, nickte. „Ah ja, natürlich. Guten Tag."

Die beiden Männer lächelten einander höflich zu.

Marie sagte erklärend: „Hans hatte im Haus zu tun."

Hans lehnte sich zurück gegen das Fensterglas und sagte genüsslich zu Andreas: „Ich war nämlich bei Ihrem Vorgesetzten."

Andreas blickte fragend.

Hans sagte: „Oberste Etage, Sie verstehen."

Andreas verstand sichtlich nicht. Seine Replik fiel daher indifferent aus. „Aha. Fein. Und wie gehts so?"

„Mir? Bestens", sagte Hans jovial. „Ich bin in der glücklichen Lage, meine Seele nicht verkaufen zu müssen." Er ließ seinen glänzenden Blick zwischen Andreas und Marie hin- und herwandern. „Das tut bei uns meine Frau, wissen Sie. Sie ist diejenige, welche."

Andreas trat einen Schritt zurück, obwohl er weit weg stand von Hans und keine Fahne zu riechen war. „Ich fürchte, ich weiß nicht, worauf Sie hinaus wollen."

Marie sagte scharf zu Hans: „Würdest du bitte aufhören?"

Hans grinste breit und fragte unschuldig: „Womit?" Dann wandte er sich wieder an Andreas: „Ich glaube, meine arme Frau bangt um ihren Arbeitsplatz. Sie hat Angst, dass ich mich daneben benehme. Dabei habe ich doch nur meine eigene Meinung. Ich kann mir nicht vorstellen, dass Sie ihr meine Meinung übel nehmen, oder?"

Andreas starrte ihn abweisend an. „Selbstverständlich nicht."

Hans drehte sich zu Marie und sagte in väterlichem Ton: „Siehst du, Marie, alles in Ordnung. Du musst dich nicht fürchten." Erklärend, betulich wandte er sich erneut an Andreas: „Sie fürchtet sich, dass ich Ihnen meine Meinung über den Laden hier sage. Aber den Teufel werd ich. Ich will doch meiner Frau nicht schaden. Ich meine, Sie sagen, es schadet ihr nicht, aber das weiß man nie so genau, nicht wahr? So ist das nämlich heutzutage: Wer einen Arbeitsplatz hat, will ihn behalten. Egal, was er auch darauf anrichten muss."

Er lächelte triumphierend.

Marie sagte mühsam beherrscht: „Es ist besser, du gehst jetzt."

Hans hob beschwichtigend die Hände. „Mein Gott, Marie, sei doch nicht so … verschreckt. Ehrlich, du siehst das völlig falsch. Dein Chef und ich, wir kommen bestens miteinander aus. Er weiß, was ich meine. Er weiß, dass ich es nicht böse meine. Das wissen Sie doch, oder?"

Andreas' Gesicht blieb ausdruckslos, seine Stimme klang bestimmt: „So interessant unsere kleine Plauderei auch ist, Herr Opitz –"

„*Doktor* Opitz", unterbrach ihn Hans. „Wenn ich bitten darf. Unter uns Akademikern."

„Herr Doktor Opitz, wir müssen jetzt weitermachen", sagte Andreas. Und zu Marie: „Kommst du mal für einen Moment mit?"

Marie stolperte hinter ihm her aus ihrem Zimmer, blind vor Wut und Scham, sie wollte gar nicht wissen, wie Hans dreinschaute, dümmlich stolz auf seine gelungene Belästigung oder unglücklich über sich selbst.

Sie folgte Andreas über den Gang in sein Zimmer, wo er nachdrücklich die Tür hinter ihnen schloss.

„Es tut mir Leid –“, begann Marie, aber Andreas brachte sie mit einer Handbewegung zum Schweigen.

„Sag nichts. Lass es uns vergessen. Du bist nicht für ihn verantwortlich. Aber wenn es dir möglich ist, sorg dafür, dass er nicht wieder aufkreuzt. Weder hier noch in Zukunft an anderen Orten.“

Marie schluckte und nickte.

16.

Das Bistro war rauchig und überfüllt. Die vielen Leute redeten und lachten laut, um sich gegen die wummernde Musik zu behaupten. Das Durchschnittsalter der Anwesenden lag schätzungsweise bei achtundzwanzig, Marie kam sich vor wie ein Alien. Sebastian hatte sie hierher bestellt, als sie gesagt hatte, dass sie mit ihm sprechen wolle.

Er war noch nicht da. Sie zwängte sich zwischen wackelnden Tischchen durch, um einen freien Platz am Ende des Raums anzusteuern. Sie setzte sich und schaute um sich. Die jungen Leute heutzutage waren in der Mehrzahl schöner und schicker als in ihrer Jugend. Jedenfalls schien es ihr so. War ja auch erklärlich. Jahrzehntelanger Wohlstand und erschwinglichere Konsumgüter (zu Lasten der Dritten Welt, aber wer dachte daran schon unentwegt) erzeugten einen breiteren Zugang zu Schick und Schönheit. Oder? Möglicherweise durchschaute sie ja bloß die komplexer und komplizierter gewordenen Stylingcodes nicht, und es entgingen ihr die Klassenunterschiede zwischen den jungen Leuten an der Theke. Vielleicht fühlte sich die zerzauste kleine Blonde genauso mickrig neben der Dunkelhaarigen mit dem auffallenden Make-up, wie sich Marie seinerzeit in Faltenrock und Pulli neben den Mädels gefühlt hatte, die mit arroganter Selbstverständlichkeit in Chanel-Kostümchen gesteckt waren? (Kurz danach ging die Hippie-Ära los, für Marie eine unbeschreibliche Befreiung auch in modischer Hinsicht, denn nun konnte sie mithalten, Jeans, wild gemusterte Blusen, lange offene Haare, Häkelpullunder … Sie sah toll aus damals, als es ihr gelungen war, das brave – schon wieder! – Schulmädchen hinter sich zu lassen, äußerlich wenigstens).

Aber womöglich lag sie total falsch, und die zerzauste kleine Blonde war diejenige, die top in war, mit ihren billig aussehenden Klamotten, deren billiges Aussehen eventuell teuer erkauft war im Gegensatz zu den teuer aussehenden Klamotten der Dunkelhaarigen?

Marie war immer stilsicher gewesen, bis heute bewunderten Freundinnen, auch jüngere wie Sandra, sie für ihren Geschmack, aber trotzdem gab es mittlerweile eine Generation, deren Maßstäbe sie nicht begriff. Das erste Mal war ihr das aufgefallen, als Sebastian und seine damalige Freundin sie zu einem *Event* mitgenommen hatten, zu dem Sebastian in seiner Eigenschaft als Fotoreporter geladen war.

Sebastians Freundin stand Marie gegenüber, blickte hinter sie in die Menge und kriegte plötzlich kugelrunde Augen. „Wow, schaut euch mal das weiße Kleid an!“, sagte sie. Marie drehte sich um. Das weiße Kleid, in dem eine junge Frau hinter ihr steckte, sah in ihren Augen seltsam aus, verstaubt und spießig. Sie dachte, Sebastians Freundin hätte sie auf eine Kuriosität aufmerksam machen wollen, und war im Begriff, in Gelächter auszubrechen, als sie merkte, dass in den kugelrund aufgerissenen Augen die blanke Begeisterung stand.

Junge Leute. Wie lang war es her, dass Endzwanziger ihr alt erschienen waren (Traue keinem über dreißig)? Noch gar nicht lang, eigentlich. Das war auch so eine Merkwürdigkeit. Einerseits fühlte sie sich wie eine Antiquität (nein, eher wie ein Trödlerstück) unter den jungen Erwachsenen, die ihre Kinder sein konnten, und andererseits musste sie sich ständig daran *erinnern*, dass diese Leute, obwohl erwachsen, ihre Kinder sein könnten, dem Alter nach.

Zwischen zehn und dreißig passierte einfach mehr mit einem als zwischen dreißig und fünfzig. Von zehn bis dreißig verwandelte man sich aus einem Kind in einen halbwegs reifen, eben *erwachsenen* Menschen. Von dreißig bis fünfzig (und darüber hinaus) blieb man im Wesentlichen, was man war, ein erwachsener Mensch, und deshalb kam es einem mit fünfzig so vor, als wäre man gestern erst dreißig gewesen. Jedenfalls hielt Marie das für eine mögliche Erklärung.

Sebastian tauchte im Eingang auf, erspähte sie und winkte ihr zu. Eilig drängte er sich zur ihr durch, er ruderte mit den Armen wie als Kind, was Marie mit

Rührung sah. Außerdem registrierte sie, nicht ohne Stolz, wie ihm die Blicke der jungen Frauen folgten, anerkennende, interessierte Blicke.

Gelegentlich hielt sie ihm eine Strafpredigt, wenn sie den Eindruck hatte, dass er mit Beziehungen zu leichtfertig umging. Sie war keine der Mütter, die es mit Genugtuung sahen, wenn der Sohn Frauen schlecht behandelte, weil sie ihm nur eine wahre Liebe zugestanden, nämlich die zu seiner Mami. Marie überlief es jedes Mal kalt, wenn Jutta, eine Jugendfreundin von Helen Klement, die Wert darauf legte, die wichtigste Frau im Leben ihres zweimal geschiedenen Sohnes zu sein, süffisant sagte: „Schwiegertöchter kommen und gehen, aber eine Mutter bleibt."

Obwohl Marie also keinerlei Befriedigung daraus zog, dass es Frauen gab, die sich vergeblich nach Sebastians Zuneigung sehnten, während ihr seine Anhänglichkeit sicher war, gefiel es ihr, dass er bei Frauen Erfolg hatte. Ein Mauerblümchen oder ein bis zur Selbstaufopferung gutmütiger Kerl als Sohn hätte ihr doch Sorgen gemacht.

„Hi, Mum", sagte Sebastian, und Marie überlegte kurz, ob es eine Zeit gegeben hatte, in der er sie, noch nicht amerikanisiert von Film und Fernsehen, *Mama* genannt hatte, beziehungsweise wann sich eigentlich *Hi* als Begrüßung eingeschlichen hatte, übrigens auch in ihren Sprachgebrauch.

Er rückte seinen Stuhl zurecht und lächelte den Leuten am Nebentisch zu, weil sie ihm Platz gemacht hatten. „Also, Mum: Wo brennt der Hut?"

„Nichts brennt", erwiderte Marie. „Ich wollte dich einfach sehen. Das ist alles."

Sebastian seufzte und setzte seinen überlasteten Blick auf. „Ich bin auf dem Weg nach Kroatien, und du bestellst mich hierher, weil du *mich sehen* willst? Also, wirklich."

„Wieso bist du auf dem Weg nach Kroatien?", fragte Marie.

„Kathrins Eltern haben ein Haus bei Opatja. Ist eine ganz eigene Stimmung dort um diese Zeit, sagt sie."

Marie spürte Zorn in sich aufsteigen. „Du wolltest doch deine Ausstellung vorbereiten?"

Sebastian winkte der Kellnerin, einem dünnen Mädchen, das Marie bisher konsequent übersehen hatte, wohl nicht in böser Absicht, sondern eher aus Konfusion. Jetzt kam sie heran. „Hi, Sebastian!"

„Hi, Angie", sagte Sebastian, „ich krieg einen Macchiato. Was nimmst du, Mum?"

Marie bestellte ebenfalls Kaffee, obwohl ihr Herz klopfte und sie anfing, sich überdreht zu fühlen.

„Deine Ausstellung", erinnerte sie Sebastian, als die dilettantisch kellnernde Angie sich wieder ins Gewühl gestürzt hatte.

Er machte eine lässige Handbewegung. „Das klappt schon."

Das alte Lied. Großspurige Versprechungen, und dann siegte sein Hedonismus.

Marie schüttelte leicht den Kopf. „Ach, Sebastian … Könntest du nicht ein kleines bisschen … *zielstrebiger* sein?"

Seine Miene wurde abweisend. „He, Mum, keine Erziehungsversuche. Ich bin über einundzwanzig."

Der Kaffee kam. Angie stellte Sebastians Tasse hin, der Kaffee schwappte über. Sie entschuldigte sich wortreich. Dann schob sie Marie ihre Tasse zu. Diesmal entschuldigte sie sich nicht, obwohl sie auch dabei reichlich Kaffee auf den Unterteller verteilte.

Marie legte eine Serviette unter die Tasse, damit sie die Flüssigkeit aufsaugte. Dann trank sie einen Schluck Kaffee und wechselte das Thema. „Was hältst du von Parallelwelten?"

Sebastian schaute überrascht. „Von *was*?"

„Parallelwelten. Du weißt schon. Verschiedene Realitäten nebeneinander."

„Witzige Vorstellung", sagte Sebastian. „Worauf willst du hinaus?"

„Wenn ich in einer Parallelwelt lebte: Würdest du mich vermissen?"

Sebastian lachte. „Natürlich nicht. Denk logisch, Mum. Wenn ich hier lebe und du parallel, weiß ich doch nicht, dass es dich gibt. Und wenn ich nicht weiß, dass es dich gibt, kann ich dich auch nicht vermissen."

Marie nickte. „Klingt überzeugend."

„Siehst du", sagte Sebastian und lachte wieder. Er wippte mit seinem Stuhl und trommelte ungeduldig auf die Tischplatte. „Möchtest du noch was, Mum? Ich meine, ich muss jetzt. Und *gesehen* hast du mich ja."

Er erhob sich.

„Pass auf dich auf", sagte Marie. Sie hätte ihn gern umarmt, wusste aber nicht, ob ihm das recht sein würde.

Er beugte sich zu ihr hinunter, um sie flüchtig auf die Wange zu küssen. „Schau nicht so besorgt. Denk dran: Nicht immer glucken. Man muss auch loslassen können."

Sie wollte aufstehen, um ihn an sich zu ziehen, aber da hatte er sich schon abgewendet und marschierte mit großen Schritten dem Ausgang zu. In der Tür drehte er sich noch einmal um, winkte kurz zum Abschied und war verschwunden.

Marie schaute auf ihre Uhr. Es war 15.37 Uhr am Donnerstag.

Sie hatte mit Hans kaum geredet seit seinem blamablen Auftritt in der Firma. Er selber blieb ebenfalls wortkarg, ein schiefes Lächeln im Gesicht, von dem sie nicht wusste, ob es Unbehagen oder so was wie einen leisen Triumph signalisierte, Triumph, weil es ihm gelungen war, in ihre vermeintlich heile Arbeitswelt einzubrechen und dort Porzellan zu zerschlagen.

Dass er sie jetzt bis an ihren Arbeitsplatz verfolgte, um sich für seine Frustrationen zu entschädigen und an ihr zu rächen, weil er offenbar immer mehr der Wahnvorstellung erlag, dass sein Unglück der Preis für ihre relative Unversehrtheit war, hatte den Ausschlag gegeben.

Er wollte sie zerstören, um sein Unglück loszuwerden. Als seien sie zwei Schalen an einer Waage, und er könne nur hochkommen, wenn sie zu Boden ging.

Zum ersten Mal seit langem hatte Marie das Gefühl, sie sei ihm nichts schuldig. Ja, mehr als das, sie war es sich schuldig, ihre Haut vor ihm zu retten. Er war unberechenbar geworden, und was er für sie empfand, war weit entfernt von der schrulligen Zuneigung, die sie bisher immer noch hinter seinen Attacken vermutet hatte. Er brauchte sie nicht. Im Gegenteil, wenn sie bei ihm blieb, würde er es sich weiterhin einfach machen und gegen sie ankämpfen statt gegen sein Scheitern.

Immer verurteilte er Sebastian für seine Faulheit und die Neigung, den Weg des geringsten Widerstandes zu gehen. Dabei war Sebastian nicht bequemer als er. Auch Hans, der angeblich fleißige, genussfeindliche, verbissene Hans, war nichts weiter als verbissen bequem, indem er Marie zum Sündenbock machte, bloß weil sie zur Hand und ihm am nächsten war.

Und Sebastian. Es schien, dass er ohne sie nicht schlechter zurechtkommen würde, als wenn sie hier blieb und vergeblich versuchte, ihn zu gängeln. Er hatte Recht. Er war weit über einundzwanzig, alt genug, um die Verantwortung für sich zu übernehmen. Und er konnte sie nicht vermissen, wenn er gar nicht wusste, dass es sie gab.

Marie hatte es plötzlich sehr eilig. Sie zahlte, stürmte auf die Straße und hielt ein Taxi an.

„Zum Flughafen? Jetzt?“, fragte der Taxifahrer. „Wann müssen Sie denn dort sein?“

„Um sechs“, sagte Marie.

Er schnalzte mit der Zunge und wiegte den Kopf hin und her.

„Wie meinen Sie das?“, fragte Marie.

„Mordsverkehr“, sagte er. „Baustelle auf der Tangente, nur zwei Spuren. Aber bitte. Vielleicht kann ich zaubern.“

Konnte er nicht. Er fuhr rücksichtslos, jedoch unsicher, wechselte die Fahrspuren, ohne dass es einen Zeitgewinn brachte, stieg aufs Gas, nur um gleich wieder bremsen zu müssen, und trödelte dahin, sobald er endlich einmal schneller fahren hätte können.

Nach einer Kurve, noch weit vor der Tangente, ging nichts mehr. Die nahezu stehende Autokolonne, die sich von Zeit zu Zeit im Schritttempo vorwärts quälte, reichte in den Horizont hinein.

„Wie ich mirs gedacht hab“, sagte der Taxifahrer befriedigt.

Marie biss in ihre Handknöchel und verkroch sich in den Sitz, als könne sie der Situation dadurch entkommen.

Das durfte doch nicht wahr sein. Da versäumte sie ihre Chance auf ein neues Leben, weil sie zu spät in ein Taxi gestiegen war!

Der Taxifahrer drehte das Radio lauter und suchte nach einem ihm genehmen Sender. Wortfetzen, Musikfetzen, dazwischen ohrenmarterndes Krachen. Dann Gedudel der Sorte Industriefolklore. Zufrieden legte der Taxifahrer, ein einheimischer Dicker in mittleren Jahren, den Marie inzwischen als jovialen Menschenverächter eingestuft hatte, ein paar Dezibel zu.

„Könnten Sie das bitte abdrehen?“, fragte Marie beherrscht.

„Geht nicht. Ich brauche den Verkehrsfunk.“

„Den kriegen Sie auch ohne die Musik.“ *Musik*. Sehr höflich von ihr, so was Musik zu nennen.

Wortlos drehte er das Gedudel leiser.

Die Autoschlange näherte sich einer Abfahrt.

„Fahren Sie da vorne runter!“, sagte Marie. Er antwortete nicht. Die Abfahrt rückte näher, er traf keinerlei Anstalten, auf die richtige Spur zu wechseln.

„Sie sollen bei dieser Abfahrt runterfahren!“

„Ich hab geglaubt, Sie wollen zum Flughafen?“

„Runter!“ Sie schrie es fast.

Er schaltete kopfschüttelnd den Blinker ein und fuhr langsam, umständlich auf die Ausfahrtspur.

Marie dirigierte ihn in die Nähe einer U-Bahnstation, hieß ihn anhalten, zahlte und sprang aus dem Taxi. Er maulte hinter ihr her.

Sie löste ein U-Bahn-Ticket am Automaten und lief hinunter zum Bahnsteig. Um diese Zeit fuhren die U-Bahnen zum Glück in kurzen Intervallen. Was man von der Schnellbahn zum Flughafen leider nicht behaupten konnte. Trotzdem. Sie musste es versuchen. Besser als im Stau zu stecken.

Die U-Bahn kam und war überfüllt. Marie quetschte sich hinein. Beim Umsteigen verlor sie vier Minuten, weil ihr eine Bahn vor der Nase wegfuhr. Dann erwischte sie Gott sei Dank gleich eine Schnellbahn.

Das Schicksal war ihr gnädig. Die nächste wäre in fünfundvierzig Minuten gegangen.

Flughafen. Sie drängte sich aus dem Zug, puffte sich an Menschen vorbei, die ihr nur widerwillig Platz machten, sprang über ein Bordcase, das ein smarter Mann lässig hinter sich herzog (und zwar so, dass es ihr den Weg versperrte), rannte die Rolltreppen hinauf und stand schließlich atemlos in der Halle von Terminal eins.

Lufthansa-Schalter. Vor ihr eine Amerikanerin, die umständliche Erkundigungen einzog. Marie trat von einem Fuß auf den anderen. Auf der großen Anzeigentafel blinkten schon die Boarding-Lämpchen neben ihrer Flugnummer.

„Was kann ich für sie tun?" Die Stewardess lächelte Marie zuvorkommend an.

„Sie sollten ein Ticket für mich haben", sagte Marie, die Aufregung verschlug ihr fast die Stimme. „Nach Berlin. Für die neunzehn-Uhr-zehn-Maschine. Ich heiße Opitz. Marie Opitz."

Die Stewardess suchte. Dann schüttelte sie bedauernd den Kopf: „Tut mir Leid, es ist nichts zu finden. Für Berlin habe ich nur ein Ticket auf den Namen Wegener –"

„Das bin ich!", rief Marie.

Die Stewardess sah sie befremdet an.

Marie lächelte gezwungen. „Ich … äh, hab erst vor kurzem wieder geheiratet. Ich bin meinen neuen Namen noch nicht gewöhnt."

Dabei fand sie nichts blöder, als bei der Heirat den Namen zu wechseln. Hätte es seinerzeit schon die

Möglichkeit gegeben, den eigenen zu behalten, hätte sie nie Opitz geheißen. Wegener allerdings auch nicht.

„Kann ich Ihren Ausweis sehen, Frau Wegener?“, fragte die Stewardess mit reservierter Höflichkeit.

Marie biss sich auf die Lippen. *Sehr witzig, Onkel Gregor. Wirklich.*

Die Stewardess sah Marie abwartend an, skeptisch.

In diesem Moment tippte jemand auf Maries Arm. Sie fuhr herum. Der Mann hinter ihr streckte ihr etwas entgegen, was wie eine Plastikhülle aussah. „´tschuldigung – ist Ihnen das runtergefallen?“

Ein Ausweis. Ein Pass in einer Plastikhülle, lautend auf den Namen Marie Wegener, mit Maries Foto.

Sie bedankte sich, nahm ihn entgegen und reichte ihn an die Stewardess weiter. Die sah hinein, gab ihn ihr zurück und händigte ihr das Ticket aus. „Danke, Frau Wegener. Sie sind schon sehr spät dran, checken Sie bitte am Gate ein. Oder haben Sie Gepäck?“

Marie schüttelte den Kopf. Die Stewardess nannte ihr die Ausgangsnummer, sie trabte los.

Kein Gepäck. Weniger als kein Gepäck. Gleich werde ich mein ganzes bisheriges Leben abgeworfen haben. *Nein danke, ich nehme nichts mit. Nur mich.* Nein, mich eben nicht. Teile von mir. Aber welche?

Sie rannte zur Passkontrolle, wedelte mit ihrem Ticket, wurde durchgewinkt (neue europäische Reisefreiheit), stellte sich beim Security Check an (neue globale Reisebarrieren), vor ihr ein Mann, der vergessen hatte, seine Schlüssel aus der Tasche zu nehmen und deswegen die ganze Schlange aufhielt, dann endlich der lange Gang in Richtung Gate.

Marie wollte aufs Laufband springen, sah, dass eine ausgelassene Reisegruppe mit riesigen Koffern es blockierte, schlug einen Haken und rannte neben dem Laufband her, im Zickzack, weil auch hier kein ungehindertes Vorankommen möglich war.

Kein Gepäck. Nur ihr bisheriges Leben als Ballast, der von ihr abfallen würde. Wann? Beim Betreten des Flugzeugs? Irgendwo auf der Strecke? Am Ende des Flugs? Sie stellte fest, dass sie Angst hatte. Furcht, ähnlich wie vor einer Narkose. Vor dem Kontrollverlust, vor dem ausgeliefert Sein.

Zugleich freute sie sich auf Paul. Sie sollte ihre Ängstlichkeit überwinden, einmal wenigstens, diesmal wenigstens. Wer nicht wagt, der nicht gewinnt. *Seien Sie risikofreudiger, Frau Opitz* – falsch, Frau Wegener!

Nein – Frau Opitz.

Noch war sie Marie Opitz, neuer Pass hin oder her. Das war ihr Name seit nunmehr drei Jahrzehnten. Sie hätte lieber ihren eigenen behalten, seinerzeit, aber da das nicht möglich gewesen war, hatte sie sich an diesen gewöhnt, den sie jetzt länger trug als ihren alten.

Marie Opitz war keine beliebige Figur, Marie Opitz war nicht einfach Wegwerfware, sie hatte gelebt, geliebt, gearbeitet, anderen Menschen was bedeutet, sich selber was bedeutet –

Lautsprecherdurchsage: letzter Aufruf für Berlin. Marie verlangsamte ihren Schritt.

Marie Opitz hatte Spuren hinterlassen. Die würden jetzt einfach verwischt werden. Warum auch nicht? Die meisten Spuren verwehen, früher oder später.

In der Gepäcksankunftshalle wurden Koffer auf Förderbänder gespuckt. Lamellen wurden hinaufgedrückt wie wacklige Zähne in einem großen Maul, dann flutschten die Gepäckstücke heraus und begannen, ihre Schleifen zu fahren.

Onkel Gregor stand neben einem Trolly und sah ihr entgegen.

Marie ging entschlossen auf ihn zu und streckte ihm den Pass entgegen. Sie fühlte sich erschöpft wie nach schwerer Arbeit.

„Es ging nicht", sagte sie. „Ich konnte nicht. Ich kann mich nicht so einfach aufgeben. Meinen Sohn. Meine Vergangenheit. Meine Erfahrungen. Meinen Beruf. Meine Freundschaften. Das alles bin ich. Ich hätte mich von mir selber getrennt. Verstehst du?"

Onkel Gregor hielt einen verständnislosen Blick auf sie gerichtet.

„Vielleicht war es falsch von mir, Paul aufzugeben seinerzeit", fuhr Marie fort. „Aber ich kann doch deswegen nicht mein ganzes Leben seither zu einem Irrtum erklären."

Zu Müll. Zu Abfall. Sie hätte sich selber zu Abfall erklärt. Wie hätte sie sich das antun können? Sie war doch jemand. Sie hatte ein respektables Leben gelebt bis jetzt und war eine ernst zu nehmende Person.

„Ich sag dir was", sagte sie bestimmt zu Onkel Gregor. „Selbst wenn das Leben mit Paul das reinste Paradies wäre, was es vermutlich nicht ist – ich will mich nicht umbringen, um ins Paradies zu kommen."

Sie reichte Onkel Gregor den Pass, der auf Marie Wegener lautete, doch Onkel Gregor ergriff ihn nicht. Er fiel zu Boden und klappte auf. In der Passhülle steckte ein Notizbuch mit leeren Blättern.

Onkel Gregor schüttelte den Kopf und wandte sich zum Gehen. „Sorry", sagte er. „I don't speak any German. I'm afraid I'm not the person you are looking for."

Seinen Trolly hinter sich herziehend entfernte er sich von ihr.

Marie starrte ihm perplex nach.

Dann kam ihr die Erleuchtung. „He, ich habs kapiert, wie?", rief sie ihm hinterher. „Ich hab kapiert, worauf es ankommt, oder?"

Er drehte sich nicht um. Ein paar Leute schauten sie erstaunt an.

Sie verließ den Zollbereich, trat in die Ankunftshalle, in der niemand auf sie wartete (wie denn auch) und warf das nutzlose Ticket in den nächsten Abfallkorb. Dann ging sie nach draußen und kletterte in einen Bus, der sie zurückbringen würde in ihre Stadt.

17.

Hans saß im halbdunklen Wohnzimmer vor seinem Computer.

Obwohl sie geräuschlos hereingekommen war, hatte er bemerkt, dass sie in der Tür stand, denn plötzlich begann er zu reden, allerdings ohne sich umzuwenden oder den Blick vom Bildschirm zu nehmen.

„Übrigens, Marie“, sagte Hans mit hinterhältiger Stimme, „ich habe eine Rätselfrage an dich. Ich besitze drei dunkelblaue Pullover. Sie sind alle drei schmutzig, und zwar seit mehr als einer Woche. Wie kommt es, dass keiner jemals gewaschen wird?“

„Das wird damit zusammenhängen, dass du einen großen Bogen um die Waschmaschine machst“, erwiderte Marie ruhig.

Er schwang seinen Sessel herum und schaute sie an.

„Ich? Ich rede nicht von mir. Ich habe keine Zeit, um mit Waschmaschinen zu spielen.“

„Nein? Da entgeht dir was.“

Er seufzte, legte die Fingerspitzen aneinander, wie ein Lehrer, der sich in Geduld übt, und sagte: „Marie! Sei nicht kindisch. Du wäschst doch sowieso. Da kannst du doch wohl meine Pullover mitwaschen."

Sie sah auf ihn hinunter und schüttelte langsam den Kopf. Ihre Stimme blieb ruhig, als sie erwiderte: „Ich werde nichts mehr für dich mitwaschen, Hans. Ich werde nicht mehr für dich einkaufen, nicht mehr für dich kochen und mich nicht mehr bei dir entschuldigen, weil die Welt dein Genie nicht zu würdigen weiß. Du bist erwachsen, Hans."

Er schwieg. Dann fragte er spöttisch: „Was wird das? Der Aufstand der Zwerge?"

Marie lächelte fast, als sie sagte: „Das wird eine Trennung."

Wieder schwieg er. Dann fragte er: „Du trennst dich von mir?"

„Ja."

Er starrte vor sich hin. Plötzlich grinste er, verzerrt, böse. „Bravo, Marie. Mutiger Entschluss. Verstehe. Hast dich lang genug mit einem kopflastigen Typ geplagt. Wo sich doch dein Leben eigentlich um Muskelstränge und Bandscheiben dreht. Was ist los? Hast du dir einen Bodybuilder angelacht?"

Marie verzog den Mund. „Danke Hans", sagte sie. „Du machst es mir leicht."

18.

Freiheit. Freiheit hieß, laut die Musik zu spielen, nach der einem gerade war. Freiheit hieß, alte Schlager mitzusingen, ungestört. Freiheit hieß, nicht einzukaufen, obwohl der Kühlschrank nahezu leer war. Freiheit hieß, sich stark und zuversichtlich zu fühlen, weil niemand da war, der einen mit höhnischen Anmerkungen herabsetzte, bis man innerlich klein, grau und schäbig wurde. Freiheit hieß, gut gelaunt zu sein und es zu bleiben, weil keiner die gute Laune missgünstig ramponierte. Freiheit hieß, entspannt vor dem Spiegel zu stehen und sich anerkennend ins Gesicht zu schauen. Freiheit hieß, zu arbeiten, so lange es nötig war, ohne für spätes Heimkommen gerügt zu werden. Freiheit hieß, sich freizukaufen vom Putzen und Bügeln, ohne dass einem Verschwendung vorgeworfen wurde. Freiheit hieß, an Sonntagvormittagen im Bett zu bleiben und zu lesen. Freiheit hieß, niemandem Rechenschaft zu schulden. Freiheit hieß, durch die Stadt zu laufen und *frei* zu sein.

Die junge Journalistin, die vor ein paar Tagen gekommen war, um Marie zu interviewen, war offensichtlich etwas enttäuscht gewesen. Andreas' Frau hatte das Treffen initiiert. Die Reporterin sei eine Freundin ihrer Schwester und arbeite an einer Story über Menschen, die ihr Leben entscheidend verändert hätten. *Neubeginn, Aufbruch, zweite Chance,* irgendwas in der Art. Ob Marie mit ihr reden würde? Marie hatte zugesagt, aber es war relativ rasch klar, dass die Journalistin spektakulärere Vorstellungen von bedeutsamen Lebensänderungen hatte als Marie.

„Hier wohnen Sie?", hatte sie gefragt und sich umgeschaut. „Warum?" Was hatte sie erwartet? Ein Penthouse? Ein sensationelles Loft? *Warum*?

„Ihr Mann muss Ihnen doch sicherlich Unterhalt zahlen", hatte sie gesagt. Anscheinend schwebte ihr Hollywood vor, wo Scheidungen – angeblich – dicke Bankkonten und luxuriöse Wohnsitze einbrachten.

Dabei hatte Maries neue Wohnung ohnehin geradezu Loft-Charakter. Ein ehemaliges Magazin, Hochparterre, Hinterhof, von Marie in Zusammenarbeit mit einer Truppe wechselnder Hilfskräfte (die Edgar ihr vermittelt hatte) in bewohnbare Räume verwandelt. Fast ein Jahr hatte der Umbau in Anspruch genommen – ein Jahr, in dem Marie rund um die Uhr geschuftet hatte, einmal beruflich und dazu in jeder freien Minute auf der Baustelle, die zugleich ihr Notquartier war –, aber die Mühe hatte sich gelohnt. Das Innere des schachtelartigen kleinen Gebäudes hinter dem großen alten Mietshaus war zwar nach wie vor ein wenig dunkel, aber das störte Marie nicht, weil es den Festungscharakter ihrer Zuflucht unterstrich. Dafür war sie von dicken Altbauwänden umgeben und hatte keine unmittelbaren Nachbarn, die sich beschwerten, wenn sie morgens die Barocktrompeten lauter drehte, um sie bis ins Bad zu hören.

Hans hatte ihre gemeinsame Wohnung behalten. Das war der Preis dafür gewesen, dass er auf Unterhalt verzichtet hatte. Norbert Klement, nach seiner Bypass-Operation wieder auf dem Damm, hatte zwar bezweifelt, dass Hans mit seinen Unterhaltsforderungen durchkommen würde, aber Maries Scheidungsanwältin riet zu einem Kompromiss.

Hans wollte Unterhalt, weil er, wie er sagte, all die Jahre seine berufliche Arbeit vernachlässigt hatte, um den Haushalt zu führen. „Irgendjemand musste sich ja darum kümmern", erklärte er gemeinsamen Freunden und deutete an, dass sie in Schmutz und Chaos untergegangen wären, wenn er sich auf Marie verlassen hätte.

Christiane hatte sich zwar wutschnaubend bereit erklärt, die wahren Verhältnisse zu bezeugen, aber Tatsache war, dass Hans über keinerlei regelmäßiges Einkommen verfügte, weshalb die Scheidungsanwältin für einen Deal plädierte.

„Wissen Sie, ich möchte eigentlich Leute porträtieren, die *Rosenkriege* vermieden haben", hatte die junge Journalistin gesagt, und Marie hatte ihr angesehen, dass sie nur mit Mühe ein Naserümpfen unterdrückte in Anbetracht kleinlichen Feilschens um

Wohnrechte und erbrachte oder nicht erbrachte Haushaltsleistungen.

Doch so unelegant war das Ganze nun einmal abgelaufen. Hans hatte versucht, ihr Steine in den Weg zu legen und so viel Gewinn wie möglich für sich herauszuschlagen, und Marie fehlten die Mittel, ihn großzügig abzufinden.

Das Deprimierendste war die Erkenntnis gewesen, dass ihre eheliche Wohnung, die sie immer als ein bisschen minderwertig eingestuft hatte, nahezu hochherrschaftlich war gegen das, was sie sich nach der Scheidung leisten konnte. Neu vereinbarte Mieten waren um ein Vielfaches höher als das, was sie bisher gezahlt hatte. Altbau in der Größe, die ihr vorschwebte, in halbwegs attraktiver Lage und womöglich renoviert, stellte sich als unerschwinglich heraus. Schöner Neubau ebenfalls. Was blieb, waren Bauten aus den 1970er Jahren, mit dünnen Wänden, niedrigen Räumen und trübsinnigen Loggien über staubigen, verkehrsreichen Straßen.

Bei der Vorstellung, darin wohnen zu sollen, war Marie von weinerlicher Mutlosigkeit befallen worden. Aber dennoch hatte sie beharrlich weiterhin die Immobilienanzeigen in den Zeitungen und im Internet durchforstet und ihre Wünsche bei diversen Maklern deponiert. Als dann schließlich einer anrief und sie fragte, ob sie auch ein leer stehendes Magazin besichtigen wolle, renovierungsbedürftig, aber in guter städtischer Lage, lehnte sie fast ab. Weil sie aber sowieso in die Gegend musste, hatte sie einen Termin vereinbart.

Sie hatte sich keine Illusionen gemacht beim Hinfahren, und der erste Anblick ihres späteren Heims war nicht gerade dazu angetan gewesen, sie in einen Begeisterungstaumel zu versetzen. Ein graues Hinterhofgebäude, außen bröckelnder Verputz, drinnen verstaubtes Gerümpel, Reste von erschreckend gemusterter Wandmalerei in Erbsengrün und Braun, ein Clo mit gesprungener Schüssel und zerbrochenen Bodenfliesen. Das Allerscheußlichste war die tiefer gelegte Decke, eine deprimierende Angelegenheit aus düster furniertem Sperrholz.

Nach dem ersten Schock sah sie die Vorteile: trockene Wände, ein massiver Holzboden aus dicken alten Bohlen, gut schließende Doppelfenster. Wenn man hinausschaute, blickte man auf eine efeubewachsene Mauer zum Nachbarhof, in dem hohe Ahornbäume standen. Elektro- und Gasanschlüsse, Kanal und Telefonleitungen seien in Ordnung, sagte der Makler, weil der Hauseigentümer bereits angefangen hätte, das Magazin für seinen Sohn herzurichten. Der habe es jedoch vorgezogen, nach Barcelona zu übersiedeln, um eine Spanierin zu heiraten und in der spanischen Niederlassung seiner Firma zu arbeiten.

Marie bat um Bedenkzeit. Sie rief Edgar an, er vermittelte ihr einen befreundeten Architekten, der Marie zu einem zweiten Besichtigungstermin begleitete. Er bestätigte, was sie schon vermutet hatte: Aus dem Ding ließ sich was machen. Den Mietvertrag prüfte Norbert Klement, ehe sie unterschrieb, und dann war sie Hauptmieterin einer künftigen Langzeit-Baustelle.

„Wichtig sind gute Freunde, wenn man sein Leben ändern möchte", sagte Marie zu der Journalistin, der dieses Statement aber nicht gefiel, weil sie autarke Heldinnen beschreiben wollte.

Man trennte sich bald, beiden Seiten war eine gewisse Lustlosigkeit anzumerken. Die Journalistin überschlug wahrscheinlich im Geist ärgerlich die bei Marie verschwendete Zeit, Marie war ungehalten über die Verständnislosigkeit der oberflächlichen *Tussi*, die anscheinend keine Ahnung vom *wirklichen Leben* hatte.

Später las sie, mittlerweile besänftigt, mit amüsierter Nachsicht die Story, in der sie nicht vorkam, weil sie nicht in die Galerie imponierender Powerfrauen passte, die mit nichts als einem beachtlichen familiären Startkapital Cateringunternehmen, Kunstgalerien oder Charity-Events auf die Beine gestellt hatten.

Anders als die Repräsentantin der Hochglanzmedien war Sebastian in helle Begeisterung geraten, als er Maries Wohnung nach dem Umbau besichtigt hatte. Bei den Umbauarbeiten war auf seine Hilfe nicht zu zählen gewesen, Marie hatte ihn ein- oder zweimal gefragt, ob er kommen und in der Wohnung auf Handwerker warten könne, die sich angesagt hatten, aber Sebastian war stets zu beschäftigt gewesen.

Marie nahm es ihm nicht übel. Sie war seit jeher der Ansicht, dass Eltern ihren Kindern nicht zur Last fallen sollten. Man setzte Kinder nicht in die Welt, um sich ein Leben lang in ihren Alltag zu mischen.

Ihr vorauseilender Verzicht auf spätere Sohnesdienste hing damit zusammen, dass sie nicht so werden wollte wie ihre Mutter, die sie im Alter, nach dem Tod des Vaters, am liebsten ganztags für sich beansprucht hätte. Marie kümmerte sich um alle ihre Amtswege, begleitete sie zu Ärzten, führte sie regelmäßig zum Essen aus und rief täglich morgens bei ihr an. Trotzdem war die Mutter immer unzufrieden gewesen. Konnte Marie sich nicht ein Beispiel an ihrer Cousine Fanni nehmen, die Tante Agnes praktisch den Haushalt führte?

Das Argument, dass Marie berufstätig sei, im Gegensatz zu Fanni, zog nicht. In der Vorstellung von Maries alter Mutter waren Frauen berufstätig nicht aus Notwendigkeit, sondern zur Befriedigung selbstsüchtiger Launen. Das war umso unverständlicher, als Maries Mutter alles andere als ein versorgtes Leben geführt hatte. Jahrelang hatte sie mitgearbeitet im Betrieb des Vaters, nach dem Konkurs war ihr schmerzlich klar gemacht worden, was es hieß, kein eigenes Einkommen zu haben und keinen Job mehr zu finden.

Aber nun lebte sie mental in einem Wolkenkuckucksheim, in dem Frauen einem Erwerb nachgingen, um sich ihren töchterlichen Pflichten zu entziehen.

Marie bot ihr an, die Kosten für eine Putzfrau zu übernehmen (was ihr nicht leicht gefallen wäre, aber leichter, als an den Wochenenden die mütterliche Wohnung aufzuräumen), worauf ihre Mutter erst recht beleidigt war. Fanni putze bei Tante Agnes eigenhändig die Fenster. Was sie von Marie erwarte, sei Zuwendung und nicht, dass ihre Tochter sich freikaufe von Betreuungspflichten.

Marie fragte, warum Zuwendung sich in Fenster Putzen und Staubsaugen ausdrücken müsse, darauf wusste ihre Mutter keine rechte Antwort außer den abermaligen Hinweis auf Fannis leuchtendes Vorbild.

Hans hatte sie damals getröstet, ihre Mutter sei eben senil und es wäre das Beste, sich darauf einzustellen, statt vergeblich an ihre Einsicht zu appellieren. Aber abgesehen davon, dass es Marie kein Trost war, ihre Mutter als denkendes Wesen abzuschreiben und die Autoritätsperson von ehedem nur noch als beschränkt zurechnungsfähiges Wrack zu sehen, dessen Zustimmung oder Widerspruch unerheblich war, fand sie es merkwürdig, dass Hans die Forderungen ihrer Mutter als mehr oder weniger schwachsinnig abtat, während er selber doch ebenfalls auf Zuwendung in Form von häuslichen Dienstleistungen bestand.

Als sie ihm das zu verstehen gab – mit dem Zusatz, dass ihre Mutter immerhin alt und gebrechlich sei, während er physisch und psychisch bestens gerüstet wäre, zu Schrubber und Wischtuch zu greifen –, war er Türen knallend aus der Wohnung verschwunden und erst am nächsten Tag wieder aufgetaucht. Greta, die Beilagenchefin vom *Tagblatt*, hatte ihr später erzählt, er hätte bei ihr auf dem Sofa übernachtet. Ziemlich angetrunken sei er bei ihr aufgetaucht, sie habe nicht das Herz gehabt, ihn vor die Tür zu setzen. Gegen das Ansinnen, in ein Taxi verfrachtet und nach Hause geschickt zu werden, habe er sich heftig gewehrt.

Greta, jetzt mit einem Kulturmanager liiert, so viel Marie wusste, war damals gerade Single. Marie hatte zunächst den Eindruck gewonnen, dass sie gelobt werden wollte, weil sie Hans nur auf ihr Sofa und nicht in ihr Bett gelassen hatte. Erst später war ihr der Verdacht gekommen, es hätte sich auch um eine Klage handeln können: *Weil du deinen Mann vergrault hast, hatte ich ihn auf dem Hals.*

Sebastian also, der sich geweigert hatte, Maries Baustelle zu betreten, um nur ja nicht in irgendwelche Arbeiten verstrickt zu werden, fand das fertige Werk überaus attraktiv. Sogleich zählte er selbstmitleidig die vielen Mängel in seiner Wohnung auf, um schließlich zu fragen, ob Marie nicht mit ihm tauschen wolle?

„Du meinst, für dich ist deine Wohnung nicht gut genug, für mich aber schon?“, fragte Marie, nein, nicht fassungslos, weil sie Sebastians unbefangenen Anspruch auf das größere Kuchenstück und seine Erwartungen in puncto mütterlicher Selbstlosigkeit kannte, aber doch einigermaßen verblüfft.

Eilfertig kürzte er daraufhin die Mängelliste, versicherte, dass seine Wohnung ja an und für sich ganz okay wäre, nur eigne sie sich seiner Ansicht nach besser für Marie als für seine speziellen Bedürfnisse, während umgekehrt ihr sozusagen Loft auf einen jüngeren Bewohner wie ihn geradezu zugeschnitten –.

„Tja, lieber Sohn", erwiderte Marie, und zu ihrem eigenen Erstaunen war ihr dabei ganz fröhlich zumute, „da stehen wir jetzt vor der Situation, dass sich deine Ansicht und meine Ansicht so was von überhaupt nicht decken! Vergiss es."

Auch Sebastians anschließendes Schmollen hatte sie kalt gelassen. *Freiheit.*

Was die Scheidung der Eltern anging, so hatte Sebastian sie kommentarlos zur Kenntnis genommen. Man erwarte doch hoffentlich nicht, dass er Partei ergreife, hatte er zu Marie gesagt, und als sie verneinte (wie käme er denn darauf?), war der Fall, wie es schien, für ihn erledigt.

Fast erwartete Marie, dass Hans sich nun um Sebastian bemühen, dass sich die Beziehung der beiden verbessern würde, aber das Verhältnis von Vater und Sohn blieb, was es war: eine unterkühlte, distanzierte Angelegenheit.

Zwischen Marie und Sebastian änderte sich insofern etwas, als Marie jetzt konsequent auch auf Abnabelung ihrerseits bestand. Jahrelang hatte Sebastian sie nach Belieben für seine Bedürfnisse eingesetzt, mal sollte sie sich bloß nicht einmischen, mal mit Rat, Tat oder Geld zur Verfügung stehen, und zwar sofort.

Ihr neues Leben ermächtigte Marie, auch ihrem Sohn klarzumachen, dass sie ihm nicht sklavisch verpflichtet war. Er nahm es zwar nur zögernd und gelegentlich noch immer nicht ganz zur Kenntnis, aber im Wesentlichen hatte er aufgehört, an ihr herumzuzerren.

Das Gesundheitszentrum lief gut. Sie hatten vor vier Monaten eröffnet. Marie stellte fest, dass es ihr lag zu organisieren und zu koordinieren. Es machte sogar mehr Freude als das Eingehen auf jeden einzelnen Patienten, das sie immerhin Jahrzehnte für ihre Berufung gehalten hatte. Vielleicht war es ja auch nur die Abwechslung, die sie beflügelte. Jedenfalls bestand keine Gefahr, dass sich Christianes Befürchtungen bestätigten, sie könne nicht imstande sein zu delegieren und würde das Bedürfnis haben, die Therapeutinnen zu gängeln. Ihr Vorteil war, dass sie deren Arbeit genau kannte und organisatorisch besser darauf eingehen konnte als eine Person, die bloß theoretischen Zugang dazu hatte. Aber es fiel ihr leicht, andere selbständig arbeiten zu lassen.

Weiberabend. Christiane hatte gebeten, dass er bei ihr zu Hause abgehalten würde. Sie hatte wieder einmal Consuelo bei sich wohnen und konnte schlecht weg. Dafür, dass Christiane sich geweigert hatte, ihre Enkelin zu übernehmen, um Theresa in die Schamanenlehre zu entlassen, war Consuelo ziemlich häufig ja doch bei der Großmutter in Kost und Quartier. Zwar hatte Theresa dem Schamanismus entsagt – was sie in die bequeme Lage versetzte, alles, was sie seither verbockt hatte, mit diesem unerfüllten Traum zu entschuldigen, dessen Realisierung einen anderen Menschen aus ihr gemacht hätte –, doch trotzdem fanden sich immer wieder dringende Gründe, Consuelo bei der Großmutter zu parken.

Glücklicherweise war die Kleine relativ anspruchslos, was Aufmerksamkeit betraf, und darauf trainiert, ohne große Widersprüche schlafen zu gehen. Sie würden also durchaus ungestört miteinander reden können.

Marie schaltete ihren Computer aus und schlüpfte in ihre Kostümjacke. (War sie sehr oberflächlich, weil sie es genoss, nach Jahrzehnten in Gymnastikhosen und weißen Kitteln gut sitzende Businesskostüme und schicke Hosenanzüge als Berufskleidung zu tragen?)

Alle anderen waren schon gegangen. Sie drehte die Flurbeleuchtung ab und versperrte die Eingangstür hinter sich. Obwohl sie Christiane angekündigt hatte, dass sie etwas später kommen würde, musste sie sich beeilen, wenn sie wenigstens diesen späteren Zeitpunkt einhalten wollte.

Die Straßen waren einigermaßen leer, sie kam schnell voran. Consuelo war noch auf, aber schon im Schlafanzug. Marie hob sie hoch, küsste sie und erbot sich, ihr die Gutenachtgeschichte vorzulesen, ohne die sie nicht einschlafen konnte. Consuelo erlaubte es gnädig, und Christiane ging in die Küche, während Marie das Kind in sein Zimmer trug.

Dort ließ sie Consuelo in ihr Bett gleiten, ein sehr großes Bett für ein ziemlich kleines Kind, klein übrigens auch für sein Alter. Christiane, die ein Leben lang groß gewesen war – groß und kräftig –, behauptete, es sei eine Gnade, ein klein gewachsenes Kind zu sein. Während große Kinder permanent überfordert würden, würden kleine für jede Pfiffigkeit gefeiert, weil man ihnen, da man sie jünger schätze, nicht zutraue, was man ihnen auf Grund ihres Alters ruhig zutrauen hätte können.

Marie ertappte sich jedenfalls dabei, dass sie Consuelo oft mit Rührung betrachtete und mit dem Wunsch, sie zu beschützen. Die Kleine war ernsthaft, anschmiegsam (nicht distanzlos, aber zärtlich Personen gegenüber, die sie kannte und mochte), verständig, entgegenkommend, eifrig bei allem, was sie tat. Marie hatte den Verdacht, dass sie ständig bemüht war, es den Erwachsenen recht zu machen, weil sie nicht wie andere Kinder davon ausgehen konnte, dass ihr die Zuneigung ihrer Mutter auf jeden Fall sicher war. Aber vielleicht war das ja auch nur eine Unterstellung, die Marie deshalb in den Sinn kam, weil sie an Kinder wie Sebastian oder Theresa gewöhnt war, die es nie jemandem recht machen hatten wollen. Vielleicht war es falsch, Sebastians oder Theresas mangelndes Entgegenkommen darauf zurückzuführen, dass sie keine Furcht vor Liebesverlust kannten. Wahrscheinlich führte emotionale Sicherheit nicht zwangsläufig dazu, es an Kooperation fehlen zu lassen.

Consuelo lag in den Kissen, ihr Lieblingsstofftier, einen ramponierten Hasen, im Arm, und hörte Marie aufmerksam zu. Sie unterbrach nie beim Vorlesen, sondern sparte sich ihre Fragen für nachher auf.

Diesmal hatte sie keine. Sie wirkte müde, es war spät. Üblicherweise schlief sie um diese Zeit schon.

„Gute Nacht, Schätzchen“, sagte Marie, legte das Buch weg und zog Consuelo die Bettdecke über die Brust. „Darf ich das Licht löschen?“

Das Kind nickte. „Aber du darfst die Tür nicht zumachen.“

„Weiß ich doch“, sagte Marie. Sie fuhr Consuelo durch die Haare, knipste die Nachttischlampe aus und ging aus dem Zimmer. Die Tür ließ sie einen Spalt weit offen.

„Wir haben mit dem Essen auf dich gewartet“, sagte Sandra, die im Wohnzimmer saß. „Ich musste mich mit Nüssen voll stopfen. Außerdem bin ich jetzt angesäuselt. Du bist schuld.“

„Mea maxima culpa“, erwiderte Marie. „Aber von mir aus hättet ihr ruhig anfangen können.“

„Wollten wir eben nicht“, sagte Sandra. „Übrigens merkt man daran, dass du einer aussterbenden Spezies angehörst.“

„Woran?“

„Lateinische Zitate. Solltest du dir abgewöhnen. Machen alt.“

„Lateinisch und *katholisch*. Macht wahrscheinlich doppelt alt –“

„Richtig. Gibt immer mehr Konfessionslose.“

„Na ja. Einerseits. Andererseits ist da dieser Trend zur Gegenreformation, oder? Katholische Fundis, islamische Fundis …"

„Hör auf", sagte Sandra, „verdirb mir nicht den Appetit. Ich meine, normalerweise bin ich für jede Appetitbremse dankbar. Aber heute hab ich mich zu lange kasteit. Ich brauch eine Belohnung."

Christiane rief aus dem Esszimmer. Sie gingen hinüber.

„Schickes Kostüm", sagte Christiane mit einem anerkennenden Blick auf Marie.

„Du hast dich gemausert", ergänzte Sandra.

Bei Tisch rückte Sandra mit einer Neuigkeit heraus, die sie, wie sagte, einigermaßen verstörte: Max und Sophie, ihre Freunde – das Traumpaar, die Beneidenswerten, Sandras Maßstab für eine glückliche Ehe – lebten in Trennung!

„Lässt sich Max endlich nimmer manipulieren?", fragte Christiane ungerührt. Sie hatte nie viel übrig gehabt für Sophie, die sie zu durchschauen glaubte, obwohl sie sie nur aus Sandras Erzählungen kannte.

Sandra schüttelte aufgeregt den Kopf. „Nein! Das ist überhaupt nicht der Grund! Ich meine, ich finde ja nicht, dass sie ihn manipuliert hat … oder vielmehr, ich war mir da nie sicher –"

„Komm zur Sache!", ermahnte Christiane.

„Sophie verlässt ihn! Sie hat sich in einen anderen verliebt!"

„Starkes Stück", sagte Christiane.

„Ja. Wie macht diese Frau das? Hat einen wirklich tipptoppen Kerl daheim und wirft ihn einfach weg. Das ist doch krank."

„Vielleicht hat er Macken, die du nicht kennst", sagte Marie.

Sandra schüttelte abermals den Kopf. „Nein. Sie sagt ja selber, dass er okay ist. Er kann nix dafür, sagt sie. Es war nur … Sie hat diesen anderen getroffen, und der Blitz hat eingeschlagen, blablabla. Der andere ist übrigens ein ziemlich windiger Schauspieler. So der Typ: *Warum soll ich nachdenken, wenn ich in der selben Zeit gerade so gut vögeln kann?*"

„Na bitte", bemerkte Christiane, „dann wird ja die gerechte Strafe auf dem Fuß folgen. Der windige Typ lässt sie stehen, und sie weint sich die Augen aus, und du glaubst endlich wieder an die Gerechtigkeit des Schicksals."

„Derart einfach gestrickt bin ich nicht", erklärte Sandra trotzig.

„Jedenfalls könntest du dir jetzt Max krallen", warf Marie ein.

Noch ehe Sandra antworten konnte, hob Christiane abwehrend die Hände. „Das macht sie sicher nicht. Wer will schon einen Loser?"

Sandra nickte.

„Mädels, ihr seid richtig abstoßend", stellte Marie fest und griff nach der Salatschüssel.

Sie aßen schweigend. Dann sagte Christiane. „Will niemand wissen, was sich in meinem Leben tut?"

„Doch“, antwortete Marie, überrascht. Sandra machte eine Geste, die signalisieren sollte, dass sie ganz Ohr sei.

„Ich geh nach Afrika, für ein halbes Jahr“, verkündete Christiane. „Eine Ordinationsvertretung hab ich schon gefunden.“

„Waaas?“

„Hab mich bei *Ärzte ohne Grenzen* gemeldet. Will was Sinnvolles tun, ehe ich ins Gras beiße.“

„Bist du sicher, dass du nicht in Afrika ins Gras beißt?“, fragte Sandra taktlos. „Ich meine, so was ist körperlich sicher sehr belastend –“

„Bin durchgecheckt und bestens beisammen, biblisches Alter hin oder her. In meiner Familie sind alle uralt geworden. Ist vielleicht ein konstitutioneller Vorteil.“

„Was wird aus Consuelo?“, fragte Marie.

„Sie hat eine Mutter, oder?“, fragte Christiane zurück.

Marie zerzupfte ein Stück Brot.

„Ich weiß, was du denkst“, sagte Christiane, in ihrer Stimme schwang eine Spur von Aggressivität. „Du denkst dir, ich tue das, was Theresa wollte, ich gehe weg. Stimmt genau. Ich gehe weg, nachdem ich meine Töchter großgezogen habe. Und Theresa kann weggehen, sobald sie ihre Tochter großgezogen hat. So einfach ist das.“

„Ich habe nichts gesagt“, verteidigte sich Marie.

„Trotzdem. Ich durchschaue dich.“

„Tust du nicht. Ich freu mich für dich. Wenn du meinst, du musst es tun, dann freue ich mich für dich.“

Das stimmte. Einerseits. Andererseits tat ihr Consuelo Leid.

„Wenn du glaubst, Consuelo kommt zu kurz bei Theresa, dann kannst ja du dich um sie kümmern."

„He", sagte Sandra besänftigend, „kein Streit. Ich glaube, dass Theresa schon spuren wird, wenn sie muss."

„Das glaube ich auch", sagte Christiane, „nur Marie spielt die verdammte Glucke. Das ist nicht fair! Ich hab dir immer den Rücken gestärkt, wenn dein Sebastian wieder einmal beschlossen hat, dass die Mutterpflichten nie und nimmer aufhören. Also sitz du jetzt gefälligst nicht da und schau mich waidwund an!"

Marie biss sich auf die Lippen. Christiane hatte Recht. Es war pharisäerhaft von ihr, von Christiane zu erwarten, dass sie zurücksteckte, während sie selber ihre neue Freiheit genoss.

Gerne hätte sie Christiane erzählt, wie wichtig sie ihr war, so wichtig, dass ihr ein Leben mit Paul ohne ihre Freundschaft nur halb so erstrebenswert vorgekommen war, aber das war nicht möglich. Also straffte sie die Schultern, lächelte entschlossen und sagte: „Ich schaue überhaupt nicht waidwund. Das bildest du dir ein. Und außerdem fliege ich selber weg. Allerdings nicht nach Afrika. Und nur für eine Woche."

„Wohin?", rief Sandra.

„Zu einem Seminar nach Berlin", sagte Marie. „Ich fliege nach Berlin."

19.

Er hatte nicht zusagen wollen. Er hasste Klassentreffen. Dates mit Jugendlieben fielen in die Kategorie Klassentreffen. Er hatte immer in der Gegenwart gelebt und gedachte es auch weiterhin zu tun. Vergangenheitsverklärung war was für Menschen, die keine Zukunft mehr hatten. Er hatte es nicht nötig, alte Beziehungen zu beschwören, weil sein Leben voll mit aktuellen war. Täglich kamen neue Personen hinzu, die nichts lieber wollten als seine Zuneigung oder wenigstens seine Aufmerksamkeit zu gewinnen.

Ulla hatte ihn auch einmal angerufen, nach langer Zeit, und ihn wiedersehen wollen. Er hatte sich einverstanden erklärt, aus schlechtem Gewissen, immerhin war er mit ihr verlobt gewesen, als er sie sitzen ließ. Und wenn er auch ihren seinerzeitigen so genannten Selbstmordversuch – mehr eine dramatische Inszenierung als eine lebensgefährliche Aktion, sie hatte ein bisschen an ihren Pulsadern geritzt – als Erpressungsmanöver eingestuft hatte, so war er doch seine Schuldgefühle deswegen nie ganz losgeworden. Daher gab es kein Zögern seinerseits, als sie sich, gute zehn, zwölf Jahre später, bei ihm meldete.

Er hatte sie in irgendeinem schicken Lokal zum Lunch getroffen, in München, wo er damals eine Professur hatte. Er war auf Vorwürfe gefasst gewesen, doch stattdessen hatte sie darauf bestanden, ihm ihre Erfolge um die Ohren zu schlagen und ihm ausführlich das *glückliche, glückliche* Leben zu schildern, das sie jetzt führte.

Sie hatte irgendeinen reichen Münchner Geschäftsmann geheiratet und kam in der Uniform der betuchten Oberschichtgattin, einem Couture-Kostümchen, mit viel Gold und Perlen dekoriert, und in Schuhen mit mörderisch hohen Absätzen, den Schuhen einer Person, die es sich erlauben konnte, für jeden noch so kurzen Weg ein Taxi herbeizuwinken, und ihre kunstvoll gesträhnten Haare waren auf das Eleganteste zerzaust.

Nach einer Weile wurde ihr Ton aggressiver, sie stichelte, stellte kichernd Vermutungen über die freudlose Lage an, in der sie sich wohl befände, wenn man sich damals nicht glücklicherweise getrennt hätte (sie sagte *man*, so als sei die Trennung auf einen beiderseitigen Beschluss, ja, vielleicht sogar auf ihre alleinige Initiative zurückgegangen), und deutete an, dass sie ihn als lausigen Liebhaber in Erinnerung hätte.

Paul ließ es stoisch über sich ergehen, demütig gesenkten Hauptes gewissermaßen, über das sie die Asche ihrer Bosheiten streuen durfte, das war sein letzter Beitrag zu dem, was er als Wiedergutmachung leisten konnte.

Ein weiteres Rendezvous hätte er abgelehnt, das Maß seiner Bußübungen war voll, aber es kam ohnehin kein Anruf mehr. Offenbar hatte ihr dieses Mittagessen als Genugtuung gereicht.

Und nun Marie. Dass Marie als goldbehängte Puppe antanzen würde, um die Freuden eines hohlen Parasitendaseins zu preisen, war nicht anzunehmen. Aber trotzdem. Was wollte sie von ihm? Aus irgendeinem Grund dachte er an Vorwürfe, die sie würde loswerden wollen. Er hatte zwar keine Ahnung, was sie ihm vorwerfen hätte können, aber seiner Erfahrung nach grollten Frauen aus merkwürdigen und oft nicht nachvollziehbaren Motiven.

Außerdem hasste er es, die Spuren der Zeit in Gesichtern zu sehen, die er jung und schön in Erinnerung behalten wollte.

Konnte er sich an Maries Gesicht erinnern? Ein bisschen wie Jean Seberg in „Außer Atem", vielleicht auch ein bisschen wie Jeanne Moreau in „Jules et Jim", bildete er sich ein.

Mein Gott, wenn er diese Filmtitel vor Sonja erwähnte, sähe sie ihn an wie eine Mumie, da würde es auch nichts nützen, wenn er hinzufügte, dass er noch zur Schule gegangen war, als er sich in die junge Seberg verliebt hatte, die ihm später in Gestalt von Marie über den Weg laufen sollte.

Unbewusst hatte er sich angewöhnt, manche Fakten aus seiner Vergangenheit laufend den neueren Moden anzupassen. So hatte er irgendwann einmal aufgehört, Elvis Presley zu nennen, wenn darüber gesprochen wurde, welche Musik man in der Pubertät gehört hatte, und stattdessen begonnen, die Beatles einzusetzen. Er sagte: „Ach, ja, die Beatles …" in einem Ton, als sei er ein Kind gewesen, als sie berühmt wurden, doch tatsächlich hatte er bereits studiert. Runde zehn Jahre gewonnen. Wenn er so tat, als sei er in der Hochblüte der Beatles gerade dreizehn gewesen, musste jede, die nachrechnete, ihn für zehn Jahre jünger halten als er war. *Falls* sie nachrechnete. Rechnete irgendwer nach? Wohl kaum. Außerdem war sein Geburtsdatum im Internet abrufbar. Dennoch. Es hörte sich besser an. Elvis Presley klang mittlerweile nach Greis.

Mit Filmschauspielerinnen tat er sich schwerer. Jean Seberg wie gesagt, die war ihm in Erinnerung. Oder die Moreau. Oder Grace Kelly. Konnte man heutzutage nicht mehr zugeben. Wer dann? Sonja hatte eine Schwäche für Julia Roberts. Aber im Gegensatz zu Sonja wäre er nicht glaubwürdig, wenn er so tat, als hätte Julia Roberts seinen Frauengeschmack geprägt. Welche Stars hatte es zwischen Grace Kelly und Julia Roberts gegeben? Nicht dass die Frage wirklich von Bedeutung war. Er stellte sie sich bloß spielerisch, amüsiert überlegend, was er sagen würde, wenn er gezwungen wäre, Marie als Typ zu schildern, ohne auf filmisches Urgestein à la Moreau zurückzugreifen.

Zum Glück musste er sie niemandem schildern. Sonja gegenüber tat er sogar gut daran, Frauen aus seiner Vergangenheit unerwähnt zu lassen. Sonja duldete nebulose andere Frauen in seinem gegenwärtigen Leben, mit verbundenen Augen sozusagen, solange sie Schemen im Verborgenen blieben, dafür war sie auf alle eifersüchtig, mit denen er Zeit vor ihr verbracht hatte.

Jean Seberg also – wenn er doch ohnedies mit sich allein war, konnte er geradeso gut bei diesem Vergleich bleiben. Amerikanische Unkonventionalität in einer muffigen Zeit, die versuchte, Schuld und Grauen zu verdrängen, indem sie spießige moralische Muster aus verstaubten Schubladen zog.

Marie hatte ihr vielleicht gar nicht so sehr ähnlich gesehen, es war die Ausstrahlung gewesen, die sie mit ihr gemein hatte, diese Mischung aus selbstbewusstem Trotz und scheuer Verletzlichkeit.

Verdammt. Jetzt war sie vielleicht eine aufgeschwemmte Person mit runzeligen Händen, und er musste ihr schon bald gegenübersitzen und sollte womöglich vorgeben, das fein ziselierte Gesicht der jungen Jean Seberg in ihren verquollenen Zügen zu entdecken. Sein altes Leiden: Im Grunde war er zu gutmütig für diese Welt.

Will you still need me, will you still feed me, when I'm sixty-four?

Als sie einander diese Frage gestellt hatten, lachend, hatten sie mit einer Zeit kokettiert, die unvorstellbar weit in der Zukunft lag. Dieser rührende Ewigkeitsanspruch. Hatte er ihn ernst genommen, damals? Wahrscheinlich. Für einen kurzen Moment fühlte er sich jung, zuversichtlich und sehnsüchtig, als er daran dachte, wie er mit Marie zusammen alt werden hatte wollen.

Sonja gestern schmallippig beim Abendessen. Der Grund war klar. Vivian hatte angerufen und angekündigt, dass Stevie für eine Ferienwoche kommen würde. Eine schwere Prüfung für Sonja. Das Kind ihres Mannes mit ihrer Vorgängerin. Der Mensch gewordene Verrat an ihr und ihrer Verbindung mit Paul, deren solitäre Qualität sich darin hätte äußern sollen, dass es keine Kinder aus anderen Beziehungen gab.

Sonja ging offenbar davon aus, dass Paul den Takt hätte haben können, vorausahnend keine Kinder zu zeugen, bis er sie traf.

Paul wiederum hatte ihr von Anfang an klar gemacht, dass Stevies Interessen ohne Einschränkungen zu berücksichtigen seien. Bis heute hatte sie sich nicht daran gewöhnen können. Sie opponierte nicht offen gegen seine Besuche, aber sie versteinerte, wenn er kam. Das letzte Mal hatte es einen Riesenkrach zwischen ihnen gegeben, weil Paul befürchtet hatte, dass Stevie, der Sonjas massive Ablehnung spürte, von künftigen Aufenthalten beim Vater Abstand nehmen könnte.

Ob es ihr recht wäre, wenn eine fiktive Nachfolgerin ihre und Pauls Kinder so behandelte wie sie Stevie, hatte Paul Sonja gefragt, rein hypothetisch, nur um sie dazu zu bringen, sich in Stevies Lage zu versetzen.

Daraufhin war Sonja tödlich beleidigt gewesen. Was er damit andeuten wolle, und wie sie dazu käme, über mögliche Nachfolgerinnen nachzudenken, und warum er sie auf eine Stufe stelle mit Vivian, wenn es, wie er beteuerte, keine Nachfolgerin für sie gab –

Er stelle sie eben nicht mit Vivian auf eine Stufe, hatte Paul erwidert, nach seinem anfänglichen Ausbruch jetzt wieder mühsam beherrscht, und genau deswegen könne sie sich ihre Eifersucht auf Vivian sparen, und im Übrigen gehe es nicht um Vivian, sondern um Stevie, der ihre Eifersucht schon gar nicht verdient habe.

Tatsächlich wäre ein Vergleich Sonjas mit Vivian schon deshalb unpassend gewesen, weil Vivian sich großzügig und großherzig verhielt zu den Kindern ihrer Partner.

Er hatte sie seinerzeit einem Mann ausgespannt, der einen Sohn und eine Tochter aus einer vorigen Ehe hatte. Vivian hatte noch heute eine herzliche Beziehung zu diesen beiden Kindern, mit deren Vater sie immerhin sechs Jahre zusammen gewesen war, und die sie regelmäßig besucht hatten, auch als sie schon mit Paul verheiratet gewesen war. Stevie betrachtete die zwei als eine Art Stiefgeschwister. Die letzten Ostern hatte er bei der inzwischen erwachsenen Tochter von Vivians Ex-Geliebtem verbracht, die mittlerweile in Amsterdam lebte.

Vivian wäre eigentlich okay gewesen, in vieler Hinsicht, wenn sie sich nur bereit gefunden hätte, mehr Rücksicht auf seinen Beruf zu nehmen. Aber leider:

keine Chance. Jede Laus, die ihr über die Leber lief, musste *ausdiskutiert* werden (Vivians Deutsch war exzellent, das hielt er nicht immer für einen Vorteil, vielleicht wäre es besser gewesen, sie hätte Vokabeln wie *ausdiskutieren* gar nicht gekannt). Jedenfalls ersparte sie ihm keinen Streit und kein Schreiduell, auch nicht zu später Stunde, auch nicht, wenn er früh morgens operieren musste. Auf lange Sicht hätte ihn Vivian beruflich zugrunde gerichtet, das war die simple Wahrheit.

Sonja lebte in dem Wahn, dass er Vivian noch immer nachtrauerte, nur weil er diesen sehr pragmatischen Grund für seine Trennung von ihr nicht unterschlug, wenn die Rede darauf kam, Sonja wollte hören, dass er Vivian nie geliebt habe und dass er sich deshalb von ihr losgesagt habe. Pubertärer Wunsch. Und falsche Schlussfolgerung: Nur weil er Vivian seinerzeit nicht *nicht* geliebt hatte, musste er sie doch jetzt nicht noch immer lieben.

Warum konnte Sonja nicht ein bisschen großmütiger sein? Sonja fand die Patchwork-Verhältnisse, in denen Vivian lebte, grässlich. Dass sie Stevie nach Amsterdam fliegen hatte lassen, lastete sie Vivian als Verantwortungslosigkeit an. Wahrscheinlich sei er eine Woche lang bekifft gewesen, ein Knabe von vierzehn, allein in einer Stadt voller Versuchungen, ohne eine Person, die ihn lenkte und ihm Grenzen setzte.

„Er war nicht allein“, hatte Paul korrigiert, „er hat bei Clarissa gewohnt.“ Und er fügte hinzu, dass er Clarissa als vernünftige und verlässliche junge Frau kenne. Ein Fehler. Sonja wollte nichts über Clarissa hören, die ebenfalls zum Personal eines (Lebens-) Stücks gehörte, das Paul ihrer Ansicht nach abgeschlossen und vergessen haben sollte. Eifersucht, Eifersucht, Eifersucht.

Absurd und grotesk. Sonja saß an einem Tisch mit Iris Gärtner, auf die eifersüchtig zu sein sie tatsächlich Anlass gehabt hätte (wenn sie mehr über sie gewusst hätte), und betrachtete allen Ernstes Clarissa als Bedrohung ihres Seelenfriedens, der anscheinend nur intakt blieb, wenn sie sich der Illusion hingeben konnte, Paul sei emotional von ihr entjungfert worden.

Mit Iris Gärtner lief es erfreulich gut. Keine Besitzansprüche, keine Gefühlsduselei, lediglich fallweise unverbindliche Treffen zu einem einzigen Zweck, die, unbelastet, wie sie waren, ein wenig Leichtigkeit und Abwechslung in einen ohnehin nicht so leichten Alltag brachten.

Dass sie neulich zusammen eingeladen gewesen waren – er mit Sonja und das Ehepaar Gärtner bei gemeinsamen Bekannten, die natürlich ahnungslos waren, was ihn und Iris betraf –, hatte er nicht gerade goutiert (geschmacklose Situation), aber da es keine Möglichkeit gab, die Einladung auszuschlagen, ohne befremdete Fragen zu provozieren, war er hingegangen. War ein unproblematischer Abend geworden, zum Glück. Iris hatte mit keiner Wimper gezuckt und er auch nicht. Am Ende fand er, dass er sich gut unterhalten hatte.

Dennoch: Dass Sonja so gar kein Gespür bewies bei der Auswahl der Menschen, durch die sie sich beunruhigen ließ, war kläglich und komisch zugleich.

Stevie also demnächst im Anflug. Paul würde sich wie immer umso mehr mit ihm beschäftigen, je eisiger Sonja zu ihm war, und Sonja würde umso mehr erstarren, je intensiver er sich mit Stevie abgab.

Die beiden Kleinen liebten Stevie, der sich nicht zu gut war, mit ihnen zu spielen, das war immerhin ein Plus. Blieb nur zu hoffen, dass Sonja nicht dazwischenfunkte. Paul hatte sie nachdrücklich darum gebeten, vielleicht hielt sie sich ja daran.

Gestern Abend wie gesagt unterkühltes häusliches Klima, Sonja krampfte sich schon ein. Und auch heute früh: tote Höflichkeit. Vielleicht ein stummer Hilferuf, sie sagte ab und zu, sie fürchte, tendenziell depressiv zu sein, aber er hatte wenig Lust, seiner Frau Diagnosen zu stellen, ihm genügten die Diagnosen, zu denen er beruflich verpflichtet war.

Mühsamer Tag. Dass er zu allem Überfluss auch noch ein völlig überflüssiges Treffen mit einer erloschenen Flamme vorhatte, weil er zu schwach gewesen war, nein zu sagen, machte ihn nicht besser.

20.

Der junge Kollege aus Hamburg hatte Marie gefragt, ob sie zum Abschied was trinken gehen wollten. Marie hielt ihn für schwul, schon deshalb, weil heterosexuelle junge Männer ihrer Erfahrung nach nicht unbedingt die Gesellschaft von Frauen im Alter ihrer Mütter suchten. Mike aus Hamburg hatte sich jedoch bereits am ersten Seminartag an sie angeschlossen. Er war sympathisch und witzig, sie flirteten sogar ein bisschen, harmlos und hochgradig unverbindlich. Was Angaben über sein Privatleben betraf, so hielt er sich bedeckt. Marie hatte nicht weiter nachgefragt, es konnte ihr egal sein, wie und mit wem er lebte.

Falls er schwul war, dann stellte er jedenfalls eine neue Erfahrung dar. Die schwulen Männer, die Marie in jüngeren Jahren gekannt hatte, waren oft sehr unfreundlich zu ihr gewesen. Christiane erklärte es damit, dass sie schönen jungen Frauen die mutmaßliche Auswahl an schönen jungen Männern neideten. Wenn das stimmte, dann hatte Marie jetzt das Rollenfach gewechselt. Verehrungswürdige Alte statt verführerischer Konkurrenz. Zweifelhafter Fortschritt.

Wie auch immer. Vielleicht wäre es gescheiter gewesen, mit Mike einen zu heben, statt sich mit Paul zu verabreden. Distanziert hatte Paul sich angehört am Telefon. Marie dachte schon, dass er ablehnen würde, aber dann hatte er doch zugesagt und ein Lokal vorgeschlagen, in dem sie einander treffen sollten.

Sie hatte den Tag mit Paul – dem Paul aus einem alternativen Leben – in Gedanken abgehakt. Ein Traum, nichts weiter. Vielleicht Einbildung. Nicht mehr relevant. Vorbei ist vorbei. Lieber nicht nachdenken, schon um nicht an der Kompetenz ihrer fünf Sinne zweifeln zu müssen.

Sie hatte Paul also nicht deswegen angerufen, um ihn mit dem Paul aus ihrem *Traum* zu vergleichen.

Na ja, neugierig war sie schon. Aber, so sagte sie in Gedanken bereits amüsiert zu Christiane, eigentlich hatte sie ihn vor allem deswegen kontaktiert, weil Christiane ihr andernfalls nie verziehen hätte.

Sie schminkte sich sorgfältig, um so *natürlich* wie möglich auszusehen. Kleidung: gekonnt lässig. Er sollte nicht glauben, sie habe sich für ihn zurecht gemacht. Aber selbstverständlich sollte er beeindruckt sein. Oder zumindest nicht erschüttert. Mehr als ein Vierteljahrhundert! Verdammt.

Als sie sich dem Lokal nähert, würde sie am liebsten umkehren. Dann betritt sie es aber doch. Paul sitzt an einem Fenster und liest Zeitung.

Sie geht zu seinem Tisch. Kein kurzer Weg. Zwischen ihr und ihm liegen ein halber Raum und drei Stufen.

Er lässt die Zeitung sinken und lächelt sie an. Sein Lächeln verrät nicht, ob er sie auch erkennen würde, wenn er sich nicht ausrechnen könnte, dass sie sie sein muss. Er steht auf, ohne Eile, nimmt sie an den Schultern und hält sie auf Armeslänge von sich.

„Na so was – Marie!", sagt er mit seiner rauen, tiefen Stimme.

„Hallo, Paul", erwidert Marie.

Er gibt sie frei und tritt einen Schritt zurück. Sie nimmt Platz, er setzt sich ebenfalls wieder.

Ihre Befangenheit lässt nach. Das ist keine Schicksalsstunde, das ist einfach ein Wiedersehen mit einem alten Freund. Nichts hängt ab von dieser Begegnung, gar nichts. *Freiheit.*

„Wie lange bist du schon in Berlin?", fragt er.

„Seit fünf Tagen. Ich war auf einem Seminar. Morgen fliege ich zurück."

Marie bestellt ein Glas Wein. Small Talk. Marie betrachtet Paul. Ein anziehender Mann, ganz objektiv und auch ohne die Erotik der Macht, die er mittlerweile sicherlich ausstrahlt (nicht für Marie, aber bestimmt für viele andere).

„Warst du mir eigentlich böse?", fragt Paul jetzt.

Marie starrt ihn verblüfft an. „Warum sollte ich dir böse gewesen sein?"

„Du hast nie was von dir hören lassen."

„Du doch auch nicht," sagt Marie.

Paul hebt die Hände in einer Art Unschuldsgeste und grinst sie an. „Ich hab immer Angst, dass ich was falsch gemacht haben könnte. Deshalb geh ich gern auf Tauchstation.“

Marie ist verwirrt. Er hört sich an, als glaube er, er hätte ihr was angetan seinerzeit. Dabei war doch sie diejenige, die ihm Schmerz zugefügt hat. Oder hat er am Ende gar nicht gelitten?

Sie erinnert sich aber noch an die Szene im Kaffeehaus, damals. Sie hat ihm gesagt, dass sie einander nicht mehr sehen würden. Und er hatte Tränen in den Augen.

Und hat Walter Christiane nicht wochen-, ja, monatelang erzählt, wie schlecht es Paul gehe seit der Trennung von Marie? (Walter hat nie was Derartiges zu Marie gesagt. Das wäre ihm vermutlich wie Verrat an Paul vorgekommen. Darum hat er nur mit Christiane geredet, und Christiane hat, was sie erfuhr, an Marie weitergetratscht).

Marie weiß auch noch, wie kaltherzig sie blieb beim Anblick von Pauls Tränen. Sie konnte es später nie mehr nachvollziehen, aber in diesem Augenblick, als sie ihren Entschluss verkündete, war sie ungerührt und unbeirrbar.

Was meint Paul also, wenn er so tut, als habe sie ihm was vorzuwerfen?

Vielleicht Siegergehabe. Hat, scheints, verdrängt, dass er es war, der von ihr verlassen wurde.

Das Phänomen ist Marie nicht unbekannt. Zwei gehen auseinander, und nach einer Weile erzählen beide, dass sie diejenigen waren, die Schluss gemacht haben. Oder zumindest hätten sie sich innerlich längst von der Beziehung distanziert und damit den anderen quasi zu einem von ihnen erwünschten Schritt getrieben.

„Gehts dir gut?", fragt Paul.

„Sehr", antwortet Marie. „Ich fühl mich … toll."

Sie fängt seinen Blick auf, einen leicht verständnislosen Blick, und muss lachen. „Das ist keine selbstverliebte Ansage", erklärt sie. „Ich meine, ich fühle mich nicht als die Größte, Klügste, Schönste oder so was … Es ist nur … Ich bin so frei."

„Frei – wovon?"

„Eher frei *für*. Für … ach, für alles Mögliche. Ich erwarte mir wieder was von der Zukunft. Nichts Bestimmtes. Ich warte nicht darauf, dass etwas Bestimmtes geschieht. Aber ich freue mich auf den nächsten Tag. Das ist mir eine Ewigkeit nicht mehr passiert. Ich habe es lange nicht gemerkt, aber ich habe mich in den letzten Jahren nicht mehr auf den nächsten Tag freuen können."

Er mustert sie, freundlich, nachdenklich. „Beneidenswert", sagt er.

Ihr Wein kommt. Sie trinkt einen Schluck.

„Wie gehts deinem Mann?", fragt Paul.

„Wir sind geschieden."

Paul sagt erst nichts. Dann: „Und du findest das allein Leben *toll*?" Es klingt eine Spur ironisch.

„Wer sagt dir, dass ich allein lebe?", schnappt Marie zurück.

Er setzt zu einer Antwort an, aber sie hebt abwehrend, lachend die Hand. „Schon gut. Ich lebe allein. Und, ja, es gefällt mir. Vorläufig wenigstens."

Sie beugt sich vor. „Was ist mit dir?"

„Ich eigne mich nicht zum Alleinleben, fürchte ich", sagt Paul.

Marie grinst. „Das wievielte Mal bist du verheiratet?"

„Das dritte Mal. Aber ich eigne mich auch nicht für die Ehe, fürchte ich."

Er sagt es unbewegten Gesichts. Danach brechen sie beide in Gelächter aus.

Mitten hinein in ihr Lachen bemerkt Paul beiläufig: „Ich war nicht sicher, ob ich dich sehen wollte."

Marie hält inne. „Ja? Warum?"

„Ich meide jede Art von Klassentreffen. Patina tut Menschen nicht unbedingt gut."

„Ganz schön brutal", sagt Marie.

Paul erwidert sachlich: „Nein, ich bin nicht brutal. Ich rede nicht von alten Freundschaften. Wenn alte Freunde mit einem älter werden, das ist was anderes. Aber alte Erinnerungen … die taugen oft nicht für die frische Luft."

Marie schweigt, danach sagt sie: „Aber du hast dich mit mir getroffen."

„Ja. Ich war eben doch gespannt."

Sie schaut prüfend in sein Gesicht. Dann wirft sie hin: „Vielleicht sollte ich gehen, ehe du mir sagst, dass du deine Neugier bereust."

Er beugt sich vor und legt schnell seine Hand auf ihre, wie um sie am Aufstehen zu hindern. „Nein, tu ich nicht! Ich wollte dich nicht kränken. Bleib."

Sie bleibt sitzen.

Er sagt leichthin. „Wir könnten uns ja überlegen, wie man aus alten Erinnerungen neue Freundschaften macht."

Marie zieht ihre Hand unter seiner hervor. „Warum?"

Er lächelt, ein rasches, gewinnendes Lächeln. „Weil es spannend wäre."

Sie lächelt zurück. Ein Paar am Nebentisch steht auf und geht. Der Mann, ein eher kleiner, schlanker Mann in einem etwas zu eleganten Anzug (niemand sonst hier spielt den Dandy) dreht sich um und schaut zu Marie. Marie erstarrt. Onkel Gregor!

Onkel Gregor hebt die Hand, kneift ein Auge zu und streckt den Daumen hoch. Dann geht er schnell hinter seiner Begleiterin aus dem Lokal.

Marie schluckt. Paul scheint nichts bemerkt zu haben.

„Vielleicht", sagt Marie zu Paul und bemüht sich ebenfalls um einen leichten Ton, „vielleicht eignest du dich ja gar nicht für neue Freundschaften?"

Er zuckt die Achseln. „Wer weiß", antwortet er. Und: „Wollen wir herausfinden, wofür wir uns eignen?"

„Warum?", fragt Marie.

„Rate mal."

„Weil es … spannend wäre?", schlägt Marie vor.

KAPSREITER

Mit freundlicher Unterstützung der
Brauerei Kapsreiter.

2. Auflage, 2004

www.deuticke.at

Typografische Gestaltung, silvia°wahrstaetter
Umschlaggestaltung: Studio Hollinger
Druck und Bindung: Ueberreuter Buchproduktion, Korneuburg
Printed in Austria
ISBN 3-216-30719-0